Ralf Kurz
Kopf oder Zahl

W0215763

Ralf Kurz

Den geborenen Pfälzer, Jahrgang 1961, verschlug es nach dem Abitur nach Freiburg, wo es ihm so gut gefiel, dass er die Stadt zu seiner Wahlheimat erkor. Er erlernte den Kaufmannsberuf, spielte jedoch nebenbei viele Jahre als Gitarrist und Bassist in Rock- und Bluesbands, bevor er mit dem Schreiben begann.
Seine ersten beiden Romane »Sdaiv – die Entführung der Fußball-Nationalmannschaft« (Krimi, 2005) und »Die Ziege im Anzug« (Liebeskomödie, 2008) sowie einige Kurzgeschichten in verschiedenen Anthologien veröffentlichte er unter seinem Pseudonym FREEMAN. Im Jahr 2008 erschien unter seinem eigenen Namen der große, historische Portraitroman »Der Diplomat« über den Staatsmann und Minister Johann Christian von Hofenfels (1744 – 1787). Mittlerweile ist Kurz zum Krimigenre zurückgekehrt.

Bereits im Wellhöfer Verlag erschienen:
Die Honigspur – Kommissar Bussards erster Fall
Im Schatten der Wahrheit – Kommissar Bussards zweiter Fall
Tödlicher Triumph – Kommissar Bussards dritter Fall

Wellhöfer Verlag
Ulrich Wellhöfer
Weinbergstraße 26
68259 Mannheim
Tel. 0621/7188167
info@wellhoefer-verlag.de
www.wellhoefer-verlag.de

Titelgestaltung: Uwe Schnieders, Fa. Pixelhall, Mühlhausen
Satz: Creative Design, Lukas Fieber, Mannheim

Der Roman ist frei erfunden. Ähnlichkeiten mit wirklichen Personen oder tatsächlichen Ereignissen sind nicht beabsichtigt und somit rein zufällig.
Das vorliegende Buch einschließlich aller seiner Teile ist urheberrechtlich geschützt. Jede Verwertung ist ohne schriftliche Zustimmung des Verlages unzulässig.

© 2014 Wellhöfer Verlag, Mannheim

ISBN 978-3-95428-157-2

Ralf Kurz

Kopf oder Zahl

Kriminalroman

Bussards vierter Fall

wellhöfer VERLAG

Für Rolf

Wir kommen manchmal an den Punkt, an dem wir uns entscheiden müssen: Ringelreihen oder Rock ´n´ Roll

2

Das silberfarbene Klebeband schmückte seine Handgelenke wie die Armreifen eines antiken Helden. Selbst im gedämpften Licht der Deckenlampe leuchtete es mit einer Strahlkraft, die er bis zu diesem Augenblick nicht gekannt hatte. Er fragte sich, ob Alexander solcherart bewehrt in die Schlacht von Issos gezogen war. Vielleicht waren es die Armreifen gewesen, denen der Feldherr seinen Sieg über Dareios III. verdankte, weil sie die Perser geblendet hatten. Es war jedoch ebenso gut möglich, dass Hector die Armreifen bei der Schlacht um Jerusalem getragen hatte. Jerusalem? Irgendetwas stimmte nicht mit dieser Stadt. Wieso trug sie einen falschen Namen?

»Wer weiß etwas darüber?«

Jerusalem konnte nichts wissen, aber vielleicht gab es jemanden namens Jeru Salem, der die Antwort berechnen konnte. Die Araber hatten schon immer eine Schwäche für Mathematik gehabt, aber eigentlich hätte es doch Stärke heißen müssen. Sie hatten eine Stärke für Mathematik gehabt, das zeigten die Pyramiden. Die Pyramiden waren die große Stärke der Araber gewesen, Pyramiden und Falkenjagd. Es waren wirklich schöne Vögel, schnell, wendig, präzise und tödlich. Ihre Augen waren berühmt, ja, sie hatten berühmte Augen. Falkenaugen nannte man sie, Falkenaugen!

»Zu wem hatten Sie Kontakt?«

Kon … takt … Kon … takt … Kon … takt … Das Wort hatte ein Zuhause. Es wohnte in einem Metronom. Kon … takt … drei … vier … Kon … takt … drei … vier … Kon …

»Konzentrieren Sie sich!«

Die Stimme war wie Musik, wie eine Sinfonie von Beethoven, lieblich, engelsgleich im einen Augenblick und vernichtend im nächsten. Sie schmeckte süß und ein wenig fruchtig, wie Quittengelee, eine fruchtig-süße Stimme.

»Ich will einen Namen!«

Das war verblüffend. Er konnte die Stimme hören und er konnte sie schmecken, nur sehen konnte er sie nicht, obwohl sie ihn einhüllte, engelsgleich vernichtend und fruchtig-süß. »Haben Sie denn keinen Namen?«

Er hatte eine törichte Frage gestellt, denn Namen war ungeeignet, völlig unbrauchbar, aber Kon … takt war eine Offenbarung. Kon … takt … Kon … takt … Kon … takt … Das war der Rhythmus des Universums!

Ignaz Baer spürte einen Druck auf seinem Hinterkopf. Er leistete keinen Widerstand, weil Kon … takt keinen Raum für andere Gedanken ließ. Kon … takt füllte ihn vollständig aus und mit gesenktem Kopf lauschte er fasziniert dem erhabenen Rhythmus, der wahren Ursache für die Expansion des Universums.

Die Wucht des einschlagenden Projektils zertrümmerte den zweiten Halswirbel, während das Hohlspitzgeschoss deformiert wurde und stark aufpilzte. Die Verformung raubte dem Projektil einen erheblichen Teil seiner kinetischen Energie, doch die vergrößerte Oberfläche riss einen entsprechend großen Wundkanal in das weiche Gewebe des Gehirns. Erst der harte Schädelknochen der Stirnpartie leistete erfolgreich Widerstand. Er splitterte zwar, erwies sich für das verlangsamte Geschoss jedoch als undurchdringlich. Ignaz Baer spürte lediglich einen harten Schlag im Genick, bevor sein Zentralnervensystem zusammenbrach, während er noch immer dem Rhythmus des Universums lauschte.

Kon … takt … Kon … takt … Kon … takt …

3

Anja lehnte sich zurück und schloss die Augen. Drei Jahre lang war sie für die Ermittlungsgruppe Wirtschaftskriminalität tätig gewesen, doch an diesem Montag würde die Kollegin aus dem Mutterschaftsurlaub zurückkehren und damit endete die Vertretungsstelle, die Anja übernommen hatte. Der achtundzwanzigjährigen Kommissarin stand ein neuer Abschnitt ihres Berufslebens bevor. Ihren neuen Chef, Kriminalhauptkommissar Bussard, kannte sie bereits flüchtig, doch sie wusste kaum etwas über den Mann, der die Ermittlungsgruppe Gewaltverbrechen leitete. Heidi Peters, ihre bisherige Chefin, hielt große Stücke auf den Mann, dessen Aufklärungsquote die höchste bei der Freiburger Kriminalpolizei war. Manche Kollegen bezeichneten Bussard als kauzig, andere hielten ihn für nicht teamfähig, weil er in dem Ruf stand, als Ermittler ein Einzelgänger zu sein. Wenn Anja ihm hin und wieder begegnete, sei es im Treppenhaus oder in der Kantine, trug er stets das gleiche Outfit: Lederjacke, Jeans und Stiefel. Obwohl er die Vierzig schon überschritten hatte, zeigten seine fast schulterlangen, dunkelblonden Haare noch keine grauen Strähnen, aber sie verrieten, dass er selten einen Friseur aufsuchte. Bussard schien ein sportlicher Typ zu sein, doch damit erschöpfte sich bereits das Bild, das Anja von dem Mann hatte, für den sie in Zukunft arbeiten sollte.

»Abschiedsschmerz?«

Die Kommissarin öffnete die Augen und sah überrascht auf. Sie hatte nicht bemerkt, dass ihre bisherige Chefin, die Leiterin der Ermittlungsgruppe Wirtschaftskriminalität, das Büro betreten hatte. »Ja, irgendwie schon. Ich habe gerne hier gearbeitet. Schade, dass ich den Schreibtisch jetzt räumen muss.«

Heidi Peters, die fast einen ganzen Kopf kleiner war als Anja und die vor allem wegen ihrer Frisur eine gewisse Ähnlichkeit mit Liza Minelli hatte, trug wie fast immer einen dunklen Hosenanzug mit Nadelstreifen. Auf den ersten Blick hätte man nicht vermutet, dass die Leiterin der Abteilung, die ein abgeschlossenes Wirtschaftsstudium vorweisen konnte, beruflich auf Verbrecherjagd ging, doch Kriminalhauptkommissarin Peters war gut in ihrem Job und Anja hatte in den drei Jahren viel bei ihr gelernt.

»Du bekommst einen neuen Schreibtisch.«

»Ja, und einen neuen Chef.« Anja stützte die Ellenbogen auf die Tischplatte und den Kopf in die Hände. »Eigentlich will ich keinen neuen Schreibtisch und auch keinen neuen Chef.«

Heidi setzte sich Anja gegenüber und schlug die Beine übereinander. »Du kannst dich glücklich schätzen, dass Bussard dein neuer Chef wird.«

»Ich weiß, du magst ihn.«

»Ja, ich mag ihn. Er ist zwar etwas eigen, aber er ist ein hervorragender Ermittler. Du wirst viel bei ihm lernen.«

Nachdenklich fuhr Anja mit den Fingerspitzen über die Tischplatte. »Es gibt viele Kollegen, die Papierkram nicht mögen, aber ich fand es immer aufregend, gegen jemanden zu ermitteln, der seine Spur in seinen Geschäftsbriefen oder seiner Buchhaltung hinterlassen hat. Die Täter, die wir überführt haben, saßen immer auf einem ziemlich hohen Ross und sind deshalb auch immer ziemlich tief gefallen. Für mich war es jedes Mal eine Genugtuung, einen von denen zu erwischen, die glauben, sie wären unantastbar und stünden über dem Gesetz.«

»Du meinst Leute wie Kälble?«

»Ja, zum Beispiel.« Bei der Erinnerung an den Fall leuchteten Anjas Augen. »Weißt du noch, wie er immer von seinen Freunden im Wirtschaftsministerium gesprochen hat und wie sich seine Freunde urplötzlich verpissten, als wir nachgewiesen haben, dass seine Bilanzen das Papier nicht wert sind, auf das er sie gedruckt hat?«

»Natürlich weiß ich das noch.«

»Und erinnerst du dich auch noch an das Gesicht dieses Staatssekretärs, als er erfahren hat, dass Kälble Subventionsbetrug im großen Stil begangen hat?«

»Und du meinst, das wird dir fehlen?«

»Ja, diese Detektivarbeit wird mir fehlen.« Anja lehnte sich zurück und verschränkte die Arme vor der Brust. »Wir haben wochenlang ermittelt und ein Mosaiksteinchen nach dem anderen gefunden, bis wir am Ende das ganze Bild vor Augen hatten. Jeden Tag habe ich mich darauf gefreut, nach einem weiteren Puzzleteil zu suchen, weil ich wusste, dass wir ihn am Ende kriegen würden.«

Die Leiterin der Ermittlungsgruppe Wirtschaftskriminalität nickte lächelnd. Anja hatte sich regelrecht in den Fall verbissen und sie hatte nicht locker gelassen.

Oft war sie abends die Letzte gewesen, die das Büro verlassen hatte und nicht selten hatte sie morgens schon wieder am Schreibtisch gesessen, wenn Heidi gekommen war. Unermüdlich hatte Anja Tausende von Seiten gewälzt, bis sie endlich alle Beweise gefunden hatte, die später zu einer Verurteilung des Subventionsbetrügers geführt hatten.

»Stimmt, wir haben ihn gekriegt und du hast großartige Arbeit geleistet. Ich war ziemlich stolz auf dich.« Heidi hatte nach dem Fall eine Beurteilung geschrieben und empfohlen, die Kollegin, die in ihrer Abteilung lediglich eine Mutterschaftsvertretung übernommen hatte, später in einen Bereich zu versetzen, in dem sie ihr großes Potential ausschöpfen konnte. Anja war klug, verfügte über einen analytischen Verstand, eine erstaunliche Allgemeinbildung und einen ausgeprägten kriminalistischen Spürsinn. Bei einem Gespräch mit Polizeirat Neudörfer, dem Chef der Freiburger Kripo, hatte Heidi erfahren, dass die Ermittlungsgruppe Gewaltverbrechen aufgestockt werden sollte. Eine seit drei Jahren vakante Stelle sollte endlich besetzt werden und eine weitere Stelle war zusätzlich geschaffen worden. Nach Heidis Meinung war für eine dieser beiden Stellen niemand besser geeignet als Anja Hill.

»Soll ich dir mal etwas verraten?« Anja begutachtete den Lack ihrer Fingernägel. Für den stylischen Ombré Look hatte sie die Farben Mahagoni und Gold ausgewählt, die gut zu ihren braunen Haaren passten. »Ich habe überhaupt keinen Bock auf die neue Stelle.«

»Warum nicht?«

»Weil das ein richtiger Absturz ist. In deiner Abteilung muss man akribisch arbeiten und nach versteckten Details suchen, um die großen Zusammenhänge zu finden. Man muss dieselbe kriminelle Energie aufwenden wie die Täter, um zu verstehen, wie sie ihre Täuschungsmanöver angelegt haben. Das ist ziemlich anspruchsvoll, aber Gewaltverbrechen?« Sie hob die Hände in einer hilflosen Geste und ließ die Arme auf die Tischplatte sinken. »Soll ich wirklich gegen Schläger und Vergewaltiger ermitteln, die meist noch zu blöd sind, ihren eigenen Arsch zu finden, selbst wenn sie darauf sitzen? Wenn ich mir vorstelle ...«

»Ich habe dich für die Stelle ausdrücklich empfohlen.« Heidi lächelte aufmunternd, doch Anja glaubte einen Moment lang, sich verhört zu haben.

»Du hast was?«

»Als Neudörfer davon sprach, dass in Bussards Team zwei Stellen zu besetzen seien, habe ich ihn überredet, eine dieser Stellen mit dir zu besetzen. Er war zwar nicht begeistert, wollte dir aber eine Chance geben.«

»Sag ich doch! Neudörfer weiß genau ...« Anja wollte erklären, dass der Polizeirat das Niveau ihrer bisherigen Arbeit richtig einschätzte, doch Heidi ließ sie nicht zu Wort kommen.

»Nein, weiß er nicht. Neudörfer hält dich für eine Büromaus, eine intelligente Büromaus zwar, aber nicht unbedingt geeignet für den Außendienst bei der Ermittlungsgruppe Gewaltverbrechen.«

»Büromaus? Ich fasse es nicht!« Anja schüttelte ungläubig den Kopf. Sie konnte nicht verstehen, was sich der Chef ihrer Chefin einbildete. Auch wenn sie in den letzten drei Jahren ausschließlich mit Wirtschaftsdelikten beschäftigt gewesen war, hatte sie trotzdem jede Woche einen Nachmittag mit Schieß- und einen zweiten mit Nahkampftraining verbracht. Sie hatte keine Angst davor, auf die Straße zu gehen, um dort als Staatsmacht aufzutreten. »Was glaubt Neudörfer eigentlich? Hast du schon einmal eine Maus gesehen, die besser schießt als die meisten männlichen Kollegen?«

Anjas Augen funkelten und auf der Stirn ihres schmalen, ebenmäßigen Gesichts bildete sich eine steile Zornfalte. Bisher hatte sie Neudörfer immer für einen anständigen und fairen Chef gehalten, aber »Büromaus« war inakzeptabel.

Heidi hob ihre Hände in einer abwehrenden Geste und schüttelte den Kopf. »Mich musst du nicht überzeugen. Ich weiß, dass du es schaffen könntest.«

»Was heißt hier könntest? Ich habe drei Jahre lang für dich gearbeitet und du weißt, dass ich eine gute Polizistin bin!«

»Ja, schon ...«

»Du hast mich doch selbst empfohlen!« Anja hatte sich in Rage geredet und ihre Stimme wurde immer lauter. Grundsätzlich war es nicht so schlecht, wenn man unterschätzt wurde, denn das machte Gegner meist überheblich und verleitete sie zu Fehlern. Die Einschätzung des Polizeirats jedoch war ein heftiger Tritt gegen das Schienbein ihres Selbstbewusstseins. »Glaubst du etwa auch, dass ich Angst vor Männern habe, die Fäuste statt Scheckbücher benutzen? Meinst du, ich würde mich nicht trauen, Gewalttäter ebenso zur Strecke zu bringen wie Wirtschaftskriminelle?«

Heidi wartete, bis Anjas Sturm der Entrüstung abgeflaut war. »Du traust es dir also auch selbst zu?«

»Natürlich traue ich es mir selbst zu!«

»Na, also!«

»Was, na also?« Das verschmitzte Lächeln der Chefermittlerin kam Anja spanisch vor. Es schien, als habe sich Heidi über Neudörfers Beleidigung amüsiert, doch dann erkannte die Kommissarin den wahren Grund. »Du hast mich verarscht, du hinterhältiges Biest!«

»Vorsicht, ich bin immer noch deine Chefin.« Heidis Ermahnung war nicht ganz ernst gemeint und beide Frauen wussten es.

»Die Büromaus war …«

»… eine ziemlich freie Interpretation.«

Die Kommissarin schloss die Augen und schüttelte den Kopf. Heidi hatte genau gewusst, wie Anja auf eine Herausforderung reagieren würde. Sie hatte ihren Ehrgeiz gekitzelt und aus der anfänglichen Unlust war innerhalb weniger Augenblicke ein Job geworden, in dem sich Anja beweisen wollte, selbst wenn sie befürchtete, in der neuen Abteilung unterfordert zu sein. »Also gut, Frau Chefpsychologin, erzähl mir etwas über diesen Bussard.«

Heidi zog einen ihrer High Heels aus und begann, ihre Zehen zu massieren. Beide Frauen teilten eine Vorliebe für elegante Kleidung, echten Schmuck und Schuhe mit hohen, schmalen Absätzen. »Bussard macht seinem Namen alle Ehre. Er ist wie ein Raubvogel, der so lange über einem Fall kreist und mit seinen scharfen Augen alles beobachtet, bis er am Ende herabstößt, um seine Beute zu erlegen.«

In ihrer Erinnerung stieg das Bild des Mannes auf, mit dem sie zwei Jahre zuvor gemeinsam an einem Fall gearbeitet hatte. Ein betrügerischer Finanzberater war ermordet worden und während sich Bussard auf die Suche nach dem Täter gemacht hatte, war Heidi der Spur des Geldes gefolgt. Durch einen zweiten Mord an einem widerwärtigen Kriminellen mit vielfältigen

Unterweltkontakten war Bussard auf eine Querverbindung zu einem Mädchen gestoßen, das in den Höhen des Schwarzwalds erfroren war. Mit der ihm eigenen Hartnäckigkeit hatte der Kommissar nicht nur die beiden Morde aufgeklärt, sondern auch einen dritten Täter dingfest gemacht, der sich zusammen mit den beiden Ermordeten an jungen Mädchen vergangen hatte, die auf der Straße lebten.

»Ein Raubvogel? So etwas Ähnliches habe ich schon gehört. Er soll ein Einzelgänger sein, Typ einsamer Wolf.«

Heidi schlüpfte in ihren Schuh und wiederholte das Procedere mit dem anderen Fuß. »Ja und nein. Es stimmt schon, dass er immer alleine ermittelt. Das hat ihn auch schon das eine oder andere Mal in die Bredouille gebracht, wo es besser gewesen wäre, einen Partner an der Seite zu haben. Andererseits ist er wirklich ein liebenswerter Mann, auch wenn er manchmal mürrisch erscheint. Die meisten Kollegen mögen ihn, weil man sich auf ihn verlassen kann und er keine krummen Dinger dreht. Wenn du Hilfe brauchst, kannst du dich immer an ihn wenden. Unter seiner rauen Schale verbirgt sich ein großes Herz. Nur mit Frauen scheint er kein Glück zu haben.«

Anja rief sich das Erscheinungsbild des Kommissars in Erinnerung. »Er sollte mal zum Friseur gehen und sich etwas besser anziehen. Vielleicht hat er dann mehr Glück bei den Frauen.«

»Möglich. Bussard legt nicht viel Wert auf Äußerlichkeiten.« Die Chefermittlerin hatte die Massage beendet und zog den zweiten Schuh wieder an. »Er hatte eine Partnerin, Sylvia Harter. Soweit ich weiß, waren die beiden ein gutes Team. Als sie zum LKA nach Stuttgart ging, muss ihn das ganz schön mitgenommen haben. Seither spielt er den einsamen Wolf.«

Anja bedachte ihre Chefin mit einem vielsagenden Blick, doch Heidi zuckte mit den Schultern. »Ich weiß nicht, ob sie etwas miteinander hatten, aber einige Zeit nach Silvia Harters Weggang ging Bussards Ehe in die Brüche. Er hat sich von seiner Frau getrennt oder besser gesagt, sie sich von ihm. Sie hatte wohl schon einen Neuen, als er ausgezogen ist. Ob er ihr noch eine Träne nachweint, kann ich nicht sagen, aber ich weiß, dass es ihm das Herz gebrochen hat, seine Kinder verlassen zu müssen. Er liebt seine Töchter über alles.«

»Hat er eine neue Beziehung?«

»Nein. Er kann zwar ziemlich charmant sein und manchmal spielt er sogar den Gentleman, aber eigentlich lässt er niemanden so richtig an sich heran.«

»Hast du es versucht?«

Heidi schüttelte den Kopf und seufzte. »Ich habe gleich am ersten Tag gespürt, dass sein Interesse an mir rein beruflich war. Man kann gut mit ihm reden, aber wenn man glaubt, einen Zugang zu ihm gefunden zu haben, erscheint plötzlich eine Art unsichtbare Mauer. Bussard bleibt dahinter und wahrscheinlich sind seine Kinder die Einzigen, die wissen, wo die Tür in dieser Mauer ist.«

Die Leiterin der Ermittlungsgruppe Wirtschaftskriminalität stand auf, zog ihr Jackett glatt und sah auf ihre Armbanduhr. »Ich bin froh, dass du in seine Abteilung kommst. Bussard hat ein gutes Gespür für Menschen. Außerdem ist er ein hervorragender Ermittler, dem man genauso wenig etwas vormachen kann wie dir. Ihr beiden wärt ein gutes Team.«

»Wieso Team? Er wird mein neuer Chef.«

»Und es wird Zeit, dass er dich kennenlernt. Neudörfer will die Vorstellung persönlich vornehmen. Es ist gleich acht Uhr und er wartet bestimmt schon.«

5

»Morgen, Bussard, hast du ein neues Auto?« Sasha Wegner lehnte an seinem Schreibtisch und hielt einen Becher dampfenden Kaffee in der Hand. »Ich habe vorhin gesehen, wie du damit auf den Hof gefahren bist.«

»Morgen, Susanne, Morgen, Sasha.« Bussard nickte seinen beiden Kollegen zu und schloss die Tür des Büros. »Neu ist nicht der richtige Ausdruck für ein Fahrzeug mit historischen Kennzeichen.«

»Ein Oldtimer?« Susanne Bauer, die EDV-Spezialistin der Abteilung, sah hinter ihrem Monitor auf.

»Mehr oder weniger.« Der Kommissar ging zur Kaffeemaschine, füllte seinen Becher mit dem schwarzen Gebräu und gab Zucker hinzu. »Es ist ein BMW 635 CSI.«

»Du hast dir echt einen Oldtimer gekauft?«, fragte Susanne zweifelnd, denn sie kannte den manchmal rasanten Fahrstil ihres Chefs.

»Nein, ich habe ihn quasi geerbt.«

»Was heißt *quasi geerbt*?«

»Ein Onkel von mir ist vor drei Wochen gestorben. Er hat den Wagen 1978 gekauft, ist aber wenig gefahren. Auf dem Tacho stehen gerade einmal 48.000 Kilometer. Meine Tante fährt einen Ford Ka. Der BMW ist ihr eine Nummer zu groß, außerdem ist sie schon über siebzig und deshalb hat sie mir den Wagen vermacht.«

Schon als Jugendlicher hatte Bussard den BMW geliebt und es war immer ein besonderes Erlebnis gewesen, wenn er mit seinem Onkel hatte mitfahren dürfen. Allerdings war er nur selten in diesen Genuss gekommen, denn sein Onkel hatte den Wagen gehegt und gepflegt, aber nur selten aus der Garage geholt. Bussard hatte das damals nicht verstehen können, denn mehr als zweihundert PS, ein straffes Fahrwerk und Recaro-Sportsitze verlangten förmlich danach, möglichst schnell über den Asphalt bewegt zu werden.

»BMW 635 CSI.« Über eine Suchmaschine hatte sich Susanne Bilder des Fahrzeugs auf den Bildschirm geholt. »Er sieht überhaupt nicht wie ein Oldtimer aus.«

»Es handelt sich um ein historisches Fahrzeug, weil es älter als dreißig Jahre ist. Der Wagen befindet sich im Originalzustand, deshalb war es auch kein Problem, historische Kennzeichen zu bekommen.«

Wegner nickte anerkennend. »Mann, Bussard, da hast du aber echt Schwein gehabt!«

Der Kommissar antwortete nicht. Nüchtern betrachtet hatte Sasha recht, doch auf der anderen Seite war Bussard nur deshalb glücklicher und stolzer Besitzer eines 635er, weil sein Onkel gestorben war.

Nach einem kurzen Klopfen wurde die Tür geöffnet. Polizeirat Ulf Neudörfer betrat das Büro, gefolgt von zwei neuen Kollegen, die bereits vier Wochen zuvor angekündigt worden waren. Neudörfer, dessen einstmals schwarze Locken zunehmend ergrauten, der jedoch noch immer einen jugendlichen Charme versprühte, obwohl er bereits auf die sechzig zuging, strahlte über das ganze Gesicht. »Herr Bussard,

Herr Wegner, Frau Bauer, ich darf Ihnen Ihre neuen Kollegen vorstellen. Das sind Frau Anja Hill und Herr Julian Stemmer.«

Die drei Beamten der Ermittlungsgruppe Gewaltverbrechen begrüßten die neuen Kollegen mit Handschlag. Bussard, der als Kriminalhauptkommissar die Abteilung leitete, war froh, dass sein Team aufgestockt worden war. Die Straftaten gegen Leib und Leben hatten im Lauf der letzten Jahre ebenso zugenommen wie die Überstunden, die er, Sasha und Susanne leisteten. Zwei zusätzliche Kollegen waren deshalb mehr als willkommen. Dass die neue Kollegin ebenso wie Susanne atemberaubend gut aussah, entging Bussard nicht.

Für Julian Stemmer war der Montagmorgen Anfang Oktober der aufregendste seines bisherigen Berufslebens. Nach seinem Studium an der Fachhochschule und zwei Jahren bei der Bereitschaftspolizei war der Kommissaranwärter endlich bei der Kripo angekommen. Er freute sich wie ein Schneekönig auf seine neue Stelle, doch Anja Hill sah ihrer näheren beruflichen Zukunft mit gemischten Gefühlen entgegen. Um nicht overdressed zu erscheinen, hatte sie sich an ihrem ersten Arbeitstag für eine schlichte Jeans entschieden, dem, wie sie feststellte, gängigen Dresscode in der Abteilung. Außerdem hatte sie beschlossen, aus der Not eine Tugend zu machen und bei der Ermittlungsgruppe Gewaltverbrechen ihr Bestes zu geben, doch sobald im Wirtschaftsdezernat eine Stelle frei werden würde, wollte sie sich darauf bewerben. Sie wusste, dass Heidi Peters sie sofort wieder nehmen würde. Bis dahin aber musste sie sich damit abfinden, ihren Chef mit »Herr Bussard« anzureden.

»Ich wünsche Ihnen eine erfolgreiche Zusammenarbeit.« Polizeirat Neudörfer verabschiedete sich, verließ das Büro und schloss die Tür.

»Nach der offiziellen Vorstellung kommen wir gleich zum ersten Punkt der Tagesordnung.« Bussard sah die beiden neuen Kollegen nacheinander an. »Wir duzen uns hier. Das sind Sasha und Susanne, ich bin Bussard.«

»Und, Bussard«, fragte Anja, »hast du auch einen Vornamen?«

»Ja, aber jeder nennt mich Bussard.« Der Kommissar deutete auf einen Schrank in der Ecke des Büros. »Julian, du musst dich mit Sasha und Susanne einigen. Dein Arbeitsplatz wird hier sein.«

»Kriege ich auch einen eigenen Schreibtisch?«

»Ja, kriegst du. Sasha wird sich darum kümmern.«

Sasha Wegner griff zum Telefon, während Bussard Anja aufforderte, ihn ins Nachbarbüro zu begleiten.

»Das ist dein Schreibtisch. Du kannst den Schrank dahinter benutzen, wenn du irgendwelche persönlichen Sachen verstauen willst.« Bussard musterte die schlanke junge Frau, die High Heels trug und deshalb fast so groß war wie er. Ihre braunen Haare fielen in sanften Wellen bis zu ihren Brüsten und ihr schmales Gesicht mit den geschwungenen Brauen drückte Zurückhaltung aus, doch der Blick aus ihren haselnussbraunen Augen war wach und klar. Die obersten beiden Knöpfe ihrer weißen Bluse waren geöffnet und der Kommissar erkannte eine feingliedrige, goldene Halskette, an der ein kleiner, farbloser Stein in einer ebenfalls goldenen Fassung funkelte. Bussard vermutete, dass es sich um einen echten Diamanten handelte. Auch wenn Jeans und Bluse leger wirkten, verrieten das sparsam, aber sorgfältig aufgetragene Make-up und der zweifarbige Nagellack, dass sie viel Wert auf ihre äußere Erscheinung legte. Bei der Begrüßung hatte er ihre zartgliedrige Hand geschüttelt, die nicht so wirkte, als könne die neue Kollegin damit problemlos eine Waffe abfeuern, doch ihr Händedruck war überraschend fest gewesen.

Anja stellte ihre Schultertasche ab und begutachtete ihren neuen Arbeitsplatz, der sich kaum von ihrem vorherigen unterschied. Es war der gleiche Schreibtisch und ein ähnlicher Drehstuhl, der jedoch über Armlehnen verfügte. Nur die EDV-Anlage war nicht gerade das neueste Modell.

»Auf dem Stuhl hat schon lange niemand mehr gesessen.« Bussard setzte sich auf die Kante seines Schreibtischs. Für einen kurzen Moment sah er ein anderes Gesicht, doch die Erinnerung verflüchtigte sich sofort wieder. »Ich werde mich auch erst wieder daran gewöhnen müssen, mein Büro mit jemandem zu teilen. Meine frühere Partnerin ist jetzt in Stuttgart.«

»Sylvia Harter, nicht wahr? Ich habe gehört, dass sie beim LKA ist. Sie soll eine ziemlich gute Beamtin gewesen sein.«

»Das ist sie immer noch, auch wenn sie jetzt für einen anderen Verein arbeitet.« Der Kommissar hatte es bedauert, dass Sylvia die Freiburger Kripo verlassen hatte. Sie waren ein gutes Team gewesen, nicht nur Kollegen, sondern Freunde. Er bezweifelte, dass Anja Hill diese Rolle einnehmen konnte, denn sie hatte noch keinerlei Erfahrung mit der Arbeit in seiner Abteilung, die sich sehr von der im Wirtschaftsdezernat unterschied. Seinen Vorsprung von fünfzehn Berufsjahren konnte sie nicht wettmachen und an eine Zusammenarbeit auf Augenhöhe war vorerst nicht zu denken. Er würde viel mehr ihr Lehrer sein und er hoffte, dass sie sich als gelehrige Schülerin erweisen würde. Heidi Peters zumindest schien von ihr überzeugt zu sein. Das hatte er in Anjas Personalakte gelesen, doch erst in der Praxis würde sich zeigen, ob sie für den Job geeignet war. Gewaltverbrecher waren andere Kaliber als Anlagebetrüger und in seiner Ermittlungsgruppe blies zuweilen ein ziemlich rauer Wind. Bussard war gespannt, ob sich die neue Kommissarin bewähren würde.

7

Die Bestatter legten den Deckel auf den Zinnsarg, packten die Griffe und trugen den Leichnam aus der Wohnung. Halb wehmütig und halb ungläubig sah Frau Dr. Singh ihnen nach.

»Ich kann es immer noch nicht glauben. Ihr hat doch überhaupt nichts gefehlt.« Martha Lorenz, die Nachbarin der Verstorbenen, wischte sich mit einem zerknüllten Taschentuch die Tränen aus den Augen. »Woran ist sie denn gestorben?«

»Wenn ich das wüsste«, erwiderte die Ärztin unschlüssig.

»Ich mache mir solche Vorwürfe. Vielleicht hätte ich viel früher …«

»Sie brauchen sich keine Vorwürfe zu machen, Frau Lorenz. Menschen sterben nun einmal. Das hat die Natur so vorgesehen.«

»Aber sie war doch erst achtundsechzig. Das ist doch noch kein Alter.«

Frau Dr. Singh seufzte. Gemessen an der Lebenserwartung, die bei Frauen in Deutschland deutlich über achtzig Jahren lag, war Ursula Steiert tatsächlich früh gestorben. Frau Lorenz, die einen Schlüssel zur Wohnung der Nachbarin besaß, hatte die Ärztin angerufen, nachdem sie Frau Steiert leblos auf dem Fußboden gefunden hatte. Die Allgemeinmedizinerin, die mit ihrem indischen Ehemann eine Gemeinschaftspraxis in der Schwarzwaldgemeinde Oberried betrieb, hatte sich sofort in ihren Wagen gesetzt und war in den Ortsteil Hofsgrund gefahren. Zwischen dem Telefonat und ihrem Eintreffen in der Wohnung von Frau Steiert waren kaum mehr als fünfzehn Minuten vergangen, doch Frau Dr. Singh war viel zu spät gekommen. Sie hatte nur noch den Tod ihrer ehemaligen Patientin feststellen können.

»Ich hätte Mund-zu-Mund-Beatmung machen müssen, dann wäre sie vielleicht noch am Leben.«

»Sie hätten ihr nicht mehr helfen können.« Die Ärztin legte Frau Lorenz, die ebenfalls ihre Patientin war, die Hand auf den Arm. »Frau Steiert ist schon mindestens einen Tag tot. Niemand hätte noch etwas für sie tun können.«

»Die arme Ursula.« Wieder wischte sich Frau Lorenz die Tränen aus den Augen. »Wer kümmert sich jetzt um die Beerdigung und das alles? Außer Michael hat sie überhaupt keine Verwandten.«

»Ich sage im Rathaus Bescheid. Die Gemeinde wird sich darum kümmern. Vielleicht gibt es ja doch irgendjemanden, einen entfernten Cousin oder so.«

»Ja, vielleicht, wer weiß?« Frau Lorenz reichte der Ärztin die Hand und hielt sie fest. »Danke, dass Sie so schnell gekommen sind, Frau Doktor, auch wenn …«

»Schon gut, Frau Lorenz. Leider konnte ich nichts mehr für Frau Steiert tun. Es tut mir wirklich leid.«

Frau Dr. Singh wollte ihre Hand zurückziehen, doch Frau Lorenz hielt sie immer noch fest. Die Trauer in den Augen der Nachbarin hatte sich innerhalb eines Augenblicks in Angst verwandelt. »Nächstes Jahr werde ich auch achtundsechzig!«

»Da machen Sie sich mal keine Sorgen.« Frau Dr. Singh lächelte aufmunternd. »Abgesehen von der leichten Arthrose, die Ihre Gelenke befallen hat, sind Sie so gesund und munter wie ein Fisch im Wasser. Sie können hundert Jahre alt werden.«

»Aber Ursula hat doch auch nichts gefehlt und dann fällt sie einfach um und ist tot. Wie konnte das denn nur passieren?«

Die Ärztin zuckte mit den Achseln und schüttelte den Kopf. Frau Steiert war organisch gesund gewesen. Gegen ihren Bluthochdruck hatte sie seit mehr als zehn Jahren ein Medikament eingenommen, auf das sie gut angesprochen hatte. Eine fast volle Flasche mit den entsprechenden Kapseln stand auf dem Wohnzimmertisch. Bei ihren vierteljährlichen Besuchen in der Praxis hatte sie nie über Schmerzen geklagt, die auf eine innere Erkrankung hätten schließen lassen. Ihr Herz war gesund und kräftig gewesen, ihre Blutwerte hatten stets im Normbereich gelegen und auch für einen Hirntumor hatte es nicht die leisesten Anzeichen gegeben. Der plötzliche Tod der älteren Dame war ein Rätsel, denn bei der Untersuchung des Leichnams hatte Frau Dr. Singh auch keine äußeren Verletzungen entdeckt. Gedankenverloren blieb der Blick der Ärztin an der Medikamentenflasche hängen. Sie selbst hatte in der Woche zuvor das Rezept ausgestellt und der Aufkleber auf der Flasche verriet, dass Frau Steiert die blutdrucksenkenden Kapseln in der Apotheke in Oberried geholt hatte.

»Hat Frau Steiert noch andere Medikamente genommen, vielleicht etwas, das ich nicht verschrieben habe?«

Martha Lorenz schüttelte den Kopf. »Ich weiß nicht, aber ich glaube es nicht. Ursula war doch immer gesund.«

Frau Dr. Singh wandte sich ab und ging ins Badezimmer. Im Spiegelschrank über dem Waschbecken fand sie nichts, was ihre Aufmerksamkeit erregt hätte. Weder Mundwasser oder Aspirin noch Wund-, Brand- und Mückensalbe führten selbst bei extremer Überdosierung zum Tod. Sie schloss die Tür des Spiegelschranks und ging in die Küche, doch auch dort entdeckte sie nichts, was geeignet gewesen wäre, die Frage nach der Todesursache zu beantworten. Der Leichnam hatte keine Anzeichen einer Vergiftung aufgewiesen, weder Auswurf noch Verfärbungen der Haut. Typische Erstickungsmerkmale wie eine aufgequollene Zunge oder Punktblutungen in den Augen fehlten ebenso wie Würgemale. Es gab nicht den leisesten Verdacht auf einen gewaltsamen Tod und auch keinerlei Hinweise auf einen Suizid. Frau Steiert war einfach tot umgefallen, was außer einem Hirnschlag oder einem ziemlich unwahrscheinlichen Herzinfarkt kaum eine andere Ursache haben konnte. Da die Ärztin beim Ausfüllen des Totenscheins mit ihrem sprichwörtlichen Latein am Ende gewesen war, hatte sie eine unklare Todesursache bescheinigt und die Bestatter angewiesen, den Leichnam in die Freiburger Rechtsmedizin zu bringen. Ein histologischer oder ein toxikologischer Befund konnte wahrscheinlich Licht ins Dunkel bringen.

Die Allgemeinmedizinerin kehrte ins Wohnzimmer zurück, wo Frau Lorenz noch immer in der Mitte des Raumes stand und nicht wusste, was sie tun sollte.

»Ich muss zurück in meine Praxis.« Frau Dr. Singh nahm ihren Mantel, den sie beim Eintreten achtlos auf einen Sessel geworfen hatte, und schlüpfte hinein. »Am besten gehen Sie auch nach Hause. Jemand von der Gemeinde wird sich bestimmt bei Ihnen melden.«

»Warum bei mir?«

»Weil Sie einen Schlüssel für die Wohnung haben.« Die Ärztin nahm ihren Koffer und sah sich noch einmal im Wohnzimmer um, doch nirgends deutete sich eine Antwort auf die Frage an, woran Frau Steiert gestorben war. Kopfschüttelnd nahm sie die noch fast volle Medikamentenflasche vom Tisch.

Frau Lorenz deutete auf die Flasche in der Hand der Ärztin. »Ist sie vielleicht daran gestorben?«

»Nein, sicherlich nicht. Da hätte Frau Steiert schon mindestens die halbe Flasche auf einmal schlucken müssen.«

»Aber woran ist sie dann gestorben?«

»Tja, wenn ich das wüsste ...«

11

»Nein, Helen, ich habe keine Lust, eure Koffer zum Flughafen zu fahren.« Bussard sprach leise, doch der Unmut in seiner Stimme war unüberhörbar. Als Helen ihn angerufen hatte, war er davon ausgegangen, dass sie mit ihm über den bevorstehenden Scheidungstermin sprechen wollte, doch für ihre Bitte, er möge ihre Koffer nach Stuttgart fahren, brachte er kein Verständnis auf. Helen besaß einen Peugeot 206. Eigentlich sollte der Wagen groß genug sein, um sie, ihren neuen Lebenspartner und die beiden Kinder samt Gepäck für einen zweiwöchigen Urlaub von Freiburg in die baden-württembergische Landeshauptstadt transportieren zu können. Da Helen aber fünf Koffer mitnehmen wollte, wovon einer ihr eigenes Bettzeug beinhaltete, hätte sie einen Kombi mieten sollen. Dafür wollte sie jedoch kein Geld ausgeben. Dass ihr seine Weigerung missfiel, brachte sie wortreich zum Ausdruck und jeder Satz verstärkte den Ärger, der in Bussards Eingeweiden rumorte. »Nein, Helen, das hat nichts mit den Kindern zu tun und es ist auch nicht richtig, dass ich euch den Urlaub missgönne, aber ich fahre doch keine vierhundert Kilometer, nur weil du so viel Gepäck hast. Ihr wollt doch ans Meer und nicht zu einer Himalaja-Expedition. Kommt ihr da nicht auch mit zwei oder drei Koffern aus?«

Bussard bereute die Frage im gleichen Augenblick. Sein Unverständnis fasste Helen als persönlichen Angriff auf und sein Vorschlag kam für sie einer Bevormundung gleich. Natürlich wollte er ihr nicht vorschreiben, was sie mitnehmen durfte, aber er war auch nicht ihr Kofferträger.

»Es ist euer Urlaub, Helen, und euer Gepäck. Schick die Sachen meinetwegen mit der Post oder miete dir einen Übersee-Container, aber lass mich aus dem Spiel. Wir sehen uns nächste Woche!« Er unterbrach die Verbindung und warf sein Handy auf den Schreibtisch.

»Rosenkrieg?«

Der Kommissar bedachte seine neue Partnerin mit einem ärgerlichen Blick. Eigentlich hatte er sich mit der Situation längst abgefunden. Bei ihrer Trennung anderthalb Jahre zuvor hatten Helen und er das gemeinsame Sorgerecht für die beiden Kinder vereinbart. Er verbrachte jedes zweite Wochenende mit seinen Töchtern und einen Teil der Ferien. Daran lag ihm sehr viel und er wusste, dass auch seinen Kindern das Zusammensein mit ihm wichtig war. Vom bevorstehenden Scheidungstermin abgesehen wollte er von seiner zukünftigen Exfrau jedoch nichts mehr wissen. Sie hatte einen neuen Mann an ihrer Seite und er wünschte ihr, dass sie mit ihm glücklich wurde. Er selbst wollte jedoch nicht mehr Teil ihres Lebens sein und noch viel weniger wollte er, dass sie noch immer Teil seines Lebens war. Helens Frage nach einem kleinen Freundschaftsdienst erschien ihm völlig absurd. Ihre Scheidung stand bevor und sie waren keine Freunde mehr.

»Nein, kein Rosenkrieg.« Bussard schüttelte den Kopf. »Die Scheidung ist nur noch Formsache. Eigentlich haben wir schon alles geregelt.«

»Eigentlich?«

Anjas spitze Frage war nicht geeignet, Bussards Laune wieder zu heben. Er hatte keine Lust, sich zu rechtfertigen, schon gar nicht vor einer Kollegin, die er gerade einmal eine Stunde kannte. Helen hatte ihn während der Arbeitszeit angerufen und er hatte den Fehler begangen, mit ihr zu diskutieren, anstatt das Telefonat auf den Abend zu verschieben. Wenn man Privates und Dienstliches nicht voneinander trennte, handelte man sich immer Ärger ein und Bussard war froh, dass Sasha den Kopf durch die halbgeöffnete Tür streckte. »Wir haben einen Leichenfund in der Mozartstraße.«

»Gibt es Hinweise auf einen gewaltsamen Tod?«

»Zwei Kollegen der Streife sind vor Ort. Anscheinend handelt es sich um ein Tötungsdelikt. Mehr weiß ich allerdings auch nicht.«

Bussard stand hinter seinem Schreibtisch auf, ging zur Garderobe, zog seine Lederjacke an und steckte sein Handy ein. »Ist die KTU schon informiert?«

»Smirna und Mallmann sind unterwegs.«

»Haben wir einen Namen?«

»Das Opfer ist ein gewisser Ignaz Baer. Er wurde tot in seiner Wohnung aufgefunden.«

»Okay, danke, Sasha. Du nimmst Julian mit, Anja fährt mit mir.«

Der Leiter der Ermittlungsgruppe Gewaltverbrechen nickte seiner Partnerin zu. »Erster Tag, erster Einsatz. Vergiss deine Waffe nicht.«

Danke für den Tipp, Cowboy, dachte Anja. Während ihrer Zeit bei der Ermittlungsgruppe Wirtschaftskriminalität hatte sie nie von der Schusswaffe Gebrauch machen müssen und deshalb verwahrte sie ihre Dienstpistole immer in ihrer Tasche, anstatt sie wie Bussard in einem Gürtelholster zu tragen.

Die beiden Kommissare verließen das Präsidium, stiegen in Bussards BMW und fuhren von der Heinrich-von-Stephan-Straße nach Herdern. Der Stadtteil, der sich im Norden Freiburgs an den Stadtgarten anschloss und von dem aus man in wenigen Minuten die Altstadt zu Fuß erreichen konnte, war für seine Jugendstilvillen bekannt. Viele der einst vornehmen Häuser wurden von parkähnlichen Gärten eingefriedet und der Anteil großer, alter Bäume lag deutlich höher als im Westteil der Stadt, wo Bussard wohnte. Der Kommissar parkte seinen BMW hinter einem Einsatzwagen der Kollegen, der mit eingeschaltetem Blaulicht vor einer der Villen stand. Bussard erkannte das vor dem Einsatzwagen geparkte Fahrzeug der KTU. Offensichtlich waren Smirna und Mallmann schon bei der Arbeit.

Das mondäne Gebäude lag wie die meisten anderen ein Stück von der Straße zurückversetzt und war von einer kleinen Parkanlage umgeben, die das Anwesen durch eine drei Meter hohe Buchsbaumhecke vor den Blicken Neugieriger schützte. Bussard öffnete das schmiedeeiserne Tor, dessen ehemals schwarze Farbe langsam abblätterte und das an einigen Stellen Rost angesetzt hatte. Ein knarrendes Quietschen, fast wie ein Seufzen, begrüßte die Beamten. Sie folgten einem geraden Weg aus Natursteinplatten und stiegen die fünf Stufen zu der schweren Eingangstür hinauf, deren Blatt von einem quadratischen, auf der Spitze stehenden, vergitterten Fenster durchbrochen war. Auf einem postkartengroßen Messingschild an der Hauswand prangte in geschwungenen Lettern der Name »Baer«. Die Haustür war nur angelehnt und als Bussard mit den Fingerspitzen dagegendrückte, wurde sie plötzlich von innen aufgezogen. Ein junger, uniformierter Kollege, den der Kommissar noch nie gesehen hatte, verstellte ihnen den Weg. Bussard zückte seinen Dienstausweis. Der junge Mann, dessen Gesicht blass wirkte, nickte und trat wortlos zur Seite.

Bussard und Anja betraten die Eingangshalle, deren Einrichtung ausschließlich aus Antiquitäten bestand. Die zumeist dunklen Holzmöbel bestätigten den Eindruck, den der Kommissar beim Betrachten des Gebäudes gewonnen hatte und selbst der Geruch verriet, dass in diesem Haus altes Geld des gehobenen Bürgertums wohnte. Neben einer breiten Treppe, die im rechten Winkel zum Obergeschoss führte, thronte eine altertümliche Standuhr, ohne ein Geräusch von sich zu geben, obwohl die beiden Messinggewichte, die man durch die gelbliche Scheibe sehen konnte, noch auf halber Höhe hingen. Offensichtlich hatte jemand um zwanzig Minuten nach acht das Pendel angehalten. Vier geschlossene Türen führten zu dahinterliegenden Räumen. Bussard wandte sich um und warf dem Kollegen bei der Tür einen fragenden Blick zu.

»Die Tür links neben der Treppe.«

Bussard dankte mit einem Kopfnicken und ging auf die Tür zu. Als er sie öffnete, erkannte er Klaus Mallmann von der KTU, der Fotos vom Tatort schoss.

»Morgen, Bussard.« Bertold Smirna, der Leiter der Abteilung Kriminaltechnische Untersuchung, der wie sein Kollege einen weißen Overall trug, griff in seinen Koffer und zog ein paar blaue Überzieher hervor. Bussard wartete, bis Smirna zu ihm kam und ihm die Überzieher reichte.

»Morgen, Bertold. Das ist Anja Hill, meine neue Partnerin.«

»Bertold Smirna.« Seiner Latexhandschuhe wegen verzichtete der Kriminaltechniker auf einen Händedruck. Er schenkte der neuen Kollegin lediglich ein halbes Lächeln. Der Anblick, den sein fülliger Körper noch vor ihr verdeckte, hatte die andere Hälfte des Lächelns aus seinem Gesicht verbannt.

Bussard zog die Überzieher über seine Stiefel. »Gib ihr bitte auch ein Paar.«

Smirna ging zu seinem Koffer zurück, holte ein zweites Paar Überzieher und reichte es Anja, während Bussard sich einen ersten Eindruck vom Tatort verschaffte. Der Raum war zweifellos ein Arbeitszimmer. In zwei deckenhohen Regalen aus dunklem Holz, die jeweils die gesamte Länge einer Wand einnahmen, standen Hunderte von Büchern. Den Platz vor dem Fenster mit dem heruntergelassenen Rollladen beanspruchte ein riesiger alter Schreibtisch aus massivem Eichenholz. Auch das Sideboard, das auf geschnitzten, geschwungenen Beinen stand und dessen Oberfläche und Schubladen mit Intarsien verziert waren, stammte aus einem früheren Jahrhundert. Der einzige Einrichtungsgegenstand, der einen neuzeitlichen Eindruck erweckte, war ein Computertisch samt Monitor, Tastatur und Maus. Den ledernen Bürodrehsessel, der eigentlich beim Schreibtisch oder beim Computertisch hätte stehen sollen, hatte jemand in die Mitte des Raumes direkt unter die eingeschaltete Deckenleuchte geschoben. Auf dem Sessel saß ein Mann mit vornüber geneigtem Oberkörper. Seine Handgelenke waren mit einem breiten, silberfarbenen Gewebeklebeband an den Armlehnen des Sessels fixiert. Der Mann trug lederne Hausschuhe, eine graue Hose und ein weißes Hemd. Sein Kopf hing über den Knien, wo der Stoff der Hose rotbraun verfärbt war. Von der Wange des Mannes war Blut getropft, denn ein getrocknetes Rinnsal führte unterhalb des linken Ohres zum Genick. Die nahezu kreisrunde Wunde direkt am Haaransatz verriet, woran der Mann gestorben war.

»Eine Hinrichtung.« Bussard beugte sich vor, um die Wunde genauer zu betrachten. »Man sieht keine Brandspuren.«

Smirna imitierte mit den Fingern seiner rechten Hand eine Pistole und richtete die imaginäre Waffe auf das Genick des Toten. »Entweder stand der Täter mindestens einen Meter vom Opfer entfernt oder er hat einen Schalldämpfer benutzt.«

»Der Tote ist Ignaz Baer?«

»Ja, seine Putzfrau hat ihn gefunden. Sie ist in der Küche. Eine Kollegin ist bei ihr.«

Bussard trat einen Schritt zurück und ließ seinen Blick über das Opfer schweifen. Die mit Klebeband an den Armlehnen fixierten Handgelenke und das Loch im Genick des Toten ließen keinen Zweifel daran, dass Ignaz Baer ermordet worden war.

»Können wir reinkommen?« Wegner und Stemmer standen am Türrahmen und betrachteten die Szenerie im Arbeitszimmer.

»Mir wäre es lieber, wenn ihr wartet, bis wir hier fertig sind«, erwiderte Smirna, »sonst stehen wir uns hier nur gegenseitig auf den Füßen.«

Bussard löste seinen Blick vom Opfer und nickte Wegner zu. »Ruf Susanne an. Sie soll sich um das Umfeld des Opfers kümmern, Verwandte, Arbeitsplatz, Finanzen und so weiter, und gib auch der Staatsanwaltschaft Bescheid. Danach schaut ihr euch im Haus um.«

»Alles klar, Bussard.« Wegner und Stemmer verließen ihren Platz beim Türrahmen, wo wenige Sekunden später ein neues Gesicht erschien.

»Guten Morgen.« Professor Münchrath wartete, bis Smirna ihn ebenfalls mit Überziehern ausgestattet hatte, streifte sie über seine Schuhe und trat ins Arbeitszimmer.

»Morgen, Professor.« Bussard nickte dem Leiter der Rechtsmedizin zu, der seinen schwarzen Koffer auf dem Schreibtisch abstellte.

Münchrath knöpfte seinen Mantel auf und stellte sich neben Bussard. »Wie ich höre, haben Sie sich auch der Blues-Musik verschrieben.«

Der Kommissar sah den Pathologen überrascht an. Münchrath, der früher in seinem Institut ausschließlich klassische Musik gehört hatte, war mittlerweile selbst ein Fan der einstigen Negermusik, die man heute politisch korrekt nicht mehr so nennen durfte. Er könne, so hatte Münchrath einmal behauptet, mit dem Blues im Hintergrund ganz entspannt arbeiten. Bussard bezweifelte, dass jemand ganz entspannt Leichen sezieren konnte, doch wann immer er die Pathologie betrat, lief Musik von Muddy Waters, John Lee Hooker oder B. B. King. »Hat sich das bis zu Ihnen herumgesprochen?«

Der knapp sechzigjährige Pathologe, dessen dichter, grauer Lockenschopf schon fast weiß war, lächelte den Kommissar an. »Die Antwort auf Ihre Frage ist doch offensichtlich, oder?«

»Vielleicht wird unser Kollege beim nächsten Kripoball die Bude rocken.« Mallmann ließ seine Kamera sinken und grinste. »Wie sieht's aus, Bussard? Habt ihr schon ein paar fetzige Nummern drauf?«

»Unsere Band existiert erst seit vier Wochen.« Bussard, der die vierzig schon überschritten gehabt hatte, bevor er zum ersten Mal aktiv mit einem Musikinstrument in Berührung gekommen war, sah Mallmann fragend an. »Wie weit bist du eigentlich?«

»Fertig.« Der Kriminaltechniker schaltete seine Fotokamera aus und wandte sich an den Rechtsmediziner. »Er gehört ganz Ihnen, Doc.«

»Danke.« Münchrath ging langsam zur Mitte des Raumes. Auf dem dicken, schweren Perserteppich verursachten seine Schritte kein Geräusch. Bussard ließ sich in die Hocke nieder und betrachtete das Gesicht der Leiche. Der Tote mochte etwa sechzig Jahre alt sein. Sein graues Haar war frisch geschnitten, die Haut seines Gesichts war glatt rasiert und von den Blutflecken auf seiner Hose abgesehen war seine Kleidung makellos sauber. Der Mann hatte auf sein Äußeres geachtet und Bussard nahm einen schwachen Rasierwasserduft wahr, den der Tote verströmte.

»Gibt es Hinweise darauf, dass sich der Täter gewaltsam Zutritt zum Haus verschafft hat?«

Smirna, der auf der Suche nach Fingerabdrücken verschiedene Oberflächen mit Puder bepinselte, sah von seiner Arbeit auf. »Nicht an der Haustür. Die Fenster oder einen eventuellen Hintereingang haben wir uns noch nicht angesehen.«

Bussard erhob sich und sah sich im Arbeitszimmer um. »Es sieht nicht so aus, als sei das Zimmer durchsucht worden.«

»Stimmt, es sieht nicht so aus. Allerdings könnte der Täter auch sorgfältig vorgegangen sein. Ich werde mir das noch genauer ansehen.«

Der Kommissar wollte weder den Kriminaltechnikern noch dem Pathologen im Weg stehen. Er wies Anja an, ihn zu begleiten und verließ mit ihr das Arbeitszimmer. Vor der Tür streiften beide die Überzieher von den Schuhen.

»Na, alles okay?«

»Ja, geht schon.« Die Kommissarin war etwas blass um die Nase. Sie hatte die ganze Zeit über beim Computertisch gestanden, ohne einen Laut von sich zu geben. »Der Anblick war nicht so schlimm wie ich befürchtet habe, aber diese Fliegen …«

»Ja, ich weiß. Man gewöhnt sich zwar nicht daran, aber im Lauf der Zeit lässt es nach.«

Bussard sah sich in der Eingangshalle um, wandte sich nach rechts und öffnete die erste Tür, die ins Wohnzimmer führte. Da sich niemand in dem geschmackvoll und teuer eingerichteten Raum aufhielt, schloss er die Tür wieder und versuchte es bei der nächsten, hinter der sich die Küche verbarg. Im Gegensatz zur antiken Einrichtung des restlichen Hauses fand er ein topmodernes Küchenstudio vor, in dem nichts fehlte, was ein ambitionierter Küchenchef benötigte. Alles stand oder hing an seinem Platz und der gesamte Raum war peinlich sauber. Das verlockende Aroma frisch gebrühten Kaffees stieg dem Kriminalbeamten in die Nase. Während er und Anja auf die offene Tür zugingen, die neben einer Durchreiche zum Esszimmer führte, hörten sie die gedämpften Stimmen zweier Frauen. Bussard klopfte mit den Fingerknöcheln gegen den Türrahmen, um ihr Eintreten anzukündigen.

»Morgen, Franziska.« Er kannte die junge, uniformierte Kollegin flüchtig, die mit einer orientalisch wirkenden Frau am Esstisch saß, doch er war überrascht, sie im Haus des Toten zu sehen. »Du bist nicht mehr in Littenweiler?«

»Nein, ich bin umgezogen und habe mich zum Revier Nord versetzen lassen.«

Der Kommissar stellte seine neue Partnerin vor. Die beiden Frauen begrüßten einander mit einem halblauten »Hallo«, dann setzten sich Bussard und Anja ebenfalls an den Esstisch.

»Ich bin Kriminalhauptkommissar Bussard und leite die Ermittlungen. Sagen Sie mir, wer Sie sind?«

Die orientalisch wirkende Frau starrte ihn mit großen, schreckgeweiteten Augen an. Der Schock, den der Leichenfund bei ihr ausgelöst hatte, stand ihr deutlich ins aschfahle Gesicht geschrieben, während sich die Finger ihrer rechten Hand um den Henkel einer Tasse klammerten. Sie sprach mit zitternder Stimme und ihr Akzent verriet, dass Deutsch nicht ihre Muttersprache war. »Mein Name ist Shaa Gashi.«

»Woher kommen Sie, Frau Gashi?«

»Ich komme aus Prishtina.«

»Prishtina im Kosovo?«

»Ja.«

»Und wie alt sind Sie?«

»Ich bin achtundzwanzig.«

»Wie lange sind Sie schon in Deutschland?«

»Achtzehn Jahre. Im Kosovo war Krieg und ich bin mit meinen Eltern und meinen Geschwistern gekommen für Asyl.«

Bussard sah die Zeugin freundlich an und sprach mit leiser, sanfter Stimme. Anja registrierte, dass der Kommissar Fragen zur Person und dem Hintergrund der Kosovo-Albanerin stellte, um es der Frau leichter zu machen, sich dem Thema zu nähern, mit dem sich die Kripobeamten beschäftigen mussten.

»Leben Ihre Verwandten auch noch hier?«, fragte Bussard und die Zeugin nickte.

»Meine Eltern ja, meine zwei Schwestern auch und ein Bruder. Fatmir, mein anderer Bruder, ist wieder im Kosovo. Abschiebung.«

»Sind Sie verheiratet, Frau Gashi?«

»Ja.«

»Haben Sie Kinder?«

»Ja, zwei Mädchen.«

Das Zittern in der Stimme der jungen Frau hatte nachgelassen und der Blick aus ihren dunkelbraunen Augen mit den langen, dichten Wimpern war nicht mehr so angsterfüllt wie zuvor. Ihr Gesicht jedoch, das von schulterlangen, schwarzen Locken umrahmt wurde, war noch immer blass.

»Haben Sie meine Kollegen verständigt?«

»Verständigt?«

»Haben Sie die Polizei angerufen?«

Frau Gashi nickte zustimmend.

»Erzählen Sie mir von heute Morgen. Wann und wie sind Sie ins Haus gekommen?«

»Ich komme immer Montag und Donnerstag, immer acht Uhr, immer pünktlich. Herr Baer ...« Sie brach ab und schluckte, bevor sie fortfuhr. »... Herr Baer war ein guter Mann, aber streng. Alles muss immer ganz sauber sein, das ganze Haus.«

»Wie sind Sie ins Haus gekommen? Haben Sie einen Schlüssel?«

»Ja.« Frau Gashi ließ den Henkel ihrer Tasse los und zog einen Ring aus ihrer Jackentasche, an dem zwei Schlüssel hingen. »Einer für die Haustür, einer für hinten.«

»Hinten?«

»Ja, Hintereingang, wo die Mülltonnen stehen. Durch die Küche.«

Bussard nickte ihr aufmunternd zu. »Was geschah, nachdem Sie das Haus betreten hatten?«

»Ich wollte zuerst in die Küche, aber die Tür von Arbeitszimmer war offen. Dann habe ich Herr Baer gesehen und das Blut. Er war tot.«

»Haben Sie das Arbeitszimmer betreten?«

Die Kosovo-Albanerin sank ein wenig in sich zusammen und zog den Kopf zwischen die Schultern. »Nein«, antwortete sie leise und schlug die Augen nieder. »Ich habe nicht getraut. Entschuldigung.«

»Sie müssen sich nicht entschuldigen. Sie haben alles richtig gemacht.« Franziska Rombach fasste nach der Hand der Zeugin und drückte sie sanft. Dankbar sah Frau Gashi wieder auf.

Bussard nickte der uniformierten Kollegin zu und wandte sich wieder an die Kosovo-Albanerin. »Wie lange hat es gedauert, bis Sie die Polizei angerufen haben?«

»Gleich«, antwortete sie und schluckte erneut. »Ich habe ganz gleich eins eins null angerufen und gesagt, dass Herr Baer tot ist.«

»War außer Ihnen sonst noch jemand im Haus oder haben Sie jemanden gesehen, als Sie gekommen sind?«

»Nein, niemand.«

Bussard lehnte sich zurück und verschränkte die Hände im Schoß. »Erzählen Sie mir von ihm. Wie lange haben Sie für Herrn Baer gearbeitet?«

»Zwei Jahre und immer alles korrekt. Ich habe immer mein Geld gekriegt. Herr Baer war ein guter Mann.«

»Wie viel hat er ihnen bezahlt?«

»Immer dreißig Euro für drei Stunden putzen, immer Montag und Donnerstag.«

»Haben Sie sich jemals über private Dinge mit Herrn Baer unterhalten?«

»Private Dinge?«

»Ja, hat er Ihnen von sich erzählt, von seinem Leben, seiner Arbeit oder seinen Freunden?«

Shaa Gashi sah Bussard mit großen, traurigen Augen an und schüttelte den Kopf. »Ich habe ihn nicht oft gesehen. Normalerweise das Geld war immer auf dem

Küchentisch. Er war nicht oft da, wenn ich gekommen bin.«

Nachdenklich fuhr sich Bussard durch die Haare, die schon seit mehr als sechs Monaten nicht mehr mit einer Schere in Kontakt gekommen waren. Der Tatort sah nicht nach einem Eifersuchtsdrama aus. Ignaz Baer war nicht im Affekt getötet worden und Bussard glaubte nicht, dass die junge Frau, die das Haus des Professors sauber gehalten hatte, ihn kaltblütig durch einen Schuss ins Genick hingerichtet hatte. Trotzdem musste er noch ein wenig tiefer bohren. »Sind Sie manchmal auch abends gekommen?«

Die Zeugin sah den Kommissar überrascht an. »Abends? Warum abends?«

»Vielleicht haben Sie ja nicht nur für Herrn Baer geputzt.« Bussard beobachtete das Gesicht der Kosovo-Albanerin genau. In mehr als zwanzig Dienstjahren und unzähligen Vernehmungen hatte er gelernt, eine natürliche Regung von einer gespielten zu unterscheiden. Er registrierte, wie sich die Augenbrauen der Frau ein wenig zusammenzogen und sich eine Falte auf ihrer Stirn bildete.

»Ich versteh nicht.«

»Vielleicht sind Sie sich privat näher gekommen. Herr Baer war ein reicher Mann, Sie sind eine attraktive Frau.«

»Nein!« Frau Gashi schlug mit der flachen Hand knallend auf den Tisch und Franziska Rombach fuhr erschrocken zusammen. »Ich bin verheiratet! Was glauben Sie? Bin ich eine Hure? Denken Sie das? Denken Sie das bei der Polizei?«

Ihre Stimme war immer lauter geworden. Ihre Nasenflügel bebten und der Blick aus ihren zornfunkelnden Augen verriet, dass sie nicht ertappt, sondern beleidigt worden war.

»Ich weiß, dass Sie keine Affäre mit Herrn Baer hatten.« Bussard sprach noch immer leise und lächelte die Zeugin an. Ihre Mimik und ihr Gefühlsausbruch hatten ihm alles verraten, was er hatte wissen wollen.

»Aber warum fragen Sie dann so?«

»Ich wusste es vorher noch nicht, deshalb habe ich Sie gefragt. Jetzt weiß ich es.«

13

Nach der Vernehmung der Zeugin kehrten die beiden Kommissare in die Eingangshalle zurück, wo sie mit Wegner und Stemmer zusammentrafen.

»Ich muss mir die Telefonnummer der Putzfrau geben lassen«, erklärte Wegner. »Das ganze Haus blitzt und blinkt, da findest du kein Staubkorn.«

»Habt ihr etwas entdeckt, das uns weiterbringt?« Bussard sah die beiden Kollegen abwechselnd an, die synchron die Köpfe schüttelten.

»Nein, nichts«, antwortete Wegner, »aber Susanne hat sich in der Zwischenzeit gemeldet. Ignaz Baer war Professor für Mathematik. Er hatte einen Lehrstuhl an der Uni, irgendetwas mit Statistik. Es gibt einen Sohn, Frank Baer, der in Freiburg lebt, und eine Exfrau, die seit der Scheidung in England wohnt. Weitere Angehörige sind nicht bekannt.«

»Okay, danke. Wartet einen Augenblick.« Bussard ging zur offenen Tür des Arbeitszimmers und blieb am Türrahmen stehen. »Professor, können Sie den Todeszeitpunkt eingrenzen?«

»Natürlich. Aufgrund der Lebertemperatur schätze ich, dass der Tod zwischen dreiundzwanzig und ein Uhr eingetreten ist.«

Der Kommissar kehrte zu seinen Mitarbeitern zurück. Er nannte ihnen den Todeszeitpunkt und wies Wegner und Stemmer an, die Nachbarn zu befragen.

Stemmers enttäuschter Gesichtsausdruck verriet, dass er eigentlich mit etwas anderem gerechnet hatte. »Ich würde mir lieber zuerst noch den Tatort und die Leiche ansehen.«

»Später, Julian. Zuerst kümmert ihr euch um eventuelle Zeugen. Vielleicht hat jemand einen Schuss gehört oder gesehen, wie der Täter das Haus betreten oder verlassen hat.«

»Aber …«

Bussards durchdringender Blick ließ Stemmer verstummen. Wegner unterdrückte ein Grinsen und zog den jungen Beamten mit sich. Stemmer würde noch lernen müssen, dass ein kollegiales »du« die Hierarchie innerhalb der Ermittlungsgruppe nicht außer Kraft setzte.

»Komm mit, Anja, wir sehen uns jetzt den Tatort an.« Bussard ging erneut zum Türrahmen des Arbeitszimmers. »Wie weit seid ihr mit dem Fußboden, Bertold?«

»Fertig.« Smirna, der gerade den Griff einer Schublade untersuchte, winkte die beiden Kollegen zu sich heran. »Ihr könnt reinkommen.«

Bussard und Anja betraten zum zweiten Mal das Arbeitszimmer, wo der Rechtsmediziner in der Zwischenzeit seine Arbeit beendet hatte.

»Ich glaube, wir hatten vorhin noch nicht das Vergnügen.« Der Pathologe zog seine Latexhandschuhe aus und schloss seine Tasche. »Mein Name ist Münchrath.«

»Anja Hill.«

»Charmant.« Er deutete eine Verbeugung an, nahm seinen Mantel und hängte ihn über seinen Arm.

»Todesursache Genickschuss?«, fragte Bussard.

»Soweit ich das im Augenblick beurteilen kann, ja. Näheres erfahren Sie wie immer nach der Obduktion.« Münchrath nickte den Anwesenden noch einmal zu und verließ den Tatort.

Bussard nahm ein Päckchen Tabak aus seiner Jacke und begann, sich eine Zigarette zu drehen. Aus dem Augenwinkel beobachtete er seine Partnerin, die bisher ziemlich zurückhaltend gewesen war. Ihre Ermittlungsarbeit im Wirtschaftsdezernat hatte sie nie an den Tatort eines Gewaltverbrechens geführt, doch nun würde sich zeigen, ob sie Talent für ihren neuen Job besaß. »Zieh deine Handschuhe an, Anja, und schau dich um. Sag mir, was du siehst.«

Aus zwei Metern Entfernung betrachtete die Kommissarin die Leiche, während sie ihre Handschuhe überstreifte. »Es sieht so aus, als sei der Mann zuerst befragt und anschließend hingerichtet worden.«

»Wie kommst du darauf?«

»Der Täter hat das Opfer an den Schreibtischstuhl gefesselt. Das wäre nicht nötig gewesen, wenn er ihn nur hätte umbringen wollen.«

Bussard klebte das Blättchen zu und rupfte die überstehenden Tabakreste ab. »Geh näher ran. Sieh dir das Opfer genauer an.«

Anja atmete einmal vorsichtig durch, bevor sie sich in Bewegung setzte. Sie hatte noch nie einen Toten mit eigenen Augen gesehen, doch sie wusste, dass sie keine Scheu haben durfte, wenn sie ihren Job erledigen wollte. Allerdings hatte sie nicht damit gerechnet, gleich am ersten Tag mit einem Mordopfer konfrontiert zu werden. Sie ging bis zum Schreibtischstuhl, ließ sich auf ein Knie nieder und sah dem Toten ins Gesicht, ohne ihn jedoch anzufassen. »Man sieht keine äußeren Verletzungen, abgesehen von der Wunde im Genick. Es sieht nicht so aus, als sei der Mann gefoltert worden.«

»Nicht jede Folter hinterlässt sichtbare Spuren. Genaueres sagt uns allerdings Professor Münchrath nach der Obduktion.«

»Fürs Erste sind wir hier fertig.« Mallmann und Smirna verstauten einige Utensilien in ihren Koffern und ließen die Verschlüsse zuschnappen. »Wir nehmen uns aber noch Fenster und Türen vor.«

Die beiden Kriminaltechniker verließen das Arbeitszimmer, während Bussard den Rollladen aufzog und das Fenster öffnete. Ein Schwall frischer Herbstluft strömte durch den Raum, was Anja dankbar zur Kenntnis nahm. Konzentriert setzte sie ihre Beobachtung fort.

»Am rechten Arm ist das Klebeband über der Manschette des Hemdes, aber am linken ist es direkt auf der Haut.« Sie hob den Ärmel des Hemdes vorsichtig an. »Der Knopf fehlt. Es sieht aus, als wäre er abgerissen. Vermutlich hat sich das Opfer gegen die Fesselung gewehrt. Außerdem hängt ein Zipfel des Hemdes aus dem Hosenbund heraus.«

Bussard zündete seine Zigarette an, inhalierte tief und blies den Rauch ins Freie. »Das war Münchrath. Schau dir die Haut unter dem Zipfel an.«

»Da ist eine Verletzung, ein kleines Loch seitlich am Bauch.«

»Genau. Münchrath hat die Lebertemperatur gemessen, um den Todeszeitpunkt zu ermitteln.«

Anja wusste, dass dies ein durchaus üblicher und wichtiger Vorgang bei der kriminalistischen Arbeit war. Trotzdem behagte ihr die Vorstellung nicht, dass der freundliche ältere Herr mit den Manieren eines Gentlemans dem Toten einen langen, spitzen Gegenstand in den Bauch gestochen hatte. »Der Rest der Kleidung ist in Ordnung. Mehr kann ich nicht erkennen.«

Bussard lehnte sich gegen den Schreibtisch. Er beobachtete die junge Frau, die sich besser hielt als so manch anderer Kollege. Nicht wenige hatten beim Anblick einer Leiche schon ihr Frühstück von sich gegeben. Anja bemühte sich tapfer und Bussard wollte wissen, ob sie tatsächlich über kriminalistischen Spürsinn verfügte, wie Heidi Peters behauptet hatte.

»Wenn man an einen Tatort kommt, gibt es drei Fragen.« Der Kommissar sah seine Partnerin erwartungsvoll an.

»Ich bin zwar neu in deiner Abteilung, aber es gibt trotzdem keinen Grund, mich wie eine Anfängerin zu behandeln.« Anja erhob sich und warf Bussard einen missbilligenden Blick zu. Seine überhebliche Schulmeisterart ging ihr ziemlich gegen den Strich und sie musste gleich von Anfang an klarstellen, dass sie nicht mehr in der Grundschule war. »Auch wenn meine Ausbildung schon ein paar Jahre zurückliegt, kenne ich immer noch die drei großen Ws: Wer, Wie und Warum. Wer ist der Täter? Wie wurde die Tat ausgeführt und warum hat der Täter die Tat begangen?«

»Die drei großen Ws der Ermittlungsarbeit.« Bussard nickte bedächtig, obwohl Anja nicht die richtige Antwort geliefert hatte. »Alles richtig, aber viel zu früh.«

»Wieso zu früh?«

Der Kommissar zog noch einmal an seiner Zigarette, bevor er antwortete. »Erste Frage: Was hat der Täter dagelassen? Zweite Frage: Was hat der Täter mitgenommen? Dritte Frage: Was hat der Täter verändert?«

Überrascht stellte Anja fest, dass sie sich geirrt hatte. Bussard war doch nicht so überheblich, wie sie unterstellt hatte und sie musste sich eingestehen, dass sie in Sachen Tatortermittlung tatsächlich eine Anfängerin war. Ihre Frage, woher sie denn wissen sollte, was der Täter mitgenommen hat, wenn sie nicht wusste, was vorher alles vorhanden gewesen war, schluckte sie hinunter. Sie ging zum Computertisch, bückte sich und sah sich suchend um. »Der Täter hat den PC mitgenommen. In der Buchse an der Wand steckt noch das Telefonkabel, aber das lose Ende liegt auf dem Boden. Außerdem stehen Monitor, Tastatur und Maus auf dem Tisch.«

»Okay, weiter!«

Anja wandte sich um. »Der Täter hat den Schreibtischstuhl in die Mitte des Raumes gerückt. So konnte er ungehindert um das Opfer herumlaufen.«

»Auch richtig. Was hat der Täter noch verändert?«

Die Kommissarin erforschte den Raum mit ihren Blicken, doch sie fand keine weitere Antwort. Unschlüssig schüttelte sie den Kopf.

»Ich habe eben den Rollladen geöffnet«, erklärte Bussard. »Der Täter hat ihn herabgelassen.«

»Woher wissen wir, dass es der Täter war und nicht das Opfer?«

»Alle anderen Rollläden im Haus sind offen. Das haben wir gesehen, als wir das Grundstück betreten haben. Der Rollladen hier im Arbeitszimmer ist der einzige, der geschlossen war. Wir wissen zwar nicht mit Sicherheit, ob es wirklich der Täter war, aber die Vermutung liegt nahe, denn warum hätte Baer nur diesen einen Rollladen ausgerechnet in dem Zimmer schließen sollen, in dem er getötet wurde?«

Anja deutete mit dem Finger auf das Fenster. »Der Täter wollte verhindern, dass man ihn von draußen beobachten kann.«

»Und was sagt uns das?«

»Er geht methodisch vor. Er plant und achtet auf Details. Er überlässt nichts dem Zufall. Wahrscheinlich wusste er sogar, dass sein Opfer allein im Haus sein würde.«

Wieder zog Bussard an seiner Zigarette und blies den Rauch nach draußen, dann schnippte er die Kippe in den Garten. »Wir wissen, was er mitgenommen und was er verändert hat. Jetzt bleibt nur noch eine Frage. Was hat er dagelassen?«

Anja dachte einen Moment konzentriert nach, dann hellten sich ihre Gesichtszüge plötzlich auf. »Das Opfer hat eine Schusswunde im Genick, aber es gibt keine Austrittswunde. Also muss das Projektil noch im Kopf des Opfers stecken. Das hat der Täter dagelassen!«

17

Die Befragung der Nachbarn brachte keine weiteren Erkenntnisse. Niemand hatte gegen Mitternacht einen Schuss gehört oder im Verlauf des Vorabends gesehen, wie eine Person das Haus des Mathematikprofessors betreten oder verlassen hatte. Bussard wies Wegner an, zusammen mit Stemmer das Arbeitszimmer zu durchsuchen, um Briefe oder Dokumente zu finden, die einen Hinweis darauf lieferten, wen sich Baer zum Todfeind gemacht hatte, während er selbst mit seiner Partnerin den Sohn des Getöteten aufsuchen wollte.

»Und, alles okay?« Bussard und Anja fuhren durch den Stadtteil Herdern Richtung Norden. Sie durchquerten das Viertel, in dem die Stadtverwaltung die meisten Straßen nach berühmten Komponisten benannt hatte.

»Was meinst du?«

Der Kommissar warf seiner Partnerin einen Blick zu. Ihr Gesicht war ernst und nachdenklich und er spürte, in welcher Stimmung sie war, auch wenn sie sich Mühe gab, ihre Emotionen zu verbergen. »Beim ersten Mal tut's immer weh, aber du hast dich gut gehalten.«

»Ich bin Polizistin, da muss man so was abkönnen.«

»Ja, das stimmt schon, aber die erste Leiche vergisst man nicht so schnell. Der Anblick und das Wissen, dass ein Mensch gewaltsam aus dem Leben gerissen wurde, das nimmt einen ganz schön mit.«

Anja hatte die Hände im Schoß verschränkt und blickte aus dem Beifahrerfenster. Für die Achtundzwanzigjährige war es keine Frage, dass sie sich von ihrer ersten Leiche nicht unterkriegen ließ. Ein Mann war ermordet worden und sie gehörte zu dem Team, das die Straftat aufklärte. Dabei wollte sie sich ebenso professionell verhalten wie in Heidis Abteilung. »Keine Angst, ich werde nicht von Ignaz Baer träumen.«

Ob diese Aussage sich bewahrheiten würde, wusste Anja allerdings noch nicht. Ihr erster Besuch am Tatort eines Mordes hatte sie jedoch nicht so sehr mitgenommen, dass sie bemuttert werden musste. »Du kommst doch auch damit klar und du machst diesen Job schon eine ganze Weile.«

Bussard setzte den Blinker und bog in die Zähringerstraße ein, die nach dem Adelsgeschlecht benannt worden war, das in früheren Jahrhunderten über Freiburg und das Dreisamtal geherrscht hatte. »Man braucht einen Ausgleich, ein Gegengewicht zu der Gewalt, die uns jeden Tag begegnet, sonst steht man das nicht durch.«

»Und was ist dein Ausgleich, dein Gegengewicht?«

Der Kommissar zögerte mit der Antwort. Er wollte nicht über sein Privatleben sprechen, doch er hatte ihre Frage selbst herausgefordert und konnte nun keinen Rückzieher machen. »Mein Gegengewicht sind meine Töchter.«

»Wie alt sind deine Töchter?«

»Zwölf und vierzehn.«

»Und sie müssen das alles ausbaden?«

Wieder zögerte Bussard mit der Antwort. Die Frage war berechtigt und er hatte keine Ahnung, was er erwidern sollte, denn von dieser Seite hatte er das Problem noch nie betrachtet. Er wusste, dass seine Arbeit ein wesentlicher Grund für das Scheitern seiner Ehe gewesen war, auch wenn Helen ihren eigenen Teil dazu beigetragen hatte. Vor seinen Kindern aber hatte er die Belastungen seines Jobs stets zu verbergen versucht und er hoffte inständig, dass ihm dies auch gelungen war. »Meine Kinder sind der Sonnenschein in meinem Leben. Ich lade meinen Mist nicht bei ihnen ab, sondern genieße das Zusammensein mit ihnen. Wenn wir herumalbern, wenn sie lachen und fröhlich sind, denke ich nicht mehr an die Scheiße, mit der ich mich jeden Tag herumschlagen muss.«

Sie hatten die Abfahrt zum Zubringer Nord, der zur Autobahn führte, passiert und Bussard bog in die Alban-Stolz-Straße ein. Das Gebäude, vor dem der Kommissar seinen BMW parkte, hätte keinen größeren Kontrast zur Villa des Mathematikprofessors bieten können. Das zwölfstöckige Hochhaus war funktional, schlicht und schnörkellos und die Farben, mit denen die Balkone gestrichen waren, übertünchten kaum die Tristesse des Betonbaus, in dem es viele Wohnungen, aber kaum ein Zuhause gab. Auf einem der unzähligen Klingelschilder entdeckten die Kommissare den Namen »Baer«. Bussard läutete. Nach einer Weile meldete sich eine undeutliche Stimme aus der Gegensprechanlage. »Ja?«

»Kriminalpolizei. Wir müssen mit Ihnen sprechen.«

»Warum?«

»Bitte öffnen Sie die Tür. Es ist wichtig.«

»Worum geht's?«

»Es geht um Ihren Vater.«

Einige Sekunden verstrichen, bis Bussard schließlich das Geräusch des Türsummers hörte, begleitet von einem undeutlichen »achter Stock«. Er drückte die Tür auf und die beiden Kommissare betraten den düsteren Hausflur. Mit dem Aufzug, dessen Wände mit zumeist ordinären und pornographischen Graffitis beschmiert waren, fuhren sie ins achte Stockwerk.

Als sie das klapprige Vehikel verließen, erkannten sie einen Mann, der mit vor der Brust verschränkten Armen in der halboffenen Tür seiner Wohnung auf sie wartete. Er war Mitte zwanzig, trug eine verwaschene Jeans und ein ausgebleichtes Sweatshirt mit einem Totenkopf. Seine ungekämmten Haare standen wirr nach allen Seiten von seinem Kopf ab. Sie waren blondiert, doch die dunklen Ansätze zeigten, dass die Färbung schon mehrere Wochen zurücklag. Beide Ohren schmückten mehrere Stecker und Augenbrauen, Nase und Unterlippe seines unrasierten Gesichts waren gepierct. Die Ähnlichkeit mit seinem Vater war schwer zu erkennen, denn das kantige Gesicht mit den dunkelbraunen Augen verriet, dass ein Teil seiner Vorfahren aus dem Orient stammte. Die Kommissare gingen auf den Mann zu und blieben vor der halboffenen Wohnungstür stehen.

»Guten Tag. Sind Sie Herr Frank Baer?«

»Ja, warum?«

»Mein Name ist Bussard. Das ist meine Kollegin, Frau Hill. Dürfen wir reinkommen?«

»Nein.«

»Okay.« Die Unverletzlichkeit der Wohnung war ein Grundrecht und der Mann konnte selbst entscheiden, wem er Zutritt gewährte und wem nicht. Der Kommissar wollte das Gespräch nicht zwischen Tür und Angel führen, doch er hatte keine andere Wahl. »Wir müssen Ihnen leider mitteilen, dass Ihr Vater tot ist.«

Frank Baer zeigte keine Reaktion. Er wirkte weder überrascht noch betroffen. Nicht einmal ein Anflug von Trauer stand in seinen Augen.

»Wir möchten uns mit Ihnen über Ihren Vater unterhalten. Vielleicht sollten wir doch besser reingehen.«

»Wozu? Er ist tot, sonst noch was?«

Bussard blieb freundlich, aber bestimmt. Frank Baer war der nächste Verwandte des Ermordeten und damit ein wichtiger Zeuge. Seine Aussage würde wahrscheinlich einige Hintergrundinformationen über den Mathematikprofessor liefern. »Wir können das Gespräch in Ihrer Wohnung führen oder auf dem Präsidium.«

»Ich muss euch nicht in meine Wohnung lassen, also verpisst euch!« Baer trat einen halben Schritt zurück und knallte die Wohnungstür zu. Bussard drückte auf den Klingelknopf, doch wenige Augenblicke später dröhnten wummernde Bässe und kreischende Gitarren aus der Wohnung. Der Heavy Metal Fan hatte keine Lust auf eine weitere Unterhaltung.

Anja schüttelte verwundert den Kopf und sah ihren Partner fragend an. »Und jetzt?«

»Jetzt fahren wir zur Uni und sehen uns den Arbeitsplatz des Professors an. Vielleicht sind seine Kollegen etwas gesprächiger.« Er setzte sich in Bewegung und Anja folgte ihm.

»Und was ist mit Frank Baer?«

»Um den kümmern wir uns später. Aufzug oder Treppe?«

»Aufzug.«

19

»Wie bist du eigentlich in Heidis Abteilung gelandet?« Bussard schloss seinen Wagen ab und steckte den Schlüssel ein. Nach ihrem Besuch beim wenig auskunftsfreudigen Sohn des Mordopfers waren die

Kommissare ins Institutsviertel gefahren, um mit den Arbeitskollegen des ehemaligen Professors zu sprechen.

»Ich habe einen Zahlenkopf«, antwortete Anja. »In der Schule war Mathe eines meiner Lieblingsfächer. Als die Mutterschaftsvertretung im Wirtschaftsdezernat ausgeschrieben war, habe ich mich sofort darauf beworben. Eigentlich war das die ideale Stelle für mich. Die Ermittlungsarbeit ist relativ einfach.«

»Wieso einfach?«

»Menschen lügen, Zahlen nicht.«

Die Kommissare hatten das Mathematische Institut der Freiburger Albert-Ludwigs-Universität erreicht, das alle fünf Etagen des langgestreckten, rotbraunen Gebäudes mit den zahllosen weißen Fensterrahmen beanspruchte. Anja spürte, dass ihr Herz kräftiger schlug, als sie diesen Tempel des Wissens betrat, wo nicht nur gelehrt, sondern auch geforscht wurde. Verschiedene Arbeitsgruppen beschäftigten sich mit unterschiedlichen Teilgebieten, von der Analysis über die Finanzmathematik bis zur Zahlentheorie. Ehrfürchtig betrachtete sie die Hinweistafel im Erdgeschoss, die darüber Auskunft gab, wer wo zu finden war.

»Abteilung für Mathematische Stochastik, Professor Baer.« Mit dem Finger deutete sie auf die entsprechende Zeile der Tafel. »Das Sekretariat ist im zweiten Obergeschoss.«

Für Bussard war Mathematik zwar kein Buch mit sieben Siegeln, doch er erinnerte sich kaum an das, was er in der Schule jenseits von Dreisatz und Prozentrechnen gelernt hatte. Weder in seinem Berufs- noch in seinem Privatleben benötigte er Kenntnisse über Differenzialgleichungen oder die Berechnung von Kegelschnitten. »Sag mal, Anja, weiß dein Zahlenkopf, was Stochastik ist?«

»Klar weiß er das. Stochastik ist ein Teilgebiet der Mathematik, das sich mit Wahrscheinlichkeiten und Statistik beschäftigt.«

Bussard brummte anerkennend. Der Zahlenkopf an seiner Seite wusste offenbar einiges, was diesen Bereich seines Horizonts überstieg.

Im zweiten Obergeschoss fanden sie das gesuchte Sekretariat. Ein Namensschild an der Tür wies die Mitarbeiterin als Frau Burger-Engel aus. Bussard hatte nicht viel für Doppelnamen übrig. Wenn man heiratete, entschied man sich für den einen oder den anderen Nachnamen. Ein Doppelname klang für ihn immer wie »ja, aber«, eine Eheschließung mit Rücktrittsklausel. Für Kinder, die aus Doppelnamenehen hervorgingen, konnte eine solche Konstellation erhebliche Nachteile auf dem Schulhof bringen. Aus Burger-Engel wurde dann englisch ausgesprochen *Burger-Angel,* ein Name, der seine Trägerin für eine Karriere in einer Frikadellenbraterei geradezu prädestinierte.

Frau Burger-Engel sah aus wie der Inbegriff einer Sekretärin. Auf der Nasenspitze der gutgekleideten grauhaarigen Dame saß eine Brille mit halben Gläsern, deren Bügel durch eine filigrane Goldkette verbunden waren. Als die Kommissare ihr Büro betraten, nahm sie den Kopfhörer ab, den sie wie ein Stethoskop getragen hatte. Über den Rand ihrer halben Brille hinweg warf sie den Eindringlingen in ihr Reich einen fragenden Blick zu.

»Guten Tag, Frau Burger-Engel.« Bussard schenkte ihr ein Lächeln, das jedoch nicht erwidert wurde. »Sind Sie die Sekretärin von Professor Baer?«

»Ich leite das Sekretariat.« Ihre Stimme und ihr Tonfall waren ebenso reserviert wie ihr Blick. »Wenn Sie mit Professor Baer sprechen möchten, müssen Sie einen Termin vereinbaren. Allerdings ist diese Woche …«

»Wir möchten mit Ihnen sprechen.«

»Mit mir?«

»Ja. Das ist meine Kollegin, Frau Hill, und mein Name ist Bussard, Kriminalpolizei Freiburg.«

»Kriminalpolizei?« Sie legte den Kopfhörer neben die Tastatur auf ihrem Schreibtisch und sah die Beamten interessiert an. »Worüber wollen Sie mit mir sprechen?«

»Professor Baer arbeitet doch hier, oder?«

»Natürlich, er leitet die Abteilung für Mathematische Stochastik. Wollen Sie mir nicht sagen, worum es geht?«

Bussard unterdrückte ein Seufzen. Für die Nachricht, die er überbringen musste, gab es keine beschönigende Umschreibung und zum zweiten Mal innerhalb einer Stunde musste er einen Menschen mit der Endgültigkeit des Todes konfrontieren. »Es tut uns leid, Ihnen sagen zu müssen, dass Herr Baer letzte Nacht verstorben ist.«

»Oh, mein Gott!« Die Sekretärin schlug die Hand vor den Mund und sank gegen die Rückenlehne ihres Stuhls. Die Farbe wich langsam aus ihrem Gesicht, ihre Finger begannen zu zittern und sie schüttelte den Kopf. »Professor Baer ist … er ist tot?«

»Ja. Wir müssen davon ausgehen, dass er ermordet wurde.«

»Ermordet?« Der Schock über die Nachricht stand in den weit aufgerissenen Augen der Sekretärin. »Aber wieso?«

»Das werden wir herausfinden.« Bussard sprach leise, doch seine Stimme drückte Zuversicht aus. »Fühlen Sie sich in der Lage, einige Fragen zu beantworten?«

»Oh, mein Gott … ich bin … ich …«

Anja sah die ältere Frau mitfühlend an. Die Nachricht vom Tod seines Vaters hatte Frank Baer emotionslos aufgenommen, doch die Sekretärin war entsetzt, auch wenn Frau Burger-Engel keine nahe Verwandte des Ermordeten war. »Soll ich Ihnen ein Glas Wasser holen?«

»Nein, danke, es geht schon.« Frau Burger-Engel nahm die Brille von der Nase, zog ein Taschentuch aus ihrer Handtasche und wischte sich die Augen. Ihr Blick hatte etwas Flehendes angenommen, als sie sich an Bussard wandte. »Bitte entschuldigen Sie. Ich … ich kann das noch gar nicht glauben. Sind Sie sicher, ich meine, wurde Professor Baer wirklich ermordet?«

»Nach Lage der Dinge besteht daran kein Zweifel.« Bussard bedeutete seiner Partnerin mit einem Kopfnicken, sich auf einen Besucherstuhl zu setzen, während er auf einem zweiten Stuhl Platz nahm. »Können Sie sich vorstellen, dass jemand Grund gehabt haben könnte, Professor Baer zu ermorden?«

»Wer hätte ihn denn ermorden sollen?«

»Genau das wollen wir herausfinden. Hatte er Streit mit jemandem oder gab es Meinungsverschiedenheiten?«

Die Sekretärin putzte sich die Nase, wischte sich noch einmal die Augen und zuckte schließlich mit den Achseln. »Streit? Nein, eigentlich nicht. Professor Baer war immer sehr korrekt, in allem, was er tat. Meinungsverschiedenheiten gab es eigentlich nur mit seinem Assistenten. Beide können stur wie Hornochsen sein und …« Sie brach erschrocken ab. »Bitte entschuldigen Sie. Ich wollte nichts Schlechtes über Professor Baer sagen.«

»Schon gut.« Bussard nickte ihr aufmunternd zu. »Sturheit an sich muss nicht unbedingt etwas Schlechtes sein. Manchmal muss man stur sein, wenn man den Dingen auf den Grund gehen will. Das weiß ich aus eigener Erfahrung. Wie heißt sein Assistent?«

»Müller, Sven Müller.«

»Und worum ging es bei den Meinungsverschiedenheiten?«

»Das kann ich Ihnen nicht sagen.«

Wieder nickte Bussard ihr aufmunternd zu. »Sagen Sie mir, was Sie wissen, Frau Burger-Engel. Je mehr Sie uns erzählen, desto schneller können wir den Mörder von Professor Baer verhaften.«

Die Sekretärin hob abwehrend die Hand und schüttelte den Kopf. »Ich kann es Ihnen nicht sagen, weil ich nicht Mathematik studiert habe. Professor Baer und Herr Müller haben oft hitzige Dispute geführt, aber ich habe selten verstanden, worum es ging. Am besten sprechen Sie selbst mit ihm.«

»Und wo finden wir Herrn Müller?«

»Den Gang runter, dritte Tür links. Sein Name steht an der Tür.«

Bussard drehte sich zur Seite, schlug die Beine übereinander und verschränkte die Hände im Schoß. »Wie lange haben Sie für Professor Baer gearbeitet?«

»Acht Jahre.«

»Acht Jahre sind eine lange Zeit, da bildet sich oft ein Vertrauensverhältnis. Wie war Ihr Verhältnis zu Ihrem Chef?«

Frau Burger-Engel holte tief Luft, verharrte einen Augenblick und atmete langsam wieder aus. »Gut, ja wirklich. Ich habe gerne für ihn gearbeitet.«

»Kamen manchmal auch private Dinge zur Sprache?«

»Selten. Professor Baer hat kaum über sein Privatleben gesprochen. Ich weiß nur, dass sein Verhältnis zu seinem Sohn ziemlich zerrüttet war, aber das ist eigentlich auch schon alles. Er hat Beruf und Privatleben immer streng getrennt.«

»Woher wissen Sie dann, dass das Verhältnis zu seinem Sohn zerrüttet war?«

»Ich kam einmal in sein Büro, als er mit seinem Sohn telefoniert hat. Ich wollte nicht lauschen, aber es war unvermeidlich. Er sagte, sein Sohn würde niemals einen Euro von ihm sehen. Professor Baer war ziemlich wütend und hat seinen Sohn als Schmarotzer beschimpft.«

»Wann war das?«

»Vor einem halben Jahr, ungefähr.«

Die Aussage der Sekretärin passte ins Bild. Frank Baer hatte nicht den Eindruck erweckt, als würde er seinem verstorbenen Vater eine Träne nachweinen. Es gab zwar noch keine Erkenntnisse über die finanziellen Verhältnisse des Getöteten, doch ein Blick auf die potenziellen Erben eines Mordopfers lohnte sich immer. »Professor Baer war geschieden. Gab es eine andere Frau in seinem Leben?«

»Das … weiß ich nicht.«

Dem Kommissar war das Zögern der Sekretärin ebenso wenig entgangen wie seiner Partnerin. Frau Burger-Engel wusste etwas, wollte aber nicht darüber sprechen.

»Sie mögen die Frau nicht«, stellte Anja fest.

»Welche Frau?«

»Die neue Freundin des Professors.«

Die Sekretärin warf der Kommissarin einen vernichtenden Blick zu, antwortete aber nicht. Anja wollte noch einmal nachhaken, doch Bussard beendete die Vernehmung überraschend schnell. »Danke, Frau Burger-Engel. Das ist im Moment alles.«

Anja sah ihren Kollegen verblüfft an, doch Bussard beachtete sie nicht. Er nickte der Sekretärin noch einmal zu und erhob sich. »Jetzt möchten wir uns das Büro von Professor Baer ansehen.«

»Sein Büro? Glauben Sie, dass er wegen seiner Arbeit ermordet wurde?«

»Wir ermitteln in alle Richtungen.« Er ging auf die Tür zu, die vom Sekretariat zu einem benachbarten Raum führte. »Das ist doch sein Büro, oder?«

»Ja, aber Sie können da nicht einfach reingehen. Ich muss zuerst den Rektor informieren.«

»Natürlich, rufen Sie ihn an.«

Während die Sekretärin nach dem Telefonhörer griff, stand Anja ebenfalls auf. Bussard wartete den Anruf nicht ab. Er drückte auf die Klinke, öffnete die Tür und trat ein. Anja folgte ihm und Sekunden später erschien Frau Burger-Engel im Türrahmen. »Halt! Das dürfen Sie nicht!«

»Doch, das dürfen wir.« Bussard wandte sich um, ging auf sie zu und griff nach der Klinke. »Professor Baer wurde Opfer eines Gewaltverbrechens, deshalb brauchen wir auch keinen richterlichen Beschluss. Sie warten bitte in Ihrem Büro. Sagen Sie uns Bescheid, wenn der Rektor kommt. Rufen Sie auch Herrn Müller an. Er soll sich zu unserer Verfügung halten.«

Der Kommissar nickte der Sekretärin noch einmal zu und schloss die Tür.

»Warum hast du mir eben das Wort abgeschnitten?«, fragte Anja ungehalten. »Sie wusste doch etwas über eine andere Frau. Das war doch offensichtlich.«

»Stimmt.«

»Warum haben wir dann nicht weitergebohrt?«

»Weil sie uns jetzt nichts mehr über diese andere Frau gesagt hätte. Sie muss zuerst den Tod ihres Chefs verdauen und wir haben später einen Punkt, an dem wir einhaken können.«

Anja war nicht sicher, ob Bussards Vorgehen richtig war. Allerdings war sie bei ihrem ersten Besuch am Tatort eines Mordes gleich ins erste sich bietende Fettnäpfchen getreten und sie hatte einsehen müssen, dass sich Mordermittlungen erheblich von denen im Wirtschaftsdezernat unterschieden. Heidi Peters hatte prophezeit, dass Anja viel bei Bussard lernen würde. Während die Kommissarin sich umsah, fasste sie den Entschluss, bis auf Weiteres darauf zu vertrauen, dass ihr neuer Chef schon wusste, was er tat.

Das Büro war sauber und aufgeräumt. Es vermittelte nicht den Eindruck, dass hier ein Genie am Werk war, das das Chaos beherrschte, sondern dass in diesem Raum ein Mann methodisch und gewissenhaft arbeitete. Die Anordnung der Möbel entsprach der des Arbeitszimmers im Haus des Professors. Vor dem Fenster thronte ein großer Schreibtisch aus Massivholz, zwei mit Büchern gefüllte Regale beanspruchten die gesamte Länge zweier Wände und an der Wand mit der Tür zum Büro der Sekretärin stand ein Computertisch. In Gedanken verglich Bussard die beiden Arbeitsplätze des Mathematikers und er fragte sich, was wohl das Original war und was die Kopie.

»Sein Rechner ist noch da, aber abgesehen von der Leiche ist das Büro des Professors seinem Arbeitszimmer verblüffend ähnlich. Allerdings gibt es hier zwei PCs.« Anja ging zum Computertisch, auf dem ein alter, klobiger Monitor stand. »So etwas sieht man heute nicht mehr oft. Der Rechner scheint auch noch aus dem letzten Jahrtausend zu sein.«

Sie bückte sich, zog den PC ein Stück nach vorn und betrachtete die Rückseite. »Kein Telefonkabel. Wer weiß, ob der Professor diese Kiste überhaupt noch benutzt hat.«

Die Kommissarin wandte sich um, ging zum Schreibtisch am Fenster und unterzog den anderen PC einer genaueren Betrachtung. »Der hier ist relativ neu. Das Telefonkabel steckt in der Buchse, also hat Baer diesen Rechner für E-Mails und Internet benutzt.«

»Zieh die Stecker raus. Wir nehmen beide mit.« Bussard begann, den Inhalt der Schreibtischschubladen zu untersuchen, doch außer Büromaterial und Arbeitsunterlagen fand er nichts, was sein Interesse erregt hätte. Auch in den Aktenordnern, die alle mit Kombinationen aus Buchstaben und Ziffern beschriftet waren, und die Bussard und Anja nacheinander aus dem Regal zogen, gab es keine verwertbaren Hinweise auf einen potentiellen Täter. Nach einer Viertelstunde stellten sie ihre Suche ein.

»Kommt dir dieses Büro nicht seltsam vor?«, fragte Anja.

»Was meinst du damit?«

»Hier gibt es offensichtlich nichts Persönliches, keine Pflanzen, keine Fotos, keine Postkarten und auch keine privaten Notizen, Briefe, Unterlagen, nichts dergleichen.«

»Stimmt. Nach Aussage der Sekretärin hat Baer Arbeit und Privatleben streng voneinander getrennt.« Bussard ließ seinen Blick noch einmal durch den Raum schweifen, doch er hatte nicht das Gefühl, als würden sie etwas finden, was ihre Ermittlungen weiterbrachte. »Wir haben seine PCs. Mal sehen, was Susanne findet. Irgendeinen Hinweis gibt es immer, man muss nur lange genug danach suchen. Hast du eigentlich herausgefunden, woran Baer gearbeitet hat?«

Anja wiegte unschlüssig den Kopf hin und her. »Nicht so richtig. In den Ordnern hier geht es um Wahrscheinlichkeitsrechnungen, aber das meiste ist zu hoch für mich. Wenn er auf dem Gebiet geforscht hat, dann müsste ich wohl einige Semester Mathe studieren, um zu verstehen, worum es geht.«

»Okay, lass uns gehen.«

Mit den beiden Rechnern verließen sie das Büro und statteten der Sekretärin noch einmal einen Besuch ab. Frau Burger-Engel erklärte, dass der Rektor aus terminlichen Gründen unabkömmlich sei und dass sie Sven Müller, Baers Assistenten, nicht erreicht habe, weder in seinem Büro noch auf seinem Handy. Anja speicherte Müllers Telefonnummern in ihrem Smartphone, während Bussard sich Baers Terminkalender sehr zum Unmut der Sekretärin aushändigen ließ. Da Sven Müller unauffindbar war, machten sie sich auf den Weg zum Präsidium.

23

Ulf Neudörfer, der Leiter der Kriminalpolizei Freiburg und damit Bussards direkter Vorgesetzter, hatte die Ermittlungsgruppe Gewaltverbrechen in einen der beiden Besprechungsräume beordert, um sich über den Fall des ermordeten Mathematikprofessors und den ersten Stand der Ermittlungen unterrichten zu lassen. Ein Beamer warf Baers Konterfei an eine Wand des abgedunkelten Raums, während Susanne die persönlichen Daten des Opfers referierte. »Ignaz Baer, geboren 1956 in Freiburg, geschieden, keine Vorstrafen. Aus seiner Ehe mit Roya Baer, geborene Rezazadeh, ging ein Sohn hervor, Frank Baer, Jahrgang 1991, wohnhaft in Freiburg. Baers Exfrau, eine gebürtige Iranerin, hat nach ihrer Scheidung Deutschland verlassen und lebt seither in England. Ignaz Baer ist studierter Mathematiker, wurde 1996 zum Professor ernannt und hat seit 2002 einen Lehrstuhl an der Freiburger Uni. Er forscht und hält Vorlesungen über Wahrscheinlichkeitsrechnungen. Baer ist Eigentümer des Hauses in der Mozartstraße, in dem er ermordet wurde. Außerdem besitzt er eine Eigentumswohnung in der Alban-Stolz-Straße. Da sein Sohn Frank unter dieser Adresse gemeldet ist, gehe ich davon aus, dass Frank Baers Wohnung seinem Vater gehörte. Das muss ich allerdings noch überprüfen. Über Baers weiteres Vermögen, Anlagen, Aktien und so weiter, habe ich noch keine Informationen. Ihr wisst ja, dass die Banken am Telefon nichts rausrücken. Notfalls muss einer von euch persönlich vorstellig werden und Druck machen, falls das wichtig ist und im Zusammenhang mit dem Mord steht. Kollege Smirna von der KTU hat sich vorhin bei mir gemeldet. Die Pathologie hat ihm das Projektil geschickt, ein Hohlspitzgeschoss des Kalibers 9mm, Ballistik steht noch aus. Am Tatort fanden sich Fingerabdrücke von drei Personen: Ignaz Baer, Frank Baer und die einer Frau namens Shaa Gashi.«

»Wissen wir etwas über diese Frau?«, fragte Neudörfer.

»Ja, sie stammt aus dem Kosovo, ist verheiratet und arbeitet als Putzhilfe für Baer. Sie hat den Professor heute Morgen gefunden und uns anschließend informiert. Smirna hat ihre Fingerabdrücke zu Vergleichszwecken abgenommen. Die Abdrücke von Frank Baer sind bei uns gespeichert. Er ist wegen mehrerer Delikte aktenkundig: Drogen, Diebstahl, Hausfriedensbruch, Körperverletzung und Widerstand gegen die Staatsgewalt. Vor drei Jahren wurde er wegen eines Verstoßes gegen das Betäubungsmittelgesetz zu einer neunmonatigen Haftstrafe verurteilt, die zur Bewährung ausgesetzt wurde, mittlerweile aber abgelaufen ist. Smirna und Mallmann fanden keine Einbruchspuren am Haus. Die Schlösser von Haustür und Hintertür werden aber noch untersucht.« Susanne sah ihre Notizen noch einmal durch. »Die KTU hat Baers Terminkalender sowie einige Kontoauszüge sichergestellt. Am Tatort fanden sich allerdings weder ein Handy, obwohl ein Gerät auf Baer angemeldet ist, noch ein PC, Tablet oder Notebook.«

»Gut, danke Frau Bauer. Zeigen Sie uns bitte die Tatortfotos.«

Susanne rief die Liste mit den Fotos in ihrem Notebook auf, die der Beamer an die Wand warf. Einen Mausklick später erschienen die Aufnahmen, die

Mallmann gemacht hatte. Susanne wählte ein Foto aus, das die Leiche des an den Stuhl gefesselten Opfers zeigte.

Neudörfer betrachtete das Bild und wandte sich an Bussard. »Haben wir schon Erkenntnisse zum Tathergang?«

»Wir wissen noch nicht viel«, antwortete der Kommissar. »Baer starb im Lauf der vergangenen Nacht. Münchrath hat den Todeszeitpunkt auf dreiundzwanzig bis ein Uhr eingegrenzt. Keiner der Nachbarn hat gestern Abend etwas Verdächtiges bemerkt. Es gibt auch keine offensichtlichen Einbruchspuren.«

»Der Täter hatte einen Schlüssel oder Baer hat ihn selbst ins Haus gelassen«, unterbrach Stemmer.

»Richtig, aber es gibt noch eine dritte Möglichkeit. Die Haustüren sind mit handelsüblichen Zylinderschlössern versehen. Ein Profi öffnet ein solches Schloss, ohne Spuren zu hinterlassen. Smirna wird uns Genaueres sagen, sobald er die Schlösser kriminaltechnisch untersucht hat.«

»Vielleicht hat Baer einen Einbrecher überrascht.« Stemmer deutete auf das Foto an der Wand. »Der Täter hat ihn überwältigt, an den Stuhl gefesselt und ihn mit der Waffe bedroht, bis Baer ihm gesagt hat, wo die Wertsachen versteckt sind. Deshalb musste der Täter das Haus auch nicht durchsuchen. Er hat sich die Beute geschnappt, den Zeugen erschossen und ist seelenruhig aus dem Haus spaziert.«

»Teilen Sie die Einschätzung unseres jungen Kollegen?« Neudörfer sah Bussard fragend an und der Kommissar wandte sich an seine Partnerin.

»Was hältst du davon?«

Anja warf Bussard einen zweifelnden Blick zu, dann schüttelte sie langsam den Kopf. »Ich denke nicht, dass Baer einen Einbrecher überrascht hat.«

»Warum nicht?«

»Baer trägt Hemd, Hose, Strümpfe und Hausschuhe, demnach war er noch nicht im Bett, als der Täter das Haus betreten hat. Wenn er also noch wach war, dann hat auch Licht im Haus gebrannt und das würde einen Einbrecher abschrecken.«

»Ich sehe das ebenso.« Bussard nickte ihr zu und bat Susanne, ein Foto mit der Schusswunde aufzurufen. »Baer wurde an den Stuhl gefesselt und mit einem Genickschuss liquidiert. Die Kollegen der KTU konnten am Tatort keine verwertbaren Täterspuren sicherstellen und keiner der Nachbarn hat einen Schuss gehört. An der Wunde finden sich weder Pulverrückstände noch Brandspuren. Deshalb gehe ich davon aus, dass der Täter einen Schalldämpfer benutzt hat. Das Ganze sieht nicht nach einem Einbrecher aus, der überrascht wurde.«

»Baer wurde an den Stuhl gefesselt«, fuhr Anja fort. »Wahrscheinlich gab es eine Unterhaltung zwischen Täter und Opfer. Falls es ein Mord aus Rache war, hat der Täter dem Professor gesagt, warum er ihn töten wird. Er wollte ihn leiden lassen und vielleicht die letzten Minuten seines Opfers auskosten. Bei einem Mord aus Habgier wollte der Täter etwas von seinem Opfer wissen, wie Julian gesagt hat. Entweder hat Baer die Informationen preisgegeben und wurde anschließend getötet, weil der Täter bekommen hat, was er wollte oder er hat geschwiegen und wurde für seine Weigerung ermordet. So oder so, es gab auf jeden Fall vor dem Mord eine Unterhaltung zwischen Täter und Opfer.«

»Sie scheinen ziemlich sicher zu sein, Frau Hill.« Neudörfer beugte sich vor und stützte die Unterarme auf den Tisch. »Woher nehmen Sie Ihre Gewissheit, dass es eine Unterhaltung gegeben haben muss?«

»Können wir bitte das letzte Bild noch einmal sehen?« Anja wartete, bis Susanne das Foto aufgerufen hatte, dann stand sie auf, ging zur Wand deutete auf die Handgelenke des Opfers. »Der Täter hat ein breites Klebeband benutzt, um sein Opfer zu fesseln. Wenn er hätte verhindern wollen, dass sein Opfer schreit, dann hätte er ihm auch den Mund zugeklebt. Das hat er jedoch nicht getan. Er hatte also einen Grund, dieses Risiko einzugehen und der logische Schluss ist, dass Baer die Möglichkeit haben musste zu sprechen.«

Neudörfer lehnte sich zurück und nickte der jungen Kriminalbeamtin anerkennend zu. »Sehr gut, Frau Hill.«

Bussard enthielt sich einer Reaktion, doch er stellte fest, dass Heidi Peters nicht übertrieben hatte. Anja verfügte über kriminalistischen Spürsinn und hatte die Indizien richtig gedeutet. Während sie sich wieder an ihren Platz setzte, berichtete Bussard von der Vernehmung der Zeugen Shaa Gashi, Frank Baer und Elise Burger-Engel. »Baers Sekretärin hat ausgesagt, dass es einen Streit zwischen Vater und Sohn gab. Geld könnte ein Motiv für den Mord gewesen sein. Über die Arbeit des Professors wissen wir noch nichts.«

Neudörfer erhob sich und sah auf seine Armbanduhr. »Es ist gleich Mittag. Ich werde mit der Staatsanwaltschaft sprechen und Sie führen Ihre Ermittlungen weiter. Wir treffen uns noch einmal um siebzehn Uhr. Vielleicht haben Sie dann schon eine heiße Spur. Ich hoffe, dass die Medien bis dahin noch nicht Wind von der Sache bekommen haben, aber das soll uns im Augenblick nicht interessieren. Viel Erfolg!«

Er nickte den Anwesenden noch einmal zu und verließ den Besprechungsraum, während Bussard Aufgaben verteilte. »Sasha, du bringst mir Frank Baer zur Vernehmung. Nimm zwei Kollegen von der Streife mit. Es könnte sein, dass er Widerstand leistet. Julian, du nimmst dir die beiden Terminkalender vor. Stell eine Liste aller Personen zusammen, die du findest, inklusive Adressen und Telefonnummern. Anschließend rufst du bei der KTU an und sprichst mit Smirna. Ruf mich an, sobald es Erkenntnisse über das Projektil oder die Schlösser gibt. Susanne, du kümmerst dich um die Verbindungsnachweise seines Festnetzes, seines Büroanschlusses und seines Handys. Finde heraus, wer die letzten Personen waren, mit denen Baer telefoniert hat. Schau dir auch die sozialen Netzwerke an. Vielleicht war der Professor irgendwo aktiv. Danach kümmerst du dich um die PCs, die wir aus Baers Büro mitgebracht haben, Textdateien, E-Mail-Verkehr und so weiter. Alles klar?«

Die Angesprochenen brummten zustimmend und standen von ihren Stühlen auf. Bussard zog sein Handy aus seiner Jacke, rief Smirna an und trug dem Kriminaltechniker auf zu versuchen, Baers Handy zu orten, auch wenn er nur geringe Erfolgsaussichten sah. Der Täter hatte sich große Mühe gegeben, unbemerkt zu bleiben und keine Spuren am Tatort zu hinterlassen. Ein Anfängerfehler war deshalb nicht sehr wahrscheinlich.

»Soll ich mich um die Kontoauszüge kümmern?«, fragte Anja.

Bussard dachte einen Augenblick nach, dann schüttelte er den Kopf. »Nein, zuerst will ich wissen, woran Baer gearbeitet hat und dazu brauche ich wahrscheinlich deinen Zahlenkopf. Versuche noch einmal, diesen Sven Müller zu erreichen.«

Anja rief die Nummer von Baers Assistenten auf, stellte eine Verbindung her und schüttelte den Kopf. »Nur die Mailbox.«

Die beiden Kommissare begleiteten Susanne in deren Büro, wo Bussard die Kollegin bat, Baers Rechner hochzufahren, um nach Dokumenten zu suchen, die Aufschluss über die Forschungsarbeit des Professors gaben. Die EDV-Spezialistin schloss einen Monitor, eine Tastatur und eine Maus an den neueren der beiden PCs aus Baers Büro an und schaltete ihn ein. Nach einigen Augenblicken erschienen die Meldung *Bitte warten* und eine Sanduhr auf dem Monitor.

»Der Rechner ist ziemlich neu.« Susanne lehnte sich zurück und spielte mit einer Strähne ihrer langen blonden Haare. »Es wundert mich, dass er so lange braucht, bis er hochfährt.«

Die digitale Sanduhr zeigte rieselnde Körnchen und drehte sich alle zehn Sekunden um, aber noch immer lautete die Statusmeldung *Bitte warten*.

»Vielleicht ist er doch schon älter und braucht eben seine Zeit«, vermutete Bussard, doch Susanne schüttelte den Kopf.

»Das Modell gibt es erst seit letztem Jahr. Ich will dich nicht mit technischen Einzelheiten langweilen, aber ich kann dir sagen, dass er um ein Vielfaches schneller ist als die meisten, die wir hier im Haus haben. Vielleicht hat er sich aufgehängt.« Mit einer Tastenkombination versuchte sie, den Rechner neu zu starten, doch ihr Eingriff zeigte keine Wirkung. Kopfschüttelnd versuchte sie es erneut und noch immer entzog er sich ihrer Kontrolle. Auch das Drücken des Reset-Knopfes führte zu keinem anderen Ergebnis. »Das gibt's doch nicht ...«

Sie unterbrach die Stromversorgung und schaltete den Rechner erneut ein. Wieder erschienen Meldung und Sanduhr, ohne dass der Startvorgang abgeschlossen wurde. »Sorry, Bussard, irgendetwas stimmt mit dieser Kiste nicht. Ich muss mir das genauer ansehen, aber das wird eine Weile dauern.«

Bussard klopfte seiner Kollegin ermutigend auf die Schulter. »Du schaffst das schon, aber das hat keine Eile. Kümmere dich zuerst um Baers Telefonverbindungen und anschließend um seine Finanzen. Den PC kannst du dir nach dem Mittagessen vornehmen. In der Zwischenzeit machen wir es auf die alte Art.«

»Und das heißt?«

»Anja und ich fahren noch einmal zur Uni. Wir werden jemanden ausfindig machen, der uns sagen kann, woran der Professor gearbeitet hat.«

29

Zum zweiten Mal an diesem Tag fuhren die beiden Kommissare zum Mathematischen Institut der Freiburger Universität. Während Bussard seinen BMW durch den mittäglichen Innenstadtverkehr steuerte, kritisierte seine Partnerin seine äußere Erscheinung. »Du könntest mal wieder zum Friseur gehen.«

»Tatsächlich?«

»Ja, und ein anderes Outfit wäre auch nicht schlecht.«

Für Bussard waren Jeans, Stiefel und Lederjacke praktisch und unverwüstlich. Es stimmte zwar, dass er schon lange keinen Friseursalon mehr von innen gesehen hatte, doch kürzere Haare sowie Anzug und Krawatte boten keinerlei Vorteil bei einer Ermittlung. »Was stört dich daran?«

»Alles.« Vom Beifahrersitz aus ließ Anja ihren kritischen Blick einmal über den ganzen Mann schweifen. »Dieser Gammel-Look ist so was von Retro. Warum ziehst du dich nicht vernünftig an?«

»Vernünftig?«

»Eine ordentliche Hose, ein Jackett und ein passendes Hemd. Selbst ohne Krawatte würdest du damit allemal besser aussehen als in diesem Aufzug. Du willst doch weder reiten noch Rinder einfangen, oder?«

An die Wahl seiner Kleidung verschwendete Bussard kaum einen Gedanken und keiner seiner Arbeitskollegen hatte jemals sein Aussehen kritisiert. »Du trägst doch selbst Jeans.«

»Stimmt, aber auch in Jeans muss man nicht so ungepflegt aussehen.«

»Ungepflegt?«

»Ja, nachlässig, gammelig. Das ist nicht sehr sexy.«

»Was geht dich das an?«, knurrte Bussard und warf ihr einen unfreundlichen Blick zu. Dass ihr sein Erscheinungsbild nicht gefiel, war okay, doch ihre Kritik ging ihm zu weit. Er duschte täglich, wechselte Unterhosen und Socken ebenfalls täglich und rasierte sich zwei-, dreimal pro Woche. Dass er ungepflegt war, wollte er sich nicht nachsagen lassen.

Anja zeigte sich von seiner Reaktion unbeeindruckt. »Frauen mögen es, wenn Männer etwas darstellen. Mit Lederjacke und Cowboystiefeln kannst du kaum punkten oder bist du gerne Single?«

Der Kommissar antwortete nicht. Seine Scheidung stand bevor und er hatte noch nicht darüber nachgedacht, ob er gerne Single war. Seit der Trennung von Helen hatte er noch keine Frau getroffen, mit der er eine neue Beziehung hätte anfangen wollen. Allerdings musste er sich eingestehen, dass er in den letzten anderthalb Jahren überhaupt keine neue Frau kennengelernt hatte, zumindest nicht näher. Das Dasein als Single war der momentane Zustand, doch das musste nicht bis in alle Ewigkeit so bleiben. Er war erst Anfang vierzig und den Rest seines Lebens wollte er nicht ohne eine Frau an seiner Seite verbringen. Irgendwann würde sich wieder eine neue Chance bieten. Erzwingen konnte man sein Glück nicht. Man musste Geduld haben, bis die Richtige am Horizont auftauchte. »Zuerst muss ich meine Scheidung hinter mich bringen.«

»Um dir einen neuen Style zuzulegen?« Anja klappte die Sonnenblende herunter und überprüfte das Make-up ihrer Augen. »Das eine hat doch mit dem anderen nichts zu tun.«

»Ich brauche keine Typberaterin.«

»Das sehe ich anders.« Sie klappte die Sonnenblende wieder hoch und betrachtete Bussard von der Seite. »Wenn du mir nicht glaubst, wirf doch mal einen Blick in den Spiegel.«

Wieder warf Bussard ihr einen ärgerlichen Blick zu. »Ich hör wohl nicht recht!«

»Geh doch einfach mal in eine Herrenboutique, such dir einen Anzug aus und betrachte dich dann im

Spiegel. Du wirst dich wundern, wie gut du aussiehst – vorausgesetzt, du gehst vorher zum Friseur. Und nimm andere Schuhe mit.«

Bussard bog in die Albertstraße ein und sah sich nach einem Parkplatz um. Für sein Gefühl hatte Anja das Thema Mode erschöpfend behandelt und er ersparte sich eine weitere Erwiderung. Sie hatten einen Mordfall aufzuklären und mussten jemanden finden, der über Baers Forschung Bescheid wusste. Die Wahl zwischen Wrangler und Armani spielte dabei keine Rolle. Er fand eine Parklücke, stellte den BMW ab und die Kommissare stiegen aus. Dass Anja das Thema nicht weiter verfolgte, kam Bussard nicht ungelegen. Drei Minuten später betraten sie das Sekretariat des Mathematischen Instituts.

»Sie schon wieder.« Frau Burger-Engel war nicht erfreut, die beiden Beamten wiederzusehen. »Ich habe mit dem Rektor gesprochen. Er wird sich mit dem Minister in Verbindung setzen.«

Bussard und Anja wechselten einen Blick, doch keiner reagierte auf die Ankündigung.

»Sie müssen den PC von Professor Baer zurückbringen. Es geht um wichtige Forschungsergebnisse und die sind Eigentum der Universität.«

»Da sind wir ja schon beim richtigen Thema.« Bussard setzte sich der Sekretärin gegenüber und sah ihr direkt in die Augen. »Woran hat Professor Baer gearbeitet?«

»Er hat statistische Grundlagenmodelle erarbeitet.«

»Was bedeutet das?«

»Das bedeutet, dass er Grundlagenforschung betrieben hat.«

»Und wonach genau hat er geforscht?«

»Er hat Modelle für Zeitreihen entwickelt, aber warum wollen Sie das eigentlich wissen?«

Bussard fixierte die Augen der Sekretärin noch immer mit seinem Blick, doch sie wich ihm nicht aus und betrachtete den Kommissar ihrerseits über den Rand ihrer halben Brille hinweg. Ihr Misstrauen war unübersehbar.

»Wem nützt diese Forschung?«

»Vermutlich allen, die sich auf statistische Werte stützen.«

Frau Burger-Engel beantwortete Bussards Fragen, doch der Kommissar hatte das Gefühl, als würde sie nichts sagen, womit er etwas anfangen konnte. »Erzählen Sie mir etwas über Baers Frauengeschichten.«

»Frauengeschichten?« Der Themenwechsel war so abrupt erfolgt, dass die Sekretärin den Kommissar überrascht und mit großen Augen ansah. Einen Augenblick später lehnte sie sich zurück und verschränkte die Arme vor der Brust. Ihre defensive Haltung unterstrich, dass sie über dieses Thema nicht sprechen wollte.

»Hatte Baer eine Geliebte?«

»Nein.«

»Oder eine Affäre?«

»Nein.«

Bussard ließ nicht locker. Als er bei ihrem ersten Besuch dieses Thema angeschnitten hatte, war ihm ihr Zögern aufgefallen. Sekretärinnen wussten immer mehr als ihre Chefs ahnten, aber er hatte noch keine Idee, wie er sie dazu bringen konnte, ihm zu sagen, was er wissen wollte.

»Professor Baer war schwul.«

Der Kommissar und die Sekretärin wandten synchron ihre Köpfe und sahen Anja, die am Türrahmen lehnte, überrascht an. Ihre Feststellung hatte beide aus dem Konzept gebracht.

»Er war schwul?«, fragte Bussard. »Woher weißt du das?«

»Nein, das stimmt nicht! Wie können Sie es wagen, so über Professor Baer zu sprechen?« Frau Burger-Engel stützte die Hände auf den Schreibtisch und stand von ihrem Stuhl auf. Mit zornfunkelnden Augen sah sie die Kommissarin an. »Professor Baer war nicht … homosexuell, auf gar keinen Fall! Das weiß ich sicher!«

»Hatten Sie eine Affäre mit ihm?« Anja hatte die Frage leise, fast belanglos gestellt, während sich die Sekretärin immer mehr ereiferte.

»Ich? Nein, natürlich nicht! Wo denken Sie hin?«

»Woher wissen Sie dann, dass er nicht schwul war?«

»Weil er …« Frau Burger-Engel brach erschrocken ab und sah die beiden Kommissare abwechselnd an. Ihr zorniger Gesichtsausdruck verflüchtigte sich und einen Augenblick später setzte sie sich wieder auf ihren Stuhl. Ihre Schultern sanken herab, ihr Blick ging nach unten und es sah so aus, als ob sie sich für etwas schämte.

»Weil er was?«, hakte Bussard nach.

»Weil …« Wieder sah sie die Kommissare abwechselnd an, doch diesmal hatte ihr Blick den verschämten Ausdruck eines Menschen angenommen, der um Verständnis für sein Verhalten oder das eines anderen bat. »… weil er manchmal zu einer Prostituierten ging.«

Anja gab ihren Beobachtungsposten an der Tür auf, ging am Schreibtisch vorbei und setzte sich auf den zweiten Besucherstuhl. »Viele Männer gehen zu Prostituierten.«

»Ja, vielleicht, aber das darf um Himmels willen nicht bekannt werden. Professor Baer ist tot und man sollte sein Andenken nicht beschmutzten.«

»Sein Sexleben interessiert uns nicht, solange es nicht in Zusammenhang mit dem Mord steht.« Bussard hob abwehrend die Hand und schüttelte den Kopf. »Wir wollen wissen, woran der Professor gearbeitet hat und für wen diese Arbeit interessant sein könnte.«

»Fragen Sie doch Herrn Müller. Er kann Ihnen am ehesten sagen, was Sie wissen wollen.«

»Und wo finden wir Herrn Müller?«

Frau Burger-Engel zuckte mit den Achseln. »Ich weiß es nicht. Ich habe ihn heute noch nicht gesehen. Er meldet sich auch nicht am Telefon, weder in seinem Büro noch auf dem Handy.«

»Wen können wir sonst fragen?«

»Vielleicht wenden Sie sich an Professor Wiesinger. Er müsste jetzt eigentlich in seinem Büro sein. Das ist schräg gegenüber, aber bitte …« Sie schluckte und sah die beiden Kommissare flehend an. »… bitte sagen Sie ihm nicht, was ich Ihnen eben erzählt habe.«

»Wie gesagt, das Thema interessiert uns nicht.« Bussard stand auf und Anja erhob sich ebenfalls. Sie verabschiedeten sich von der Sekretärin, verließen das Büro und überquerten den Flur. Der Kommissar klopfte an der Tür, drückte auf die Klinke und zog sie auf. »Guten Tag. Sind Sie Professor Wiesinger?«

»Ja, bin ich. Und Sie sind?«

»Bussard, Kripo Freiburg. Das ist meine Kollegin, Frau Hill. Haben Sie ein paar Minuten Zeit für uns?«

»Ja, kommen Sie herein.« Der Professor deutete auf einen Tisch, um den sich vier Stühle gruppierten. »Setzen Sie sich. Was kann ich für Sie tun?«

Die Kommissare nahmen an dem Tisch Platz, auf dem sich Bücher und Arbeitsunterlagen stapelten, während sich der Professor ihnen gegenübersetzte. Bussard schätzte den Mann auf Ende dreißig, obwohl er seinem jugendlichen Aussehen nach auch ein paar Jahre jünger hätte sein können. Wiesinger trug ein kariertes Flanellhemd über einer Jeans und Sportschuhe, hatte schulterlange, rotblonde Haare und Sommersprossen. Die Augen hinter seiner Brille, deren schwarzes Kunststoffgestell vermutlich teurer war als es aussah, blickten freundlich und interessiert.

»Sie haben vermutlich schon davon gehört, dass Professor Baer letzte Nacht ermordet wurde«, begann Bussard und das Lächeln auf dem Gesicht des Professors erstarb augenblicklich.

»Ja, ich habe es gehört.«

»Wie war Ihr Verhältnis zu Professor Baer?« Es war eine Routinefrage, die oft zu Beginn einer Vernehmung gestellt wurde. In den meisten Fällen verriet der Gesichtsausdruck des Befragten viel mehr als dessen Antwort. Auch der Professor reagierte auf die Frage, doch seine Miene wirkte lediglich nachdenklich.

»Kollegial, würde ich sagen. Das trifft es wohl am ehesten.«

»Wie meinen Sie das?«

»Genau so, wie ich es gesagt habe. Unser Verhältnis war nicht freundschaftlich und auch nicht privat, sondern eben kollegial. Er arbeitete auf seinem Gebiet, ich auf meinem. Es gab wenig Überschneidungen und so hatten wir auch wenig miteinander zu tun.«

»Was wissen Sie über sein Gebiet?«

»Sein Forschungsgebiet?« Wiesinger lehnte sich zurück und steckte die Hände in die Hosentaschen. Mit einem halb skeptischen und halb amüsierten Blick sah er Bussard an. »Wir betreiben hier mathematische Forschung und bewegen uns deshalb immer ziemlich nah am Gipfel des aktuellen Wissens. Es ist nicht einfach, einem Laien verständlich zu erklären, worum es bei unserer Arbeit geht.«

Das Lächeln des Professors wirkte eher verschmitzt als überheblich. Wiesingers Stimme klang freundlich und sein jugendlicher Charme verlieh ihm etwas Lausbubenhaftes.

»Versuchen Sie es trotzdem, wenigstens einigermaßen.«

»Na gut.« Wiesinger nahm die Hände aus den Hosentaschen und legte die Handflächen gegeneinander, als ob er beten würde. »Wir Stochastiker sind sozusagen die Auguren unter den Mathematikern. Wir weissagen die Zukunft, doch wir verlassen uns dabei weder auf Kristallkugeln noch auf Orakel, sondern auf Formeln und Algorithmen. Wir stützen uns auf Daten, berechnen Einflussgrößen, ermitteln Abhängigkeitsstrukturen und entwickeln daraus Blaupausen für Prognosen, bildlich gesprochen.«

»Das klingt wie eine Stellenbeschreibung.« Anja erwiderte das Lächeln des Professors ebenso charmant. »Wir wollen aber wissen, woran Baer gearbeitet hat. Womit hat er sich konkret beschäftigt?«

»Baer hat Abgeschlossenheitseigenschaften von Teilräumen untersucht, um Modelle für Zeitreihen zu entwickeln.«

Bussard verstand zwar die Worte, nicht aber den Sinn der Aussage. Mit hochgezogenen Augenbrauen sah er seine Partnerin an, für die Bussards fragender Blick wie ein Stichwort war.

»Auf welche Art von Daten beziehen sich die Modelle?«

»Das ist unterschiedlich«, antwortete Wiesinger. »Der wichtigste Bereich sind Finanzdaten. Im Grunde geht es darum, mithilfe der statistischen Analyse und der Bestimmung von Abhängigkeitsstrukturen sowie Modellparametern stabile Modelle zu entwickeln. Baer hat in diesem Bereich Grundlagenforschung betrieben.«

»Und die Modelle, die auf seinen Forschungsergebnissen aufbauen, dienen in erster Linie Banken und Versicherungen, oder?«

»Ja, durchaus.« Wiesinger nickte der Kommissarin anerkennend zu. »Ich dachte, Sie sind bei der Mordkommission.«

»Ermittlungsgruppe Gewaltverbrechen«, korrigierte sie und kehrte zum Thema der Befragung zurück. »Wie hoch schätzen Sie die Bedeutung von Baers Forschung ein?«

»Sie wollen wissen, ob seine Forschung ein Mordmotiv sein könnte?«

»Sagen Sie es mir.«

Der Professor nahm seine Brille von der Nase und begann, die Gläser mit einem Zipfel seines Hemdes zu reinigen. »Die Entdeckung der Elektrizität war ein großer Schritt in der Geschichte der Menschheit. Was die Leute jedoch wirklich interessiert hat, war die Glühbirne. Grundlagenforschung ist immer bedeutend, aber Geld wird mit Anwendungen verdient. Mit Entdeckungen wird man selten reich, mit Erfindungen schon.«

Die Aussage des Mathematikers deutete an, dass Baers Forschung nicht das Mordmotiv gewesen war, doch Wiesinger konnte durchaus einen Grund haben, von der Arbeit seines Kollegen abzulenken. Ein sympathisches Äußeres sagte nichts darüber aus, ob jemand potenziell verdächtig war.

»Was ist mit Ihnen? Sind Sie Entdecker oder Erfinder?«

Wiesinger lachte auf und setzte seine Brille wieder auf die Nase. »Das ist die Gretchenfrage der Mathematik. Entdecken wir neue Teilbereiche unserer Wissenschaft, neue Gebiete, neue Kontinente oder erschaffen wir sie erst durch unsere Forschung?«

Die Kommissarin schüttelte langsam den Kopf. »Meine Frage war nicht philosophisch gemeint. Wonach forschen Sie?«

»Ich arbeite an der Bestimmung von Ausfallraten in Ereigniszeitanalysen bei biologischen Systemen. Meine Forschung stützt sich auf medizinische Daten. Deshalb gibt es nahezu keine Überschneidungen zur Finanzmathematik von Baer.«

Die Antworten, die Wiesinger auf Anjas Fragen gab, waren für Bussard weder einfach noch verständlich. Davon abgesehen waren die menschlichen Beziehungen für den Kommissar wichtiger als die mathematischen. »Sie und Baer hatten also nichts miteinander zu tun?«

»Wenig. Natürlich sind wir uns hin und wieder hier im Institut begegnet und haben ein paar Worte miteinander gewechselt. Dabei ging es meist um administrative oder organisatorische Fragen. Immerhin war er der Boss und daran gab es auch keinen Zweifel.«

Bussard wurde sofort hellhörig. »Wie meinen Sie das?«

»Baer war ein Kontrollfreak.«

»Und?«

»Diese Eigenschaft ist vielleicht nützlich, wenn man eine Arbeitsgruppe oder ein Lehrinstitut leitet. In der Forschung ist das jedoch eher kontraproduktiv. Forscher müssen kreativ sein und Neues wagen, Unbekanntes, manchmal auch Skurriles und selbst Widersinniges. Versuch und Irrtum sind in der Forschung elementar. Wenn man einen Forscher jedoch auf einen Weg zwingt und ihm rigoros verbietet, diesen Weg zu verlassen, dann ist das Ergebnis vorhersehbar. Nur wer die bekannten Wege verlässt, wer nach rechts oder links ausbricht und sich in die Wildnis vorwagt, wird auch wirklich Neues entdecken.«

»Aber Baer war doch selbst Forscher.«

Wiesinger nickte und schüttelte direkt danach den Kopf. »Ihn hat das Ergebnis immer mehr interessiert als die Erkenntnis. Seine Arbeitsweise war eher planwirtschaftlich als poetisch, aber selbst in der mathematischen Forschung gelangt man hin und wieder an einen Punkt, an dem man sich entscheiden muss: Ringelreihen oder Rock'n'Roll.«

31

Anja schlug vor, nicht bei *Angelos* zu essen, einem griechischen Restaurant in der Nähe des Präsidiums, das häufig von Beamten frequentiert wurde. Sie überredete Bussard, auf den Schönberg zu fahren, von wo aus man einen herrlichen Blick über Freiburg und den Breisgau hatte. Die Kommissare passierten den Stadtteil Vauban, der für seine energieeffiziente Bauweise berühmt war, während Anja unablässig auf ihrem Smartphone herumtippte. Zwei Minuten später erreichten sie das Dorf Merzhausen, das sich direkt an die Stadtgrenze anschloss, und fuhren auf den Schönberg hinauf zum *Jesuitenschloss.* Viele Heiratswillige entschieden sich für das historische Anwesen, um ihre Hochzeit dort zu feiern.

Die Kommissare bestellten Elsässische Flammkuchen und Apfelschorle. Während sie auf das Essen warteten, tippte Anja weiterhin auf ihrem Smartphone herum und legte das Gerät erst aus der Hand, als die Flammkuchen serviert wurden. Zehn Minuten lang aßen sie schweigend, bis Anja plötzlich ihren Teller von sich schob und ein Glas heißes Wasser bestellte. Als der Kellner das Glas brachte, zog sie aus den Tiefen ihrer Tasche eine bedruckte Blechdose, ein Teesieb und ein kleines Schraubdeckelgefäß mit Sahne hervor. »Das, was hier als Tee verkauft wird, kann man nicht trinken.«

»Warum hast du dann vorgeschlagen, hierherzukommen?«

»Weil ich den Blick von der Gartenterrasse genieße. Schöne Orte verleihen dem Denken Flügel und ich kann einfach besser nachdenken, wenn ich etwas sehe, was mir gefällt.«

Sie bereitete ihren Tee zu und lehnte sich zurück »Was ist mit dir, Bussard? Was hilft dir beim Denken?«

Der Kommissar antwortete ohne nachzudenken. »Blues.«

»Blues?« Anja trank einen Schluck Tee, stellte ihr Glas ab und strich eine Haarsträhne hinter das Ohr, die ihr der noch immer warme Herbstwind ins Gesicht geweht hatte. »Der Rechtsmediziner hat am Tatort etwas darüber gesagt. Spielst du in einer Band?«

»Ja, seit ein paar Wochen.« Ein Jahr zuvor war Bussard überraschenderweise Besitzer eines Kontrabasses geworden. Sein damaliger Nachbar war nach Irland gezogen und hatte das Instrument beim Auszug im Treppenhaus vergessen. Bussard hatte die Hausverwaltung und das Fundbüro informiert, doch der Mann hatte sich nie gemeldet und so hatte sich der Kommissar mit dem Instrument angefreundet und Unterricht genommen. Schon nach kurzer Zeit hatte er eine Leidenschaft für das Bassspielen entwickelt. Je mehr er dazulernte, desto besser gefiel ihm das Musizieren. Neun Monate später hatte er bei der Geburtstagsfeier eines Freundes einen Gitarristen kennengelernt. Auf dessen Vorschlag hin hatten sie sich mit einem Schlagzeuger, der einen Proberaum besaß, zu einer Jamsession getroffen. Bussard war überrascht gewesen, wie einfach es war, mit anderen Musikern zusammenzuspielen. Alle drei lagen auf der gleichen musikalischen Wellenlänge und so waren sie ziemlich schnell zu dem Entschluss gelangt, eine Blues-Band zu gründen.

»Habt ihr auch Auftritte?«

»Nein, noch nicht. Wir brauchen noch einen Sänger oder eine Sängerin, aber die sind nicht leicht zu finden.«

Er warf ihr einen fragenden Blick zu, doch Anja schüttelte den Kopf. »Keine Chance. Ich singe nur, wenn ich sicher bin, dass mich niemand hört. Außerdem liegt Blues nicht auf meiner Wellenlänge. Ich höre lieber lateinamerikanische Musik, auf die man tanzen kann.«

Der Kommissar betrachtete seine Partnerin nachdenklich. »Was machst du in deiner spärlichen Freizeit? Was ist dein Ausgleich?«

»Ich spiele Billard.«

»Du spielst Billard?« Bussard war überrascht, denn er hatte nicht vermutet, dass sich Anja in Kneipen herumtrieb, wo in verrauchten Nebenzimmern zu harter Rockmusik Pool-Billard gespielt wurde. Die Antwort seiner Partnerin ließ das Bild vor seinem geistigen Auge jedoch sofort verblassen.

»Ich spiele Carambolage-Billard, die Variante mit drei Bällen. Dabei kann man sehr gut abschalten, weil man sich ausschließlich auf das Spiel konzentriert und an nichts anderes denkt.«

Bussard wusste zwar, wie Carambolage-Billard gespielt wurde, doch er hatte weder in einer Kneipe noch in einem Spielcasino jemals einen Tisch gesehen, auf dem man diese Art des Billardspiels betreiben konnte. Für ihn war Billard gleichbedeutend mit dem Versenken von Kugeln und wer am Ende die schwarze Acht in die richtige Tasche schoss, hatte gewonnen. Die Variante, bei der man lediglich zwei weiße und eine rote Kugel auf einem Tisch ohne Löcher bewegte, war irgendwie exotisch und schien eher ins neunzehnte als ins einundzwanzigste Jahrhundert zu gehören.

»Wenn ich zu Hause bin«, fuhr Anja fort, »schaue ich mir gerne Dokumentationen an.«

»Dokumentationen?«

»Ja, ich liebe Dokumentarfilme und ich sehe mir fast alles an, was auf den entsprechenden Kanälen läuft, ganz egal, ob es um Stonehenge, die Tiefsee, berühmte Erfinder oder die äußeren Planeten geht. Ich will einfach alles wissen und es gibt kaum etwas, das mich nicht interessiert. Deshalb wusste ich auch lange nicht, was ich werden will.« Sie hob ihr Glas und lächelte. »Wahrscheinlich bin ich das genaue Gegenteil eines Spezialisten. Ich wollte mich nicht auf irgendetwas festlegen und mich vierzig Jahre lang nur mit einem Thema beschäftigen. Dafür bin ich viel zu neugierig.«

»Und bei der Polizei …«

»… hat man jeden Tag mit etwas anderem zu tun. Letzte Woche habe ich mich durch die Buchhaltung einer Baufirma gefressen, heute ermittele ich in einem Mordfall an einem Mathematiker.«

»Was uns wieder zu unserem Thema bringt.« Bussard nahm seinen Tabak und drehte sich eine Zigarette. »Ich muss gestehen, dass ich nicht viel von dem verstanden habe, was dieser Matheprofessor vorhin gesagt hat. Könnte Baers Forschung ein Mordmotiv sein oder nicht?«

Anja stellte ihr Glas ab, dachte einen Augenblick nach und schüttelte schließlich den Kopf. »Nein, ich denke nicht. Natürlich kann man nicht ausschließen, dass ein anderer die Lorbeeren ernten wollte und Baer ermordet hat, um an die Ergebnisse zu kommen, aber das scheint mir ziemlich weit hergeholt. Baer hat auf einem eng begrenzten Gebiet Grundlagenforschung betrieben. Das wird erst interessant, wenn man auf diesen Grundlagen aufbaut und stabile Modelle entwickelt.«

»Was bedeutet *stabile Modelle*?«

»Wir sprechen hier über Finanzmathematik. Man versucht, die Zukunft mathematisch zu berechnen, um daraus Kapital zu schlagen. Es geht um möglichst genaue Vorhersagen bei der Entwicklung von Märkten, Aktienkursen und so weiter. Je genauer man eine Entwicklung vorhersagen kann, desto mehr Geld lässt sich damit verdienen.«

»Und das ist kein Mordmotiv?« Bussard zündete seine Zigarette an, nahm einen Zug und ließ seine Hand auf die Tischkante sinken. Geld, vor allem in großen Mengen, war immer ein Mordmotiv.

»Ich glaube nicht, dass Baer eine bahnbrechende Entdeckung gemacht hat. Wenn Wiesinger uns nicht belogen hat, tanzte Baer Ringelreihen und nicht Rock'n'Roll. Trotzdem würde ich gerne mit diesem Sven Müller sprechen. Mir kommt es seltsam vor, dass er ausgerechnet heute nicht erreichbar ist.«

»Ja, kommt mir auch seltsam vor.« Bussard lehnte sich zurück und schlug die Beine übereinander. Es war eine gute Idee gewesen, auf den Schönberg zu fahren. Die Aussicht über Freiburg war herrlich und vielleicht hatte Anja sogar recht mit ihrer Behauptung, der Anblick schöner Dinge würde dem Denken Flügel verleihen. »Vielleicht geht es ja doch um akademische Ehren und der Lehrling hat den Meister aus dem Weg geräumt, um die Lorbeeren zu ernten. Wiesinger könnte ebenfalls ein Kandidat sein.«

»Wiesinger?« Anja trank ihren Tee aus und stellte das Glas ab. »Ich habe vorhin auf der Fahrt im Internet recherchiert. Die biologischen Systeme, von denen er gesprochen hat, betreffen Bevölkerungsentwicklungen oder den Arbeitsmarkt. Das ist eine ganz andere Baustelle. Falls der Täter wirklich aus dem beruflichen Umfeld kommt, steckt vielleicht ein anderes Motiv dahinter, etwas, das nichts mit Baers Forschung zu tun hat.«

Bussards Handy läutete. Er zog es aus der Tasche, beantwortete den Anruf und steckte es wieder ein. »Sasha hat Frank Baer ins Präsidium gebracht. Wenn der Mord nichts mit Baers Forschung zu tun hat, ist der nächste Verwandte immer ein lohnender Ansprechpartner. Sterben macht Erben und damit hat der Junior ein überzeugendes Motiv, den Senior zu töten.«

»Ich muss zugeben, dass der Job spannender ist als ich erwartet habe.« Die Kommissarin verstaute ihre Utensilien wieder in ihrer Tasche und stand auf. »Im Wirtschaftsdezernat muss man nie lange nach dem Motiv suchen, weil es stets das gleiche ist: Habgier. Es geht immer nur ums Geld. Dort beschäftigt man sich lediglich mit der Frage, wie der Täter vorgegangen ist. Bei einer Mordermittlung aber ist das Motiv der zentrale Punkt. Das ist ein völlig anderer Ansatz. Sobald wir herausfinden, warum Baer getötet wurde, wissen wir auch, wer es war.«

37

Im Präsidium berief Bussard ein Treffen mit den Mitgliedern seines Teams ein, um alle auf den gleichen Stand der Ermittlungen zu bringen. Anhand der beiden Terminkalender hatte Stemmer eine Liste mit neun Namen von Personen zusammengestellt, mit denen sich Baer im Verlauf des vergangenen Monats getroffen hatte. Zwei dieser Personen, beide Mathematiker aus Cambridge, waren eine Woche vor dem Mord wieder nach Großbritannien zurückgekehrt. Drei Personen lebten in Freiburg und die anderen vier verteilten sich auf ganz Deutschland. Stemmer berichtete von seinem Telefonat mit Frau Burger-Engel, die ihm bei der Arbeit behilflich gewesen war. Die Initialen M. H., die mehrmals im privaten Kalender des Mathematikprofessors auftauchten, hatte die Sekretärin jedoch keiner Person zuordnen können. Ein Datum, das zehn Tage vor dem Mord lag, war markiert. Baer hatte allerdings nur die Zeit *20:00 Uhr* mit einem blauen Kringel versehen, ohne einen Namen, einen Ort oder Ähnliches beizufügen.

Laut dem ballistischen Bericht, den Stemmer aus der KTU geholt hatte, gab es bei dem Projektil keine Übereinstimmung mit Einträgen in den Datenbanken. Das 9mm-Hohlspitzgeschoss war ein gängiges Kaliber, das selbst von deutschen Polizeibeamten benutzt wurde. Solange die Mordwaffe nicht gefunden wurde, blieb diese Spur kalt.

Susanne hatte die Telefonlisten des Mordopfers gecheckt. Der letzte Anruf auf seinem Festnetzanschluss war vom Samstagnachmittag. Das Gespräch hatte nur drei Sekunden gedauert und der Name des Anrufers lautete Frank Baer. Am späten Sonntagnachmittag hatte der Professor einen Anruf auf seinem Handy erhalten. Dieses Telefonat hatte nur wenig länger als eine Minute gedauert. Der Anrufer hatte ein nicht registriertes Prepaid-Handy benutzt und seine Identität ließ sich deshalb nicht in Erfahrung bringen.

Nach den Telefonlisten hatte Susanne sich ein Bild über Baers Vermögensverhältnisse gemacht. Neben den beiden Immobilien hatte der Professor Aktien und Anleihen besessen, deren Wert fast eine halbe Million Euro betrug. Außerdem war ein Bankschließfach auf seinen Namen registriert. Einen Schlüssel dazu hatten die Kriminaltechniker in Baers Arbeitszimmer jedoch nicht gefunden. Über ein Testament war nichts bekannt und sofern ein solches Dokument nicht noch auftauchte, würde dem Sohn das gesamte

Vermögen zufallen, abgesehen von einem Pflichtteil für die Exfrau des Mathematikprofessors. Damit hatte Frank Baer ein starkes Motiv, denn der Kleinkriminelle war bis über beide Ohren verschuldet, wie Susanne anhand einer SCHUFA-Auskunft ermittelt hatte.

Bussard trug Susanne auf, sich wieder Baers PC zu widmen. Die EDV-Spezialistin sollte sich Zugang zu der Festplatte verschaffen, damit sie Einblick in den E-Mail-Verkehr und Baers Forschungsarbeit nehmen konnte. Wegner und Stemmer sollten indessen die drei Personen aufsuchen und befragen, die sich aus der Analyse der Terminkalender ergeben hatten und die in Freiburg wohnten.

»Und wir vernehmen Frank Baer?« Anja sah Bussard fragend an, doch der Kommissar schüttelte den Kopf.

»Kennst du Gaby Tröger?«

»Nein, wer ist das?«

»Sie ist unser Gedächtnis.«

Anja wusste nicht, was Bussard damit meinte, doch da er keine weitere Erklärung lieferte, folgte sie ihrem Partner zum Aufzug. Während der kurzen Fahrt hinunter zum Archiv fragte sie noch einmal nach und Bussard berichtete, dass Gaby Tröger früher selbst ermittelnde Beamtin gewesen war, sich aber mit ihrer an Fanatismus grenzenden Ordnungsliebe als nicht teamfähig erwiesen habe. Die Stelle als Leiterin des Polizeiarchivs jedoch war ihr wie auf den Leib geschnitten. Sie hatte nicht nur das Ordnungssystem perfektioniert, sondern verfügte auch über ein beeindruckendes Gedächtnis. In Kollegenkreisen war man nicht nur davon überzeugt, dass sie blind jede beliebige Ermittlungsakte aus einem der Regale ziehen konnte, sondern auch wusste, was in jeder Akte stand. Bevor einer der Schnellhefter mit einem Reiter versehen im Archiv seinen Platz fand, las sie jeden Bericht, jedes Protokoll und jede Notiz.

»Hallo, Bussard.« Die kleine, rundliche Frau Ende fünfzig, die hinter einem perfekt aufgeräumten Schreibtisch saß, strahlte den Kommissar an. Ihre Kleidung, ihre Frisur und ihr Make-up waren wie immer tadellos.

»Hallo, Gaby.« Bussard umrundete den Schreibtisch, beugte sich zu ihr hinunter und gab ihr einen Kuss auf die Wange. »Ich möchte dir jemanden vorstellen. Das ist Anja Hill, meine neue Partnerin.«

Die Leiterin des Archivs erhob sich und gab der Kommissarin über den Schreibtisch hinweg die Hand. »Freut mich, Sie kennenzulernen, Frau Hill.«

»Gleichfalls.« Anja schüttelte die dargebotene Hand. Sie war noch nie im Archiv gewesen und die Leiterin des Polizeigedächtnisses gefiel ihr auf Anhieb. Die Archivarin hätte zwar gut und gerne zwanzig Kilogramm weniger wiegen können, doch sie kleidete sich geschmackvoll und ihr Arbeitsplatz strahlte perfekte Organisation aus.

»Sie sind jünger als Sylvia, aber mindestens genauso hübsch«, stellte Gaby Tröger anerkennend fest. »Es war ja auch langsam an der Zeit, dass er wieder jemanden an der Seite hat, der auf ihn aufpasst.«

Anja sah die Archivarin überrascht an. »Braucht Bussard denn jemanden, der auf ihn aufgepasst?«

»Oh ja, er spielt gerne den einsamen Wolf und das hat ihn in der Vergangenheit schon mal ganz schön in die Bredouille gebracht.«

Bussard warf Gaby einen amüsierten Blick zu und setzte sich auf die Kante ihres Schreibtischs. »Wir brauchen deine Hilfe.«

»Ich weiß. Du kommst immer nur, wenn du meine Hilfe brauchst.«

Der Kommissar wusste, dass sie den Tadel nicht ernst meinte, auch wenn der Vorwurf nicht ganz von der Hand zu weisen war. »Manchmal bringe ich auch Pralinen mit.«

»Stimmt, aber das ändert nichts daran. Also, was wollt ihr wissen?«

»Frank Baer.«

»Frank Baer?« Die Archivarin nickte nachdenklich. »Ist er ein Verwandter von diesem ermordeten Mathematikprofessor Ignaz Baer?«

»Ja, er ist sein Sohn.«

Gaby gab den Namen in die Suchmaske auf ihrem Monitor ein und Sekunden später erschien eine Liste mit Jahreszahlen und Aktennummern. »Ja, genau, Frank Baer. Gegen ihn wurde schon mehrmals ermittelt, aber immer nur wegen kleinerer Delikte. Erstmals aktenkundig wurde er 2007. Zwei Kollegen von der Streife haben ihn bei dem Versuch erwischt, ein Fahrradschloss aufzusägen. Das Jugendgericht hat ihn zu zehn Sozialstunden verurteilt. Zwei Jahre später wurde er nach einer Schlägerei in einer Diskothek verhaftet. Er wurde wegen Hausfriedensbruchs, Körperverletzung und Widerstands gegen die Staatsgewalt angeklagt und zu dreißig Sozialstunden verurteilt. 2011 wurde das nächste Verfahren gegen ihn eröffnet. Bei einer Fahrzeug- und Personenkontrolle wurden bei ihm einhundert Gramm Haschisch sichergestellt. Das Gericht verurteilte ihn später zu einer neunmonatigen Haftstrafe. Die Strafe wurde zur Bewährung ausgesetzt, weil er geständig war und seinen Lieferanten verraten hat.«

Anja hatte sich neben Bussard gestellt und sah auf den Monitor. Offensichtlich hatte die Archivarin alle Informationen abrufbereit in ihrem Gedächtnis gespeichert, denn auf dem Bildschirm war nur die Liste mit den Jahreszahlen und Aktennummern zu sehen. Dass Frank Baer ein Kleinkrimineller war, hatten sie jedoch schon vorher gewusst.

»Er ist nur ein kleiner Kiffer, der ein bisschen dealt und sich manchmal prügelt«, stellte die Kommissarin fest.

»Das stimmt vermutlich.« Die Leiterin des Archivs drehte ihren Bürostuhl und sah die beiden Kommissare über den Rand ihrer Brille hinweg an. »Nach den Ermittlungsverfahren gegen ihn scheint er nur ein kleines Licht zu sein, aber sein Name ist in einem anderen Fall aufgetaucht. Die Kollegen von der Organisierten Kriminalität waren letztes Jahr einem Mann namens Abraham Subkov auf der Spur, der in Freiburg illegale Waffen verkauft hat. Bei der Hausdurchsuchung wurde eine Automatik der Marke Glock sichergestellt, auf der Fingerabdrücke von Frank Baer nachgewiesen wurden. Allerdings konnte weder ein Zusammenhang zwischen der Waffe und einer Straftat noch zwischen Baer und Subkov hergestellt werden und deshalb wurde gegen Baer auch kein Ermittlungsverfahren eingeleitet. Im Zusammenhang mit schweren Straftaten ist der Name Frank Baer bisher noch nicht aufgetaucht.«

Bussard beugte sich vor und gab der Leiterin des Archivs einen Kuss auf die Wange. »Danke, Gaby.«

»Wenn dich jemand auf die rechte Wange küsst, halte ihm auch die linke hin.« Die Archivarin schenkte Bussard ein verschmitztes Lächeln. »Der Name Ignaz Baer ist auch einmal bei einer Ermittlung aufgetaucht. Das liegt noch nicht so lange zurück. Anfang des Jahres wurde von den Kollegen der Organisierten Kriminalität eine Wohnung observiert. Man vermutete dort die Zentrale einer kriminellen Vereinigung, die gestohlene Fahrzeuge der Oberklasse mit gefälschten Papieren versah und ins Ausland verschob. Leider hatten Sandmann und Freytag kein Glück, denn die Observierung förderte keine Indizien zutage, die den Verdacht gegen die Bande erhärtete.«

»Was hat ein Mathematikprofessor mit Autoschiebern zu tun?«, fragte Anja überrascht.

Die Archivarin schnippte ein unsichtbares Stäubchen von ihrem Rock und sah wieder auf. »Vermutlich nichts, nehme ich an. Wie sich im Zuge der Ermittlungen herausstellte, war Ignaz Baer lediglich Teilnehmer bei einer privaten Pokerrunde gewesen, die in der Nachbarwohnung stattgefunden hat. Nachdem er das Haus verlassen hatte, fuhr er in seinem eigenen Wagen davon. Über eine Halteranfrage wurden seine Personalien festgestellt und er wurde vernommen. Seine Angaben wurden später von den anderen Teilnehmern der Pokerrunde bestätigt. Er hatte sich definitiv nicht in der observierten Wohnung aufgehalten.«

»Du bist ein Schatz!« Bussard küsste die Archivarin auf die andere Wange. Die Kommissare verabschiedeten sich und fuhren mit dem Aufzug nach oben, während Anja sich ziemlich beeindruckt von Gaby Tröger zeigte. »Du hast recht gehabt. Sie gefällt mir wirklich. Ihr Gedächtnis ist …«

»Unbezahlbar.«

»… außergewöhnlich gut wollte ich sagen, falls sie bei anderen Fällen genauso gut Bescheid weiß.«

»Das tut sie. Bevor ich mir irgendwelche alten Informationen im Computer zusammensuche, frage ich sie. Gaby kennt den Inhalt aller Ermittlungsakten, seit sie die Leitung des Archivs übernommen hat.«

»Wann war das?«

»Vor ungefähr dreißig Jahren.«

Anja blieb in der offenen Tür des Aufzugs stehen und sah Bussard zweifelnd an. »Du nimmst mich auf den Arm, oder?«

»Nein, ich kenne Gaby schon ziemlich lange und ich habe noch nie erlebt, dass sie eine Frage zu einer Akte nicht beantworten konnte. Vielleicht muss sie bei ganz alten Fällen mal etwas nachschlagen, aber was sie aus dem Stehgreif hervorzaubert, ist wirklich phänomenal.«

Die Kommissare gingen den Flur entlang, während Bussard seiner Kollegin einen Rat erteilte. »Es gibt etwas, das du im Archiv niemals tun darfst.«

»Ihren PC benutzen?«

»Nein. Wenn Gaby etwas nicht ausstehen kann, dann ist es Unordnung. Fass nichts an, nicht mal den Stift auf ihrem Schreibtisch, sofern du ihn nicht wieder ganz genauso hinlegst. Gaby wird dir jede Akte aushändigen, die du haben willst, aber wage es nicht, sie selbst in einem der Aktenschränke zu suchen. Wenn du Unordnung machst, bist du bei ihr unten durch.«

Vor dem Vernehmungszimmer blieb Bussard stehen. Der Kommissar wies seine Partnerin an, mit der Befragung von Frank Baer zu beginnen, während er selbst der Vernehmung vom Nebenraum aus durch die einseitig verspiegelte Scheibe folgen wollte. Auch wenn der Sohn des Professors als Zeuge vorgeladen war, hatten sie einige Fakten zusammengetragen, die einen begründeten Anfangsverdacht gegen ihn rechtfertigten. »Mach es auf die sanfte Tour.«

»Warum auf die sanfte Tour?«

»Versuche, sein Vertrauen zu gewinnen. Lass deinen weiblichen Charme spielen.«

»Meinen weiblichen Charme?«

»Ja, vielleicht springt er darauf an und fängt an zu erzählen.«

»Wie du meinst.« Anja dachte einen Augenblick nach, dann öffnete sie einen weiteren Knopf ihrer Bluse. Männer ließen sich leicht von einem schönen Dekolleté ablenken und sie war durchaus bereit, diesen Vorteil zu nutzen. Sie drückte auf die Klinke, öffnete die Tür des Vernehmungszimmers und trat ein. Ein uniformierter Beamter nickte der Kommissarin grüßend zu, während Frank Baer seinem Ärger lautstark Luft machte.

»Warum dauert das so lange?« Er sah die Beamtin herausfordernd an. »Und warum werde ich bewacht? Bin ich verhaftet oder was?«

»Nein, Sie sind nicht verhaftet.« Anja setzte sich Baer gegenüber an den Tisch. »Wir vernehmen Sie lediglich als Zeugen.«

»Zeuge für was?«

Die Kommissarin beugte sich vor und legte die Hände übereinander. Ihre Stimme klang teilnahmsvoll, als sie von der Todesursache berichtete und ihr entging nicht, dass Baer in ihren Ausschnitt schielte. »Ihr Vater wurde Opfer eines Gewaltverbrechens.«

Der junge Mann hob für einen kurzen Augenblick die Brauen, doch dann wurde der Blick aus seinen dunklen Augen lauernd. »Sie meinen, er wurde ermordet?«

Anja fragte sich, ob Baer ihr etwas vorspielte oder tatsächlich nicht wusste, wie der Mathematikprofessor aus dem Leben geschieden war. »Ja, in der vergangenen Nacht, in seinem Arbeitszimmer.«

Baer lehnte sich zurück und hakte beide Daumen in die Gürtelschlaufen seiner Jeans ein. »Ich war nicht dabei, als mein Alter abgekratzt ist. Ich habe nichts gesehen und nichts gehört, also kann ich auch nichts dazu sagen.«

Er fühlt sich sicher, dachte Anja. Falls er seinen Vater ermordet hatte, war er davon überzeugt, dass man ihm die Straftat nicht würde nachweisen können. Anstatt ihn direkt mit einem Verdacht zu konfrontieren, hielt sich die Kommissarin an Bussards Anweisung. »Sie sind der nächste Verwandte des Mordopfers und Sie können uns helfen, seinen Hintergrund zu beleuchten. Wir wissen noch nicht sehr viel über Ihren Vater.«

»Das ist vielleicht auch besser so. Mein Alter war ein ziemliches Arschloch.«

»Aber er war doch auch Ihr Vater.« Sie beugte sich weiter vor und legte ihre Unterarme auf den Tisch. Ihr Blick drückte Güte und Anteilnahme aus. »Sie hatten doch nicht immer eine schlechte Meinung von ihm, oder? Der eigene Vater ist das erste Vorbild für einen Jungen. War das bei Ihnen nicht auch so?«

Baer verzog sein Gesicht zu einer skeptischen Miene und zuckte mit den Achseln, während er seine Augen wieder auf ihr Dekolleté richtete. »Was spielt das für eine Rolle?«

»Ich möchte mir ein Bild von Ihrem Vater machen, denn wir haben ehrlich gesagt noch keine Ahnung, wer ein Motiv gehabt haben könnte, ihn zu ermorden.« Sie sprach leise mit einer weichen, melodischen Stimme. Das Mitgefühl, das sie dem ungefähr gleichaltrigen Mann entgegenbrachte, verfehlte seine Wirkung ebenso wenig wie ihr Ausschnitt.

»Wir hatten schon lange keinen Kontakt mehr.« Baers Blick veränderte sich, doch Trauer über den Verlust des Vaters lag noch immer nicht in seinen Augen. »Wenn man über Tote nur Gutes sagen soll, dann habe ich nicht viel zu erzählen.«

»Aber in seinem beruflichen Umfeld wird er als korrekter Mann beschrieben.«

»Korrekt? Ja, das war er, korrekt bis zur zweiten Stelle nach dem Komma, immer pünktlich, immer rasiert und immer saubere Fingernägel.« Er beugte sich vor und legte seine Unterarme ebenfalls auf den Tisch. »Aber eines kannst du mir glauben: Bei ihm wolltest du keine Minute zu spät kommen, schon gar nicht mit einem Soßenfleck auf dem Hemd, denn das gab eine korrekte Strafe und da konnte er sehr erfinderisch sein.«

Der Wechsel in der Anrede lag genau auf der richtigen Linie. Innerhalb weniger Augenblicke hatte Anja ein Vertrauensverhältnis geschaffen. Die Modulation ihrer Stimme, ihr Mutter-Theresa-Blick und das freundschaftliche »du« erzeugten eine Atmosphäre, in der es Baer schwer fallen würde, den harten Mann zu spielen. »Hast du sehr unter seiner Erziehung gelitten?«

Baer zögerte mit der Antwort und die Kommissarin wusste genau, was im Kopf des jungen Mannes vor sich ging. Wenn er zugab, unter seinem Vater gelitten zu haben, war er eine Memme, doch wenn er verneinte, verlor er Anjas Mitgefühl. Anstatt etwas zu erwidern, zuckte er schließlich nur stumm mit den Achseln, was die Kommissarin mit einem verständnisvollen Nicken quittierte. »Habt ihr oft gestritten?«

»Ich sagte doch, dass wir schon lange keinen Kontakt mehr hatten.«

»Wie lange?«

»Keine Ahnung.« Baer verschränkte die Hände und wieder saugte sich sein Blick am Ansatz ihrer Brüste fest. »Wir haben uns schon seit Monaten nicht mehr gesehen.«

»Und wann hast du zum letzten Mal mit ihm telefoniert?«

»Weiß nicht, ist auch schon eine Weile her.«

Anja faltete ebenfalls die Hände und nahm damit die gleiche Haltung ein wie der Zeuge, der ohne es zu wissen längst zum Verdächtigen aufgestiegen war. »Warum haben sich deine Eltern eigentlich scheiden lassen?«

»Warum wohl?« Er sah wieder auf und lehnte sich entspannt zurück. Seine Körpersprache verriet, dass er in diesem Punkt keinen Grund hatte, die Unwahrheit zu sagen. »Mein Alter war überkorrekt, in allem. Und er musste immer die Kontrolle haben, über mich und meine Mutter. Er hat ihr sogar vorgeschrieben, was sie anziehen durfte und was nicht.«

Er beugte sich vor und sah Anja direkt in die Augen. »Meine Mutter liebte persische Kleidung, doch die war tabu. Warst du mal in unserem Haus?«

»Ja, warum?«

»Hast du irgendetwas entdeckt, das dir verraten hätte, dass meine Mutter aus dem Iran stammte?«

Anja versuchte sich zu erinnern, doch am Tatort war ihr, von den Teppichen abgesehen, tatsächlich kein Einrichtungsgegenstand aufgefallen, der aus dem Orient stammte. »Nein, ich glaube, ich habe nichts dergleichen gesehen. Warum ist das wichtig?«

»Das ist der Grund, warum sie ihn verlassen hat. Er hat ihr die Identität genommen, weil er sie mit Haut und Haaren eindeutschen wollte. Mein Alter war scheiß konservativ. Ihm ging es immer nur um Wohlstand und Ansehen. Ständig hat er nachgerechnet, wie reich er war, dabei war er nichts weiter als eine arme Sau.«

»Wie meinst du das?«

»Er war ein Emotionskrüppel. Die einzigen Gefühle, die er jemals hatte, gehörten den Zahlen. Im Berechnen von Wahrscheinlichkeiten war er echt ein Genie, aber für alles andere war er blind wie ein Maulwurf. Das hat meine Mutter nicht ausgehalten. Einen Tag nach meinem achtzehnten Geburtstag hat sie ihn verlassen. Ich glaube, dass er überhaupt nicht damit gerechnet hatte. Ziemlich blöd für einen Mathematiker, oder?«

Das zynische Wortspiel und der abfällige Tonfall in Baers Stimme zeigten, wie sehr er seinen Vater verachtet hatte. Im Beziehungsgeflecht zwischen Vater, Mutter und Sohn waren die Rollen eindeutig verteilt.

»Du hast deinen Vater gehasst, nicht wahr?«

»Oh ja, ich habe ihn ...« Baer hielt schlagartig inne. Sein Rücken versteifte sich, seine Hände stützten sich auf die Tischplatte und sein Blick wurde wieder lauernd. »Du glaubst, ich hätte ihn ermordet?«

Anja zuckte entschuldigend mit den Achseln. Ihre Augen waren noch immer so sanft wie ihre Stimme.

»Nein, eigentlich nicht. Du siehst nicht aus wie ein Mörder.«

»Sondern?«

»Ich sagte doch schon, dass wir nicht viel über deinen Vater wissen. Du hast ihn gehasst und vermutlich gibt es noch mehr Menschen, denen es genauso geht. Hast du denn keine Idee, warum man deinen Vater ermordet hat oder wer das getan haben könnte?«

»Meine Mutter hat ihn bestimmt genauso gehasst wie ich, aber die kannst du vergessen. Erstens wohnt sie in England und zweitens hat sie sich wenigstens bei der Scheidung eine ordentliche Stange Geld gesichert. Das hat meinen Alten rasend gemacht, aber er musste blechen, ob er wollte oder nicht. Ich hätte eher ihm zugetraut, dass er meine Mutter umbringt als umgekehrt.«

»Was ist mit seinen Freunden, Bekannten oder Arbeitskollegen?«

»Keine Ahnung. Er war doch immer so scheiß korrekt. Bringt man deshalb jemanden um?«

»Du weißt also wirklich nicht, wer ein Mordmotiv gehabt haben könnte?«

»Frag mal den Schmidtke.«

Anja wusste, dass dieser Name bei den Ermittlungen noch nicht aufgetaucht war. Baer präsentierte eine neue Spur, aber vielleicht wollte er damit auch nur von sich selbst ablenken. »Wer ist Schmidtke?«

»Der Nachbar von meinem Alten. Die beiden haben sich darüber gestritten, ob die Äste des Nussbaums über die Grundstücksgrenze hängen dürfen oder nicht. Es gab sogar einen Prozess deswegen.«

»Wann war das?«

»Letztes Jahr.«

»Woher weißt du das? Ich dachte, du hättest schon lange keinen Kontakt mehr zu deinem Vater gehabt.«

Baers Haltung war noch immer lässig, während er hämisch die Mundwinkel verzog. »Ich weiß es von Schmidtke. Ich habe ihn in der Stadt getroffen. Das war irgendwann im Sommer. Schmidtke hat gegrinst wie ein Honigkuchenpferd, weil er den Prozess gewonnen hat. Ich habe ihm sogar gratuliert.«

»Na, siehst du, jetzt haben wir doch schon einen Anhaltspunkt.« Die Kommissarin strahlte den Verdächtigen an. »Fällt dir sonst noch jemand ein?«

»Nein, wirklich nicht.«

»Okay.« Anja holte tief Luft und atmete hörbar wieder aus. »Tut mir leid, aber das gehört einfach zu meinem Job. Deshalb muss ich dich fragen, wo du in der Nacht von gestern auf heute warst«

»Zu Hause.«

»Kann das jemand bestätigen?«

»Nein, wozu?«

Die Kommissarin lehnte sich zurück und seufzte. Sie hatte Baer dazu gebracht, sein Motiv zu offenbaren und mit dem Finger auf einen anderen zu zeigen. Nun war es Zeit, die Masterfrage zu stellen. »Hast du deinen Vater getötet?«

Baer öffnete den Mund, ohne zu antworten. Die Frage hatte ihn überrascht. Ungläubig starrte er die Kommissarin an, während die Sekunden verrannen, bis plötzlich die Tür geöffnet wurde.

»Ich verhafte Sie wegen des Verdachts, Ihren Vater Ignaz Baer ermordet zu haben!« Bussard blieb neben dem Tisch stehen und sah auf Baer herab.

»Was? Wieso? Ich habe meinen Vater nicht ermordet!«

Anja wollte aufstehen, doch Bussard gebot ihr mit einer Handbewegung sitzen zu bleiben. Er nahm sich einen Stuhl, setzte sich neben sie an den Tisch und sah Baer durchdringend an. Seine Stimme klang hart und es schien, als würde er keinen Widerspruch dulden. »Wir haben Ihre Fingerabdrücke am Tatort sichergestellt.«

Baer öffnete seine Hände in einer hilflosen Geste. »Aber das ist doch ganz logisch. Ich bin in dem Haus aufgewachsen. Sie werden meine Fingerabdrücke dort überall finden.«

»Falsch!« Das Wort klang wie ein Peitschenhieb. »Frau Gashi, die Putzhilfe Ihres Vaters, sorgt dafür, dass im ganzen Haus alles blitzblank ist. Sie hat letzten Donnerstag geputzt, also waren Sie danach noch einmal dort. Sie haben uns belogen.«

Baer sah die beiden Kommissare abwechselnd an, doch er antwortet nicht.

»Sie sind bis über beide Ohren verschuldet. Außerdem haben Sie selbst zugegeben, dass Sie Ihren Vater gehasst haben. Das ist ein klares Mordmotiv."

Baer wollte etwas erwidern, doch Bussard ließ ihn nicht zu Wort kommen. »Sie sind vorbestraft und wir wissen, dass Sie Kontakt zu Schusswaffen haben. Um an das Vermögen Ihres Vaters zu kommen, sind Sie in dessen Haus eingedrungen und haben ihn kaltblütig erschossen.«

»Nein, so war das nicht! Ich habe ihn nicht erschossen!«

»Hatten Sie einen Komplizen? Hat er die Drecksarbeit für Sie erledigt?«

»Was? Nein!« Baers Blick ging zwischen den Kommissaren hin und her. Die schnellen Augenbewegungen verrieten, dass er unter Stress stand. Er knetete seine Finger, ohne es zu bemerken. »So war das nicht! Er war überhaupt nicht da!«

»Wann?«

»Am Samstag.« Baer verharrte einen Augenblick, als ihm bewusst wurde, dass er sich verraten hatte und schließlich nickte er. »Ich habe ihn angerufen, aber nur seinen Anrufbeantworter erreicht. Dann habe ich wieder aufgelegt.«

»Und weiter?«

Baer schluckte, seine Schultern sackten herab und sein vorher durchgedrückter Rücken krümmte sich. »Ich bin zu ihm gefahren. Ich wusste ja, dass er nicht zu Hause war.«

»Besitzen Sie einen Schlüssel zum Haus Ihres Vaters?«

»Ja.«

»Wusste Ihr Vater, dass Sie noch einen Schlüssel besitzen?«

»Nein.«

»Was wollten Sie dort?«

»Was wohl? Ich habe Geld gesucht.«

»Sie wollten ihn bestehlen, weil er Ihnen kein Geld mehr gab. Dabei hat er Sie überrascht ...«

»Nein.«

»... Sie haben ihn mit der Waffe bedroht ...«

»Nein!«

»... dann haben Sie ihn an den Stuhl gefesselt ...«

»Nein!«

»... und hinterrücks erschossen.«

»Nein!!!«

Bussard hielt die Augen des Verdächtigen mit seinem Blick gefangen, während er das Mordszenario ausbreitete. Die niederen Motive Hass und Habgier waren unzweifelhaft und anhand der Fingerabdrücke konnte der Kommissar nachweisen, dass Frank Baer sich am Tatort aufgehalten hatte. Für eine Mordanklage brauchte er nur noch die Tatwaffe oder ein Geständnis. »Das war ein brutaler und feiger Mord! Sie konnten ihm nicht einmal ins Gesicht sehen. Deshalb haben Sie ihn von hinten erschossen.«

Baer schüttelte den Kopf, doch Bussard fuhr unbarmherzig fort. »Ihr Vater hat Sie verachtet. Er hat Sie am Telefon einen Schmarotzer genannt.«

»Woher wissen Sie das?« Baer sah überrascht auf, doch Bussard beantwortete die Frage nicht.

»Ihr Vater hat Ihnen den Geldhahn zugedreht und deshalb haben Sie beschlossen, ihn zu ermorden, um an das Erbe zu kommen. Habgier ist noch verachtenswerter als Hass und dafür werden Sie lebenslänglich ins Gefängnis gehen.«

Der Gesichtsausdruck des Verdächtigen veränderte sich schlagartig. Der Anflug von Resignation, mit dem er die Anschuldigungen zurückgewiesen hatte, wich einer Miene der Irritation. Plötzlich klärten sich seine Züge. Er nickte und zeigte mit dem Finger auf Bussard. »Ihr hört mein Telefon ab!«

Der Kommissar reagierte nicht auf Baers Vermutung, die ohnehin in die falsche Richtung ging. Er hatte die Schlinge um den Hals des Verdächtigen gelegt und begann, daran zu ziehen. »Sie haben ein Motiv, Ihre Fingerabdrücke sind am Tatort und Sie haben für die Tatzeit kein Alibi.«

»Das glaub ich einfach nicht!«

»Ein Geständnis könnte sich strafmildernd auswirken.«

Baer schüttelte langsam den Kopf und abermals veränderten sich seine Züge. Er wandte seinen Blick von Bussard ab und als er Anja ins Visier nahm, drückte sein Gesicht ebenso viel Verachtung aus wie seine Stimme. »Ihr verdammten Schweine! Ist das eure schöne, neue Welt? Totale Überwachung?«

Er deutete ein hämisches Lachen an und beugte sich vor, bis sein Gesicht nur noch zwei Handbreit von dem der Kommissarin entfernt war. »Weißt du eigentlich, was totale Kontrolle bedeutet? Wenn ihr alles über mich wisst, dann gibt es auch jemanden, der alles über euch weiß. Ist dir das schon einmal durch den Kopf gegangen?«

41

Die Staatsanwaltschaft beantragte Untersuchungshaft. Frank Baer wurde ins Untersuchungsgefängnis überstellt, auch wenn der Anwalt, den er hinzugezogen hatte, intervenierte. Die Fingerabdrücke am Tatort und ein starkes Tatmotiv genügten für eine vorübergehende Festnahme, zumindest bis zum Haftprüfungstermin, der für den nächsten Vormittag angesetzt war. Die Durchsuchung von Baers Wohnung förderte abgesehen von einer geringen Menge Drogen ein weiteres Indiz zutage. Die Kollegen der KTU fanden einen Schlüssel zu einem Bankschließfach, dessen eingravierte Nummer mit der des Schließfachs von Ignaz Baer übereinstimmte. Eine Schusswaffe, den privaten PC des Professors oder dessen Handy fanden die Beamten jedoch nicht.

Während Susanne noch immer versuchte, sich Zugang zu Baers PC aus dem Mathematischen Institut zu verschaffen, trafen sich die anderen Mitglieder der Ermittlungsgruppe Gewaltverbrechen mit Polizeirat Neudörfer, um den Kripochef über den aktuellen Stand der Ermittlungen zu unterrichten. Frank Baer galt zwar als dringend tatverdächtig, doch die Beweise gegen ihn reichten für eine Anklage wegen Mordes noch nicht aus. Der Schmauchspurentest, den Smirna vorgenommen hatte, war negativ ausgefallen und Stemmers Hypothese, wonach Baer Handschuhe getragen haben konnte, passte nicht zu dessen Fingerabdrücken am Tatort. Solange die Mordwaffe nicht gefunden war, hatten die Beamten zu wenig gegen den Sohn des Mathematikprofessors in der Hand.

Neudörfers Frage nach weiteren potenziell Tatverdächtigen konnten die Ermittler nicht eindeutig beantworten. Professor Wiesinger hatte ebenso wenig ein erkennbares Motiv wie Frau Burger-Engel. Auch die drei Personen, deren Namen aus den Terminkalendern stammten und die Wegner und Stemmer im Lauf des Nachmittags überprüft hatten, schieden als Täter aus. Zwei von ihnen waren nachweislich in Marburg, wo sie am Wochenende an verschiedenen Veranstaltungen der dortigen Universität teilgenommen hatten. Die dritte, ein Mann, mit dem der Professor gelegentlich Schach gespielt hatte, litt an multipler Sklerose und war an den Rollstuhl gefesselt.

»Also deutet im Moment alles darauf hin, dass Frank Baer unser Täter ist.« Neudörfer sah in die Runde und Bussard nickte bedächtig.

»Ja, Chef, alles deutet im Moment darauf hin.«

»Was ist los, Bussard? Sie sehen aus, als hätten Sie Zweifel an Baers Schuld.«

Der Kommissar dachte einen Augenblick nach und nickte erneut. »Stimmt, so richtig überzeugt bin ich noch nicht. Frank Baer war definitiv am Tatort. Er hat den Schließfachschlüssel seines Vaters gestohlen und er hat ein starkes Mordmotiv. Warum hat er aber sowohl das Handy als auch den PC mitgehen lassen und wo sind die Sachen? Sie wurden bei der Durchsuchung seiner Wohnung nicht sichergestellt.«

»Ein Handy und ein PC lassen sich schnell zu Geld machen«, warf Stemmer ein. »Baer ist ziemlich knapp bei Kasse. Wahrscheinlich hat er die Sachen verkauft. Smirna hat das Handy übrigens nicht orten können.«

Bussard wiegte unschlüssig den Kopf und wandte sich an seine Partnerin. »Was hältst du davon?«

»Er könnte die Sachen auch versteckt haben. Immerhin handelt es sich um Diebesgut und vielleicht war es ihm zu heiß, die Sachen in seiner Wohnung aufzubewahren.« Nachdenklich zog Anja die Stirn in Falten und schüttelte schließlich den Kopf. »Nein, das ist Quatsch. Wenn Frank Baer seinen Vater ermordet hat und davon ausgeht, dass er damit ungestraft davonkommt, weiß er auch, dass er einen Batzen Geld erben wird. Warum soll er sich dann mit Kleinkram abgeben?«

»Also hat er die Sachen mitgehen lassen, weil sie ihn belasten.« Stemmer schnippte mit den Fingern. »Auf dem PC oder dem Handy gibt es irgendwelche Daten, die ihn mit dem Mord in Verbindung bringen. Deshalb hat er sie beseitigt.«

Bussard war immer noch nicht überzeugt. Seine Intuition sagte ihm, dass es einen anderen Grund für das Fehlen von Ignaz Baers PC und Handy gab, doch bevor er etwas erwidern konnte, kam Susanne in den Besprechungsraum.

»Sorry, Leute, dass ich so lange gebraucht habe, aber das war wirklich eine harte Nuss.«

»Haben Sie etwas entdeckt, das unsere Ermittlungen voranbringt?«, fragte Neudörfer.

»Ja, das habe ich.« Sie nahm sich einen Stuhl, drehte ihn um und setzte sich rittlings darauf. »Besser gesagt habe ich nichts entdeckt und genau das ist der springende Punkt. Auf dem Rechner ist nichts mehr drauf.«

»Was heißt nichts mehr drauf?«

»Jemand hat alle Daten von der Festplatte gelöscht, komplett, Tabula rasa.«

»Kannst du die Daten nicht wieder herstellen?«, fragte Bussard, doch die EDV-Spezialistin schüttelte den Kopf.

»Nein, das kann ich nicht. Derjenige, der das gemacht hat, wusste genau, was er tat. Er hat alle Dateien zuerst geschreddert, dann hat er die Schnipsel kräftig durchgemischt und anschließend gelöscht. Das Einzige, was ich euch sicher sagen kann, ist, dass man dazu ein Programm benötigt, das es nicht im Mediamarkt zu kaufen gibt. Das war Profiarbeit erster Klasse.«

Alle Beamten sahen sich gegenseitig an. Niemand wusste, was diese Information zu bedeuten hatte, doch keiner glaubte, dass es sich um einen Zufall handelte. Die Daten auf Baers Arbeitsrechner waren unwiederbringlich verloren und sein privater PC war verschwunden.

»Noch etwas.« Alle Augen ruhten wieder auf Susanne, die von der Arbeit des Unbekannten ziemlich beeindruckt schien. »Bevor ihr euch fragt, wer Zugang zum Rechner in Baers Büro hatte, kann ich euch verraten, dass eine physische Präsenz dafür nicht notwendig war. Baer könnte eine E-Mail mit der zerstörerischen Software erhalten haben. Es könnte aber genauso gut sein, dass sich jemand in seinen Rechner gehackt hat. So oder so, der Täter hat so gut wie keine Spuren hinterlassen. Wenn ihr ihn schnappt, würde ich mich gerne mal mit ihm unterhalten. Ich glaube, ich könnte noch einiges von ihm lernen.«

»Und inwiefern bringt das unsere Ermittlungen weiter?« Neudörfer sah die Beamten nacheinander an, bis sein Blick schließlich an Susanne hängen blieb.

»Smirna hat mir das Notebook von Frank Baer gegeben und ich habe schon einmal einen Blick hineingeworfen.« Sie legte ihre Arme auf die Rückenlehne des Stuhls und sah Bussard direkt in die Augen. »Auf seiner Festplatte gibt es nichts, was auch nur im Entferntesten darauf hindeutet, dass er ein hochqualifizierter Hacker ist. Ich verwette meinen Arsch, dass der Angriff nicht von ihm kam.«

Das neue Indiz warf ein anderes Licht auf den Fall, doch die Konturen wurden eher unschärfer. Professor Wiesinger hatte behauptet, dass Baers Forschung nicht bedeutend genug gewesen war, um als Motiv für einen Mord zu dienen. Falls der zerstörerische Angriff auf Baers Arbeitsrechner doch in direktem Zusammenhang mit dem Mord stand, hatte sich Wiesinger entweder geirrt oder er hatte gelogen. Auf der anderen Seite war es aber auch möglich, dass der unbekannte Hacker Daten vernichten wollte, die sich zwar auf dem Arbeitsrechner befunden hatten, jedoch privater Natur waren. Vielleicht hatten sich sogar überhaupt keine relevanten Daten auf dem Rechner befunden und der Täter hatte einfach nur sichergehen wollen.

»Hacker sind keine Mörder.« Anja sah Susanne an und die EDV-Spezialistin nickte zustimmend.

»Anja hat recht. Hacker sitzen nur vor ihren Rechnern und ihre Waffen sind ihre Tastaturen. Sie knacken Firewalls, aber sie brechen nicht in Häuser ein, um jemandem eine Kugel in den Kopf zu schießen.«

»Können Sie das definitiv ausschließen?«

Neudörfers Frage war nicht unberechtigt, doch bevor Susanne antworten konnte, ergriff Anja wieder das Wort. »Professor Baer berechnete Wahrscheinlichkeiten. Hätten Sie ihm diese Frage gestellt, dann hätte er vermutlich geantwortet, dass die Wahrscheinlichkeit, dass ein Hacker der Mörder ist, gegen null geht. Wir wissen nicht, ob derjenige, der die Software programmiert hat, auch derjenige ist, der Baers Festplatte gelöscht hat. Wir wissen nicht einmal, ob die gelöschte Festplatte überhaupt etwas mit dem Mord zu tun hat. Es könnte sich auch um eine zufällige Synchronie der Ereignisse handeln, auch wenn ich das für wenig wahrscheinlich halte.«

»Okay, Leute.« Bussard stand auf und klatschte in die Hände. »Bevor wir hier um Kaisers Bart diskutieren oder uns in irgendwelchen Spekulationen ergehen, konzentrieren wir uns lieber auf die Fakten. Wir haben ein Opfer und einen potenziellen Täter mit einem Motiv, aber ohne Alibi. Wir haben einen Mord, aber keine Mordwaffe. Bevor wir uns aber auf Frank Baer einschießen, müssen wir zuerst eine wichtige Frage klären.«

»Sie meinen die Frage, wo die Tatwaffe versteckt ist?«

Bussard warf Neudörfer einen Blick zu, dann sah er seine Partnerin auffordernd an. Anja nickte, denn sie wusste genau, dass Bussard die Frage meinte, die ihr selbst auf den Nägeln brannte. »Die Frage, die uns beschäftigt, betrifft den Assistenten von Professor Baer. Wo ist Sven Müller?«

43

Beim Freiburger Notariat war kein Testament hinterlegt, das Baers letzten Willen dokumentierte. Da die Beamten auch in der Wohnung des Mordopfers kein Testament gefunden hatten, profitierte Frank Baer in erheblichem Maße vom Tod seines Vaters. In der Cui-Bono-Liste stand er damit unangefochten auf Platz eins. Einen zweiten Platz hatten die Beamten noch nicht zu vergeben, denn außer Baer Junior war niemand in Sicht, der ebenfalls vom Tod des Mathematikprofessors profitierte.

Wegner und Stemmer fuhren zur Wohnung von Sven Müller. Das Läuten der Beamten an der Tür blieb ebenso unbeantwortet wie die Versuche, den Assistenten des Mordopfers telefonisch zu erreichen. Sie hörten den Klingelton des Festnetzanschlusses in der Wohnung, doch Müllers Mobiltelefon war nicht erreichbar. Die Beamten befragten die Nachbarn, deren Wohnungen auf dem gleichen Stockwerk des Mietshauses lagen, doch niemand hatte Müller an diesem Tag gesehen. Lediglich eine Nachbarin konnte berichten, dass sie Müller am Samstagmittag mit zwei vollen Einkaufstüten einer Supermarktkette im Treppenhaus getroffen hatte. Danach verlor sich seine Spur. Müllers Fahrzeug, ein alter Ford Escort, entdeckten die Beamten unweit von dessen Wohnung. Falls er auf der Flucht war, hatte er sich für ein anderes Fortbewegungsmittel entschieden.

Smirnas Versuch, das Handy des Vermissten zu orten, schlug ebenfalls fehl. Als Wegner und Stemmer ins Präsidium zurückkehrten, wies Bussard sie an, Müller unter allen Umständen zu finden. »Das volle Programm, Leute. Findet heraus, ob er einen Flug gebucht hat und checkt die Autovermieter. Überprüft seine Kreditkarten, besorgt euch seine Verbindungsnachweise und sprecht mit den Leuten, mit denen er zuletzt telefoniert hat. Findet ihn und bringt ihn hierher. Sobald er im Vernehmungszimmer sitzt, könnt ihr Feierabend machen.«

»Und wenn wir ihn nicht finden?«

»Das ist keine Option, Julian.«

Wegner und Stemmer wollten sich an die Arbeit machen, doch Bussard erteilte noch eine weitere Anweisung. »Sasha, du setzt dich zuerst mit der Staatsanwaltschaft in Verbindung. Wir brauchen einen Durchsuchungsbeschluss für Müllers Wohnung.«

»Mit welcher Begründung?«

»Die Daten auf dem Arbeitsrechner unseres Mordopfers wurden gelöscht. Müller ist Mathematiker. Vielleicht hat er die Software dazu programmiert. Falls nicht, kann er uns sicherlich sagen, was sich auf dem Rechner befunden hat. Außerdem wissen wir, dass er sich häufig mit Baer gestritten hat. Er könnte also durchaus ein Mordmotiv haben.«

Bussard wollte sich gerade auf den Weg zu seinem Büro machen, doch Susanne bat ihn zu sich. Er ging zu ihrem Schreibtisch und warf einen Blick auf den Monitor, der eine Folge von Buchstaben und Ziffern zeigte, die für den Kommissar keinen Sinn ergaben. »Was ist das?«

Susanne deutete auf den alten Rechner, den sie mit einer Tastatur, einer Maus und einen Monitor verbunden hatte. »Ich habe die antiquierte Kiste angeschlossen, die ihr aus Baers Büro mitgebracht habt. Es ist ziemlich viel alter Kram drauf. Die meisten Sachen sind älter als fünf Jahre, doch ich habe eine aktuelle Datei gefunden.«

»Was für eine Datei?«

»Das kann ich dir leider noch nicht sagen.« Sie wies mit dem Finger auf den Monitor. »Es sind verschlüsselte Texte. Baer wollte offensichtlich verhindern, dass jemand liest, was er da geschrieben hat.«

»Kannst du das entschlüsseln?«

»Keine Ahnung. Ich werde es auf jeden Fall versuchen, aber falls Baer seine eigene Enigma oder etwas Ähnliches verwendet hat, müssen sich Spezialisten darum kümmern, vielleicht Leute vom BKA oder vom BND.«

Bussard schüttelte den Kopf. Sie hatten noch keinen Anhaltspunkt dafür, dass die verschlüsselten Texte in irgendeinem Zusammenhang mit dem Mord standen, also gab es auch noch keinen Grund, die Pferde scheu zu machen. »Versuch es, Susanne. Vielleicht hat er einen einfachen Code verwendet und du findest heraus, was er vor fremden Augen verbergen wollte.«

»Okay, mach ich, aber ich habe noch eine Information für dich. Diese Datei wurde vor vier Wochen angelegt und mehrmals bearbeitet, aber der Rechner war seit fünf Jahren nicht mehr online.«

»Ist das sicher?«

»Absolut. Ich habe die Protokolle überprüft. Die letzte Online-Verbindung war im November 2009. Danach herrscht Funkstille.«

Nachdenklich kehrte Bussard in sein Büro zurück, wo Anja an ihrem Schreibtisch saß. In knappen Worten berichtete er von Susannes Entdeckung und die beiden Kommissare diskutierten die Bedeutung dieser Information. Falls der Professor keine Kopien seiner verschlüsselten Texte auf seinem neuen Rechner gespeichert hatte, waren sie vor dem Angreifer verborgen geblieben, der sich Zugang zu Baers Arbeitsrechner verschafft und alle Daten gelöscht hatte. Vielleicht waren genau diese Texte das eigentliche Ziel gewesen, vielleicht wusste aber auch niemand etwas davon. Dass die Texte wichtige Informationen enthielten, stand außer Frage, denn sonst hätte sich Baer wohl kaum die Mühe gemacht, seine Texte zu verschlüsseln. Die Forschungsarbeit des Professors rückte allmählich immer mehr in den Fokus der Ermittlungen und Bussard hoffte, dass es Susanne gelingen würde, die Texte zu entschlüsseln.

»Der Mord könnte aber auch einen ganz anderen Hintergrund haben.« Anja deutete auf die Kontoauszüge, die auf ihrem Schreibtisch lagen. »Unser Mordopfer scheint eine ausgeprägte Vorliebe für Bargeld gehabt zu haben. Die Summen, die er von seinem Girokonto abgehoben hat, bewegen sich zwischen fünf- und zehntausend Euro, in der Regel ein- bis zweimal pro Monat. Andererseits hat er auch immer wieder größere Bargeldsummen auf sein Girokonto eingezahlt. Im August gab es eine Einzahlung von dreißigtausend Euro. Außerdem wurde sein Konto jeden

Monat ein- bis zweimal mit dem stets gleichen Betrag belastet. Fünftausend Euro gingen immer wieder an denselben Empfänger.«

»Weißt du, wer dieser Empfänger ist?«

»Claro! Es ist das Spielcasino in Baden-Baden.«

Bussard nickte nachdenklich. »Baden-Baden, ständig größere Bargeldtransaktionen und private Pokerrunden: Baer war ein Spieler.«

Die Schlussfolgerung lag auf der Hand, doch Anja wollte sie nicht gelten lassen. »Baer war ziemlich vermögend, aber notorische Spieler sind ständig pleite, weil sie Haus und Hof verzocken. Ich verstehe auch nicht, wie ein studierter Mathematiker sich damit abgeben konnte. Unterm Strich gewinnt beim Roulette immer nur die Bank. Baer musste doch wissen, dass er auf lange Sicht dabei drauflegt.«

Bussard dachte einen Augenblick nach, doch Anjas Widerspruch änderte nichts an seiner Einschätzung, dass Baer ein Spieler gewesen war. »Vielleicht hat er gar nicht Roulette gespielt. Baer war ein Spezialist für Wahrscheinlichkeitsrechnungen. Das prädestiniert ihn geradezu für das Pokerspielen.«

»Aber Poker ist doch auch ein Glücksspiel.«

»Poker ist nicht Roulette. Wer glaubt, dass Poker ein Glücksspiel ist, sollte besser die Finger davonlassen.«

Die Kommissarin verstand nicht, was Bussard damit meinte und der Kommissar lieferte die Erklärung nach: »Poker ist vielschichtig. Die Karten, die man auf der Hand hält, spielen nur eine untergeordnete Rolle. Viel wichtiger ist die Frage, welche Karten der Gegner hat. Wie groß ist die Wahrscheinlichkeit, dass sein Blatt besser ist als meins? Wenn ich davon eine konkrete Vorstellung habe, fängt das Spiel erst an. Derjenige, der die besten Karten hat, gewinnt nicht automatisch. Meist gewinnt der Spieler, von dem die Gegner *glauben*, er habe das beste Blatt. Poker ist Psychologie, Menschenkenntnis, Strategie, Beobachtungsgabe, Mut, Kalkül, Schauspielerei und ein wenig Wahrscheinlichkeitsrechnung. Mit Glück hat das alles wenig zu tun.«

»Das hört sich an, als würdest du selbst spielen.«

»Ja, gelegentlich mit Freunden, allerdings nur um kleine Einsätze. Jeder geht mit zwanzig Euro an den Tisch und wenn es schlecht läuft, kann man den Verlust leicht verschmerzen. Haus und Hof kommen nicht in den Pott.«

»Und was ist mit Menschenkenntnis, Beobachtungsgabe, Mut und so weiter?«

»Ich verliere nicht oft.«

Während Anja, die Poker nur aus Hollywood-Filmen kannte, sich fragte, ob Bussard tatsächlich so ein guter Spieler war, wie er indirekt behauptete, sah Bussard auf seine Armbanduhr, deren Zeiger exakt in Nord-Süd-Richtung standen.

»Wir müssen noch einmal mit Wiesinger sprechen. Es ist genau sechs. Ruf Frau Burger-Engel im Mathematischen Institut an und frag nach, ob er noch arbeitet. Falls er nicht mehr dort ist, such nach seiner Privatadresse.«

Der Kommissar ging noch einmal ins Nachbarbüro, um sich bei Susanne nach dem Stand der Dinge zu erkundigen, doch die EDV-Spezialistin erklärte, dass sie mindestens einige Stunden benötigen würde, sofern es ihr überhaupt gelang, die Verschlüsselung zu knacken. Wegner hatte in der Zwischenzeit die richterlichen Beschlüsse beantragt, die sie für die Durchsuchung von Müllers Wohnung und die Überprüfung seiner Kreditkarten benötigten. Auch dessen Verbindungsdaten hatte er bereits angefordert, während Stemmer Fluglinien und Autovermietungen durchtelefoniert hatte. Eine Spur des Gesuchten hatten die beiden jedoch noch nicht gefunden.

Als Bussard in sein Büro zurückkehrte, läutete sein Handy. Er beantwortete den Anruf und unterbrach die Verbindung schon wenige Augenblicke später, dann wandte er sich an Anja. »Was ist mit Wiesinger?«

»Er ist nicht mehr im Institut, aber ich habe seine Privatadresse.«

»Gut, nimm deine Jacke. Wir machen vorher noch einen Abstecher.«

»Wohin?«

Bussard zögerte mit der Antwort, als ihm bewusst wurde, dass Anja die zweite Prüfung des Tages bevorstand. Er konnte nicht einschätzen, wie sie darauf reagieren würde, doch der anstehende Besuch gehörte nun einmal zu ihrem Job. Nachdem er seinen Rechner ausgeschaltet hatte, nahm er seine Jacke von der Lehne seines Stuhls, während Anja noch immer auf die Antwort wartete.

»Wir besuchen den Mann, der mit den Toten spricht.«

47

Auch das Rechtsmedizinische Institut der Albert-Ludwigs-Universität lag im Institutsviertel, nur eine Straße vom Mathematischen Institut entfernt. Bussard parkte seinen neuen alten BMW direkt vor dem Eingang des nüchternen, funktionalen Gebäudes. Er stellte den Motor ab, stieg aber noch nicht aus. »Falls dir schlecht wird, dann sieh zu, dass du so schnell wie möglich an die frische Luft kommst.«

Nach Bussards kryptischer Ankündigung hatte Anja bereits geahnt, dass sie zur Pathologie fahren würden. Am Morgen hatte sie zum ersten Mal einen Toten mit eigenen Augen gesehen und nun stand ihr die zweite Begegnung mit dem Mann bevor, der durch einen Genickschuss getötet worden war. Ihr war nicht wohl bei dem Gedanken und sie hoffte, dass ihr der freundliche Rechtsmediziner, den sie am Tatort kennengelernt hatte, nicht allzu viel zumuten würde. Die Kommissarin hatte kein Problem damit, sich medizinische Dokumentationen anzuschauen, wenn im Fernsehen über Transplantationen oder Hirnoperationen berichtet wurde. Auch der Anblick von Blut haute sie nicht gleich aus den Socken, aber sie wusste nicht, wie sie reagieren würde, wenn sie gleich vor entnommenen Organen stand oder in eine offene Bauchhöhle blickte. Sie atmete einmal tief durch, dann öffnete sie die Beifahrertür.

Zwei Minuten später schlüpften die Kommissare in grüne Kittel und betraten den Obduktionssaal, wo sie von Professor Münchrath begrüßt wurden. Anjas Befürchtung, dass der Pathologe wie ein Schlachter bei der Arbeit aussehen würde, bestätigte sich nicht. Münchrath trug einen sauberen grünen Kittel und auch an seinen Händen fanden sich keine sichtbaren Spuren seines Handwerks. Anja fand es verwirrend, dass aus einem Ghetto-Blaster, der auf einem der Arbeitstische stand, leise Blues-Musik ertönte. In dieser sterilen, kalten Umgebung wirkte sie unangebracht, doch die Kommissarin hätte nicht sagen können, welche Musik ihr geeigneter erschienen wäre, um das zu tun, was Münchraths Aufgabe war.

In der Mitte des Raums standen drei große Edelstahltische, deren Anordnung an einen Billardsaal erinnerte. Anja ließ ihren Blick einmal durch den Raum schweifen. In den Schränken und Regalen an den Wänden standen unzählige Glasgefäße, in denen in zumeist klaren Flüssigkeiten organisches Material aufbewahrt wurde, das irgendwann einmal eine Funktion in einem menschlichen Körper gehabt hatte. Neben Gliedmaßen, die leicht zu erkennen waren, fanden sich auch Proben von Organen, deren Identifikation ungleich schwerer fiel. Zum ersten Mal wurde sich Anja bewusst, dass in der Freiburger Pathologie nicht nur nach Todesursachen geforscht, sondern auch Studenten unterrichtet wurden. Ein Schreinerlehrling benötigte Holz, um sein Handwerk zu erlernen und in den Glasgefäßen wurde das Übungsmaterial für angehende Pathologen aufbewahrt. Die Kommissarin spann den Gedanken weiter und langsam verlor sich das grausige Gefühl, das sie beim Betreten des Obduktionssaals befallen hatte. Der Anblick war wesentlich leichter zu ertragen, wenn man die Gefäße mit den Augen eines Wissenschaftlers betrachtete.

»Treten Sie näher, meine Liebe.« Münchrath nickte ihr aufmunternd zu und Anja wandte ihren Blick von den Regalen ab.

Der mittlere Tisch war leer, doch auf den beiden anderen bedeckten grüne Laken die darunterliegenden Leichen, deren Konturen sich in dem hellen Licht der Neonröhren scharf abzeichneten. Anja spürte ein flaues Gefühl in der Magengegend und ihre Knie gaben ein klein wenig nach, als sie sich in Bewegung setzte. Die Kälte im Raum und die Nähe des Todes ließen sie frösteln, doch der süßliche Verwesungsgeruch setzte ihr mehr zu.

»Möchten Sie sich einen Tropfen Pfefferminzöl unter die Nase reiben?«, fragte Münchrath, doch Anja schüttelte den Kopf.

»Nein danke, es geht schon.« Sie ging auf den ersten Tisch zu und deutete mit einem Kopfnicken auf das Laken. »Ist das Professor Baer?«

»Nein, das ist Frau Steiert, eine ältere Dame aus dem Schwarzwald mit unklarer Todesursache. Darum werde ich mich erst morgen kümmern können. Professor Baer liegt hier.« Münchrath deutete auf den dritten Tisch. »Kommen Sie, er wird Sie schon nicht beißen.«

Bussard hatte sich bereits neben den Tisch gestellt und wartete auf seine Partnerin. Anja trat hinzu und stellte sich Bussard gegenüber, während sich der Pathologe ein paar Handschuhe überstreifte und nach den Zipfeln des Lakens fasste. »Sind Sie bereit?«

Die Kripobeamten nickten. Münchrath zog das Laken zurück und entblößte die Leiche bis zum Bauchnabel. Über den Brustkorb und fast bis zur Schamgegend zog sich der vernähte Y-Schnitt. Anja hatte diesen Anblick erwartet, doch sie spürte, dass sich ihr Herzschlag beschleunigte.

»Alles okay?«, fragte Bussard und die Kommissarin nickte. Sie war ziemlich sicher, dass sie ihre erste Begegnung mit einer obduzierten Leiche durchstehen würde, während sie das bleiche, wächserne Gesicht des Toten betrachtete. Ein hautfarbener Klebestreifen führte rings um den Kopf wie ein Stirnband. Anja erkannte leicht erhabene Stellen im Abstand von jeweils zwei bis drei Zentimetern und ihr wurde klar, dass der Klebestreifen die Naht darunter verbarg.

»Der Allgemeinzustand des Mannes ist altersentsprechend.« Münchrath hatte sich an die Stirnseite des Tisches begeben, um die Ergebnisse seiner Arbeit vorzutragen. »Organisch war der Mann gesund und er hätte noch gut und gerne zwanzig, dreißig oder sogar vierzig Jahre lang leben können. Die Todesursache war eindeutig ein Genickschuss.«

Er nahm den Kopf des Toten in beide Hände, drehte ihn zur Seite und deutete auf die Schusswunde. »Das Projektil hat den zweiten Halswirbel durchschlagen, das Rückenmark durchtrennt und einen Wundkanal durch den Hirnstamm und das Zwischenhirn bis zum Frontallappen gerissen, was zum Exitus führte.«

Münchrath drehte den Kopf wieder in seine ursprüngliche Position und deutete auf die Stirn. »Das Projektil wurde vom Schädelknochen gestoppt. Es hat ihn zertrümmert, aber nicht durchschlagen, denn das Hohlspitzgeschoss ist bereits beim Kontakt mit dem Halswirbel sehr stark aufgepilzt, wie sich anhand des Wundkanals nachweisen lässt.«

Bussard sah den Pathologen skeptisch an. »Okay, Professor, danke für die Ausführungen, aber das wussten wir bereits am Tatort. Ich dachte, Sie hätten Neuigkeiten für uns.«

»Richtig, Herr Bussard.« Münchrath verließ seinen Platz an der Stirnseite des Tisches und stellte sich neben Anja, die zur Linken des Toten stand. »In den meisten Fällen geht es darum herauszufinden, wie ein Mensch zu Tode kam. Bei unserem Mathematiker war dies eine leichte Übung. Spannender ist das, was vor seinem Tod geschah.«

Er drehte das linke Handgelenk des Leichnams nach außen und deutete auf die Armbeuge. »Woran erinnert Sie das?«

Anja betrachtete die Rötung, die etwas kleiner war als eine Cent-Münze. »Sieht aus wie eine Einstichstelle vom Blutabnehmen oder Blutspenden. Ich nehme nicht an, dass Baer heroinabhängig war.«

»Sie liegen richtig mit Ihrer Vermutung, zumindest teilweise. Es handelt sich um eine Einstichstelle und Drogenmissbrauch kann ich definitiv ausschließen. Die Organe zeigen keine entsprechenden Befunde.« Er brachte das Handgelenk in die Ausgangslage zurück, ging zu einem der Arbeitstische, zog seine Handschuhe aus und nahm ein Blatt Papier von der Schreibunterlage. »Der Wundheilung nach zu urteilen wurde diese Mikroverletzung dem Ermordeten etwa sechzig bis neunzig Minuten vor seinem Tod beigefügt. Da der Tod zwischen dreiundzwanzig und ein Uhr in der Nacht eingetreten ist, können wir wohl davon ausgehen, dass er nicht beim Blutspenden war.«

Münchrath legte eine kurze Pause ein, doch keiner der Kommissare erwiderte sein Lächeln. Mit dem Papier in der Hand kehrte er zum Tisch zurück. »Ich war selbst gespannt, was der toxikologische Befund zutage fördern würde und meine erste Vermutung wurde tatsächlich bestätigt. Man hat dem Opfer einen Drogencocktail injiziert, wobei *man* natürlich auch der Ermordete selbst gewesen sein kann. Wer die Spritze gesetzt hat, lässt sich aus der Einstichstelle nicht ersehen.«

»Ein Drogencocktail?«, fragte Bussard überrascht und der Pathologe nickte.

»Es spielt sicherlich keine Rolle, ob er gerührt oder geschüttelt war. Der Cocktail bestand hauptsächlich aus Amobarbital, das mit Lysergsäurediethylamid versetzt war.«

»LSD?«

»Richtig, Herr Bussard, LSD in Verbindung mit einem Barbiturat. Sie können davon ausgehen, dass der Ermordete sein letztes Stündlein im Drogenrausch erlebte.«

Anja rief sich die Tatumstände ins Gedächtnis. Baer war an einen Stuhl gefesselt gewesen und sechzig bis neunzig Minuten nach der Injektion durch einen Genickschuss getötet worden. »Würde dieser Drogencocktail jemanden gefügig machen, den man verhören will?«

»Das würde er in der Tat, meine Liebe.« Der Pathologe deutete mit dem Laborbefund auf die Kommissarin. »Sie wissen vielleicht aus eigener Erfahrung, dass Alkohol zuweilen die Zunge löst. Man sagt Dinge, die man im nüchternen Zustand verschwiegen hätte. Die Kombination aus Amobarbital und Lysergsäurediethylamid ruft diesen Effekt ebenfalls hervor, allerdings in einer sehr viel stärkeren Ausprägung. Das Barbiturat lähmt den Willen und verringert so die geistige Widerstandskraft, während das Halluzinogen gleichzeitig die Phantasie und damit das Mitteilungsbedürfnis beflügelt.«

»Also hat Baer alles gesagt, was er wusste?«

»Das weiß ich wirklich nicht, Frau Hill. LSD führt zu Wahrnehmungsveränderungen bis hin zu Halluzinationen. Unter dem Einfluss der Droge könnte Baer seinen eigenen Schreibtisch für einen aztekischen Opferaltar gehalten haben, aber es ist ebenfalls durchaus möglich, dass der Mann seinem Peiniger alles erzählt hat, was der Täter wissen wollte.«

53

Der toxikologische Befund war das Additionszeichen, das den Mord an Baer in dessen Haus mit der gelöschten Festplatte an dessen Arbeitsplatz verknüpfte. Auf der anderen Seite der Gleichung fehlten jedoch sowohl Täter als auch Motiv. Auch wenn die Fingerabdrücke am Tatort, der Schließfachschlüssel und die Aussage der Sekretärin über den Streit mit seinem Vater gegen Frank Baer sprachen, glaubten Bussard und Anja nicht länger an dessen Schuld. Auf der Suche nach Geld war Baer junior in das Haus seines Vaters eingedrungen und hatte den Schließfachschlüssel gestohlen. Das erklärte seine Fingerabdrücke am Tatort. Die anderen Begleitumstände passten jedoch nicht zu einer Beziehungstat. Eine Zufallstat schied nach der Überzeugung der Kommissare ebenfalls aus. Der Professor war nicht zur falschen Zeit am falschen Ort gewesen, sondern vom Täter gezielt ausgesucht, mit Amobarbital und LSD gefügig gemacht, verhört und anschließend liquidiert worden. Entweder hatte sich Baer mit den falschen Leuten eingelassen oder er hatte etwas besessen, was ein anderer unter allen Umständen haben wollte. Ob der Unbekannte dieses Etwas allerdings bekommen hatte, war völlig unklar.

Für Anja war das stärkste Indiz der Umstand, dass der private PC des Professors gestohlen und die Daten auf dessen Arbeitsrechner gelöscht worden waren. »Ich wette, dass wir das Motiv im Zahlenuniversum finden.«

»Im Zahlenuniversum?« Bussard fuhr auf den Zubringer Mitte, der an der Dreisam entlang zur Autobahn Karlsruhe-Basel führte und auf dem man von der Innenstadt aus am schnellsten zum Stadtteil Rieselfeld gelangte.

»In der Welt der Mathematik«, erklärte Anja. »Baer hat irgendetwas erarbeitet oder herausgefunden, das sehr bedeutend sein muss. Entweder will jemand diese Arbeit unbedingt besitzen, um sie zu nutzen oder als seine eigene auszugeben oder aber die Forschungsergebnisse müssen unter allen Umständen geheim bleiben, weil sie sonst für irgendjemand von großem Nachteil wären.«

»Aber es ist trotzdem nur Mathematik.«

»Es ist Finanzmathematik und an dieser Stelle kommt Geld ins Spiel, richtig viel Geld. Wenn seine Arbeit für die Börsen relevant ist, geht es um Milliarden. Ein paar hunderttausend Euro für einen Auftragskiller fallen dabei überhaupt nicht ins Gewicht.«

»Und ein potenzieller Auftraggeber?«

»Vielleicht ein Banker oder ein Hedgefond-Manager, aber sicherlich kein Sparkassendirektor, sondern einer von den ganz Großen.«

Bei der Gaskugel im Freiburger Westen bogen die Kommissare auf die mehrere Kilometer lange Tangente ab, die den Zubringer Nord mit dem Zubringer Süd verband. Diese wichtige Verkehrsader trug die Bezeichnung »Allee«. Sie gab der Stadt einen Hauch von internationalem Flair, denn die Namen Lemberg, Granada, Padua, Besançon, Isfahan, Guildford und Matsuyama für einzelne Teilabschnitte der vierspurigen Straße leiteten sich von Freiburgs Partnerstädten in Polen, Spanien, Italien, Frankreich, Iran, Kanada und Japan ab.

»Meinst du nicht, dass das Ganze eine Nummer zu groß ist?« Bussard setzte den Blinker, ordnete sich auf der rechten Abbiegespur ein und hielt vor der roten Ampel. Er drehte sich zur Seite und sah Anja skeptisch an. »Das klingt wie in einem Spionageroman.«

»Es sieht ja auch so aus, jedenfalls für mich, aber vielleicht hast du eine bessere Erklärung für den Drogencocktail, den man Baer injiziert hat.«

Nachdenklich rieb sich Bussard das Kinn. Neunzig Prozent aller Morde waren Beziehungstaten, bei denen die Täter früher oder später immer überführt wurden. Falls aber jemand in Frankfurt, London oder an der Wall Street den Mord an Baer in Auftrag gegeben hatte, würden sie dies mit ihren begrenzten Möglichkeiten kaum ermitteln können.

»Baer war nur ein Kollateralschaden!« Es schien, als ob Anja Bussards Gedanken gelesen hatte. »Nicht der Professor war das Ziel, sondern seine Arbeit. Der Täter hat nur einen lästigen Zeugen beseitigt. Wenn wir mit unserer Vermutung richtig liegen, werden wir den Täter nie kriegen, weil er sich schon längst ins Ausland abgesetzt hat.«

Die Ampel sprang auf Grün um. Bussard fuhr los und sie bogen in den Stadtteil Rieselfeld ein, in dem zumeist Familien mit schulpflichtigen Kindern in energieeffizienten Ökohäusern wohnten. Nicht umsonst war Freiburg die erste deutsche Großstadt gewesen, in der die Bevölkerung einen Politiker der Grünen zum Oberbürgermeister gewählt hatte. Die Stadtteile Vauban und Rieselfeld zeugten ebenso von einer Politik der Nachhaltigkeit wie der Ausbau des Öffentlichen Personennahverkehrs und des Radwegenetzes.

»Vielleicht ist das Ganze auch eine Nummer kleiner.« Im zweiten Gang fuhr Bussard durch die Tempo-30-Zone und hielt nach der gesuchten Hausnummer Ausschau. »Baer ging regelmäßig ins Casino und nahm an privaten Pokerrunden teil.«

»Und?«

»Wer weiß, vielleicht hat er eine Formel entwickelt, mit der er sein Glück im Spiel frisieren konnte. Bei den falschen Leuten kommt das bestimmt nicht gut an.«

»Aber im Vergleich zu Hedgefonds beispielsweise geht´s beim Pokern doch nur um Peanuts.«

Bussard warf Anja einen Seitenblick zu und schüttelte den Kopf. »Ein Zu-wenig-Geld-für-einen-Mord gibt es nicht. Habgier kennt keine Untergrenze. Außerdem gibt es noch eine Variable in der Gleichung, die wir uns bis jetzt noch nicht angesehen haben. Wir wissen immer noch nicht, wo sich Sven Müller aufhält und was er mit der Geschichte zu tun hat. Vielleicht ist unser Täter doch kein internationaler Auftragskiller, sondern ganz profan der Assistent unseres Mordopfers.«

»Und was ist mit den Drogen?«

»Das werden wir ihn fragen, sobald Sasha und Julian ihn gefunden haben.«

Bussard fuhr in eine Parkbucht und stellte den Wagen vor einem Reihenhaus ab, dessen burgunderrote Farbe sich deutlich von den in Himmelblau und Türkis gestrichenen Nachbarhäusern abhob. Ein selbstgebasteltes Namensschild aus bemaltem Salzteig verkündete, dass in diesem Haus Olaf, Heidemarie, Anna-Clara und Jan-Sören Wiesinger lebten und liebten, sich stritten und wieder versöhnten.

»Warum posten sie nicht gleich ihre Fotos und ihre Facebook-Accounts auf ihrer Haustür?« Anja schüttelte missbilligend den Kopf. »Dann weiß man doch gleich, ob sie Vegetarier sind, nur fair gehandelten

Kaffee trinken und ihren Kindern sagen, dass das aber so nicht vereinbart war, wenn Anna-Clara und Jan-Sören der Katze den Hals umgedreht haben.«

Bussard unterdrückte ein Grinsen. Anjas sarkastische Bemerkung traf den Kern der Sache. Viele Menschen, die in diesem Stadtteil wohnten, lebten eine Art neue Offenheit, die seiner Meinung nach eigentlich neue Öffentlichkeit hätte heißen müssen. Das betraf allerdings nicht eine bestimmte Gesellschaftsschicht, schon gar nicht das gehobene Bildungsniveau, sondern eine ganze Generation, der er durch die Gnade seiner frühen Geburt gerade noch entkommen war. Dass seine wesentlich jüngere Partnerin dies ebenso sah wie er, amüsierte ihn. Er drückte auf den Klingelknopf, lauschte einem dreistimmigen Gong und wenige Augenblicke später wurde die Tür von einer blonden schlanken Frau Mitte dreißig geöffnet.

»Frau Wiesinger?«

»Ja?«

»Ist Ihr Mann zu Hause?«

»Der Olaf ist da, aber vielleicht sagen Sie mir zuerst, wer Sie sind.«

»Mein Name ist Bussard, Kripo Freiburg. Das ist meine Kollegin, Frau Hill. Können wir bitte reinkommen?«

»Das muss ich zuerst mit dem Olaf besprechen. Warten Sie bitte einen Augenblick.«

Sie schloss die Tür, während Anja zum Himmel blickte und die Stimme der Professorengattin nachäffte. »Das muss sie zuerst mit dem Olaf besprechen. Meinst du, dass der Olaf und die Heidemarie zu einer basisdemokratischen Einigung gelangen, ob sie uns ohne Durchsuchungsbeschluss ins Haus lassen?«

»Warum so zynisch? Die Frau war doch nicht unfreundlich.«

Anja hob abwehrend die Hand. »Ich war mal mit einem Typen zusammen, der …«

Sie brach unvermittelt ab, als die Haustür geöffnet wurde. Olaf Wiesinger, der sommersprossige Professor mit den rotblonden Haaren, stand lächelnd im Türrahmen. Neben ihm, aber nur halb so groß, schaute sie eine ebenfalls rotblonde, sommersprossige Miniaturausgabe des Mathematikers kauend und mit großen Augen an.

»Schau, Jan-Sören, das sind zwei echte Polizisten.«

»Nein, Papa, das sind keine Polizisten.«

»Warum glaubst du, dass das keine Polizisten sind?«

»Weil, die haben keine Uniform.«

»Der Mann und die Frau sind von der Kriminalpolizei. Die tragen keine Uniformen, damit man sie nicht erkennt.«

»Warum?«

»Weil …«

»Herr Wiesinger, wir müssen noch einmal mit Ihnen sprechen.« Anja hatte keine Lust zu warten, bis Jan-Sörens kindlicher Wissensdurst gestillt war. »Können wir bitte reinkommen?«

Wiesinger setzte ein schiefes Lächeln auf und schüttelte den Kopf. »Tut mir leid, wir sind gerade beim Abendessen. Das passt jetzt leider nicht so gut.«

»Es wird nicht lange dauern.«

Der Professor fasste seinen Sohn bei den Schultern, drehte ihn um und schob ihn sanft vorwärts. »Setz dich wieder an den Tisch. Der Papa kommt gleich.«

Er trat zurück und ließ die Beamten in den Flur, dann schloss er die Tür. »Na gut, wenn´s nicht zu lange dauert. Was wollen Sie wissen?«

Bussard überließ es seiner Partnerin, die Fragen zu stellen. Etwas schien Anja zu missfallen, denn in ihrer Stimme schwang eine Nuance Schärfe mit. »Ist es möglich, dass Professor Baer eine bedeutende Entdeckung gemacht hat?«

»Wie definieren Sie bedeutend?«

»Hat er etwas entdeckt, das sich erheblich auf die Finanzmärkte auswirken wird?«

»Das weiß ich wirklich nicht.« Wiesinger steckte die Hände in die Hosentaschen und lehnte sich gegen die Wand. »Ich sagte Ihnen doch schon, dass es kaum Überschneidungen unserer Forschungsgebiete gab.«

»Haben Sie in Ihrem Institut nichts darüber gehört? Was sagt der Flurfunk?«

»Flurfunk?«

»Gerüchte, Andeutungen, Geflüster auf dem Flur.«

Wiesinger dachte einen Augenblick nach, dann zuckte er unschlüssig mit den Achseln. »Nein, eigentlich nicht. Mir ist jedenfalls nichts bekannt. Warum fragen Sie nicht Müller? Er kennt sich am besten mit Baers Arbeit aus.«

»Sven Müller ist verschwunden. Wir fahnden nach ihm. Haben Sie eine Ahnung, wo wir ihn finden können?«

»Verschwunden?« Der Professor löste sich von der Wand, nahm die Hände aus den Taschen und strich seine Haare hinter die Ohren. »Nein, ich weiß nicht, wo Sie ihn finden können.«

»Wen können wir sonst fragen? Es gibt doch bestimmt auch Studenten, die an diesem Forschungsprojekt beteiligt sind.«

»Das glaube ich eher nicht. So weit ich weiß, ist Müller der Einzige, mit dem Baer zusammengearbeitet hat.«

Anja schüttelte den Kopf. Die Vernehmung förderte überhaupt nichts zutage, doch die Kommissarin gab noch nicht auf. »Angenommen, Baer hätte tatsächlich etwas Bedeutendes entdeckt. Hätte er das vor Ihnen geheim gehalten?«

»Bestimmt, das würde ihm ähnlich sehen.« Wiesingers sarkastisches Lächeln zeigte eindeutig, was er von Baer hielt. »Er musste immer alles unter Kontrolle haben. Teilen war nicht gerade seine Stärke. In seinen Vorlesungen hat er auch immer nur das durchgekaut, was längst allgemeiner Stand des Wissens war.«

Anja fragte sich, ob Wiesinger tatsächlich nichts wusste oder ihnen nur den Unwissenden vorspielte. Da er über Baers Forschung nichts sagen wollte oder konnte, musste sie das Pferd von einer anderen Seite aufzäumen. »Wer bezahlt eigentlich die Forschung an Ihrem Institut?«

Wiesingers Lächeln verschwand schlagartig. »Sorry, ich verstehe nicht, was Sie damit meinen.«

»Bestimmte Fachbereiche werden von großen Unternehmen oder Verbänden gesponsert. Baers Fachbereich war die Finanzmathematik. Wer hat ihn unterstützt? Eine Großbank? Ein Hedgefond? Oder vielleicht ein privater Gönner?«

Der Professor nahm seine Brille von der Nase und begann, sie mit einem Zipfel seines Hemdes zu putzen, wie er es schon im Institut gemacht hatte. »Hören Sie, Frau …«

»Hill.«

»… Frau Hill. Ich weiß nichts über Baer, über seine Forschung oder eventuelle Geldgeber.«

Die Vernehmung brachte noch immer keine verwertbaren Erkenntnisse. Wiesinger antwortete, doch im Grunde sagte er nichts. Der Mord an seinem Vorgesetzten schien ihn weniger zu interessieren als die Sauberkeit seiner Brillengläser. Anjas nächste Frage jedoch rief zumindest eine Reaktion hervor. »Wer bezahlt für Ihre Forschung?«

Der Professor hielt in der Bewegung inne und sah die Kommissarin verdutzt an. »Ich wüsste nicht, was das damit zu tun hat. Die Universität ist eine Öffentliche Einrichtung. Warum fragen Sie nicht einfach in der Verwaltung nach? Dort wird man Ihnen bestimmt weiterhelfen können.«

Er setzte seine Brille wieder auf die Nase, drehte sich um und griff nach der Türklinke. »Meine Familie wartet darauf, dass ich zum Abendessen komme. Falls Sie also keine weiteren Fragen mehr haben …«

Die Kommissare tauschten einen stummen Blick, während Wiesinger die Tür öffnete.

»Nein, wir haben keine weiteren Fragen mehr.« Bussard nickte Anja zu und ließ ihr den Vortritt. »Danke, dass Sie Zeit für uns hatten, Herr Professor.«

Die Kommissarin war schon ins Freie getreten, doch Bussard drehte sich auf der Türschwelle noch einmal um. Sein Gesicht war kaum einen halben Meter von Wiesinger entfernt und er sah dem Mathematiker direkt in die Augen. »Nur der Vollständigkeit halber:

Wo waren Sie letzte Nacht zwischen zweiundzwanzig und zwei Uhr?«

Wiesinger hob überrascht die Augenbrauen. »Das ist doch wohl nicht Ihr Ernst. Sie fragen mich nach einem Alibi?«

»Richtig. Ich frage, Sie antworten. Also, wo waren Sie?«

Der Professor hielt dem Blick des Kommissars nicht lange stand. Ohne es zu bemerken, trat er einen Schritt zurück, als würde er einer Gefahr ausweichen. »Ich war hier. Meine Frau wird Ihnen das bestätigen.«

Bussard bewegte sich keinen Millimeter. Dass Wiesingers Frau dessen Alibi bestätigen würde, interessierte ihn kaum, denn die Aussage einer Ehefrau zu Gunsten ihres Mannes besaß keine hohe Beweiskraft. Noch immer fixierte der Kommissar sein Gegenüber mit den Augen. »Professor Baer war doch der Leiter des Mathematischen Instituts, richtig?«

»Ja.«

»Und Sie waren sein Stellvertreter.«

»Ja, und?«

»Wer erbt jetzt seine Stelle?«

59

Noch immer konnten Bussard und Anja nicht einschätzen, was Wiesinger tatsächlich wusste. Als bisheriger Stellvertreter würde der Professor wahrscheinlich zum Leiter des Mathematischen Instituts aufsteigen, doch das war den Ermittlern zu dünn, um daraus ein

Mordmotiv zu konstruieren, solange es keine Indizien für einen Streit, eine Erpressung oder Ähnliches gab. Die Vorstellung eines Auftragskillers behagte Bussard jedoch noch weniger. Der Kommissar hielt es für durchaus möglich, dass der gestohlene PC, die gelöschte Festplatte und der Drogencocktail vorsätzlich gelegte Spuren waren, die vom wahren Täter und dessen Motiv ablenken sollten.

Nach der Befragung Wiesingers rief Bussard im Präsidium an und fragte nach dem Stand der Fahndung. Wegner berichtete, dass es von Sven Müller noch immer keine Spur gab, doch er rechnete jeden Augenblick damit, den Durchsuchungsbeschluss für Müllers Wohnung zu erhalten. Falls Müller auf der Flucht war, konnten sie zumindest darauf hoffen, bei der Durchsuchung Hinweise auf dessen Aufenthaltsort zu finden.

»Du hast eine interessante Frage aufgeworfen.« Bussard startete seinen BMW und fuhr los. »Ist es üblich, dass die Forschung an einer Universität von Wirtschaftsunternehmen bezahlt wird?«

Anja legte ihren Sicherheitsgurt an, zog ihr Smartphone aus der Jacke und rief eine Suchmaschine auf. »Ja, mittlerweile schon, obwohl Deutschland in diesem Bereich eher noch Neuland ist. Es kommt aber schon vor, dass ein Unternehmen Geld für ein bestimmtes Forschungsprojekt zur Verfügung stellt. Die Etats der Universitäten reichen heute nicht mehr aus, um alles abzudecken und deshalb sind diese Budgets ziemlich begehrt.«

»Kannst du herausfinden, wer Baers Forschung finanziert hat?«

»Schon dabei.«

Während sich Anja durch verschiedene Internetseiten klickte, fuhr Bussard zurück in die Innenstadt. Als er an der Kronenbrücke hielt, dem größten und wichtigsten Verkehrsknotenpunkt der Stadt, läutete sein Handy. Wegner teilte ihm mit, dass der Durchsuchungsbeschluss vorlag. Bussard wies den Kollegen an, den Beschluss an Smirna weiterzureichen und den Kriminaltechniker zu Müllers Wohnung zu schicken.

»Ich komme hier nicht weiter.« Anja schloss die Internetseite, rief eine Nummer aus ihrem digitalen Telefonbuch auf und stellte die Verbindung her.

»Wen rufst du an?«

»Mist, nur die Mailbox. Ich schicke ihr eine Nachricht. Sie kann uns bestimmt weiterhelfen.«

»Wer?«

»Heidi. Wofür hat man Freunde im Wirtschaftsdezernat?«

Bussard wechselte auf die linke Spur, überquerte die Dreisam und fuhr Richtung Bahnhof. Als er kurz danach beim Planetarium abbog, sah er die letzten Reste einer flammenden Röte, mit der sich der westliche Himmel überzogen hatte. Das verblassende Naturschauspiel versprach einen weiteren sonnigen Tag. Eine Minute später erreichten sie die Mathildenstraße direkt neben dem Bahndamm. Müllers Wohnung lag im dritten Stock eines Mietshauses und bot jede Stunde zweimal einen ungehinderten Blick auf den ICE, der die Rheintalstrecke befuhr, ganz zu schweigen von den vielen Regional- und Güterzügen, die täglich in Nord-Süd-Richtung verkehrten.

»Hier wollte ich nicht wohnen«, erklärte Anja. »Da hast du doch niemals deine Ruhe.«

»Ich auch nicht, aber von hier aus bist du zu Fuß in fünf Minuten im Institutsviertel. Zum Bahnhof dauert es auch nicht länger.«

»Vielleicht hat Müller den Zug genommen, weil er wusste, dass wir nach seinem Wagen fahnden würden.«

»Sofern er überhaupt auf der Flucht ist.« Bussard winkte dem Kriminaltechniker zu, der gerade aus seinem Wagen stieg.

Smirna kam mit seinem Koffer in der Hand auf die Kommissare zu. »Sag mal, Bussard, wieso braucht ihr mich eigentlich hier?«

»Damit Anja die Tür nicht eintreten muss.«

»Dafür hättet ihr auch den Schlüsseldienst anrufen können.«

Bussard klopfte dem Kriminaltechniker freundschaftlich auf die Schulter. »Aber du hast den Durchsuchungsbeschluss.«

Die Beamten fanden die Haustür verschlossen vor. Bussard läutete zuerst bei Müller. Als keine Reaktion erfolgte, drückte er auf den untersten Klingelknopf.

»Ja bitte?«

»Polizei. Bitte öffnen Sie die Tür.«

Der Türsummer ertönte und der Kommissar drückte die Haustür auf. Im Flur streckte eine ältere Dame den Kopf aus ihrer Wohnungstür. Bussard zückte seinen Dienstausweis und versicherte der erschrockenen Frau, dass sie keinen Ärger mit der Polizei habe. Er lächelte ihr noch einmal freundlich zu, dann stiegen die Beamten in den dritten Stock hinauf. Bussard läutete und klopfte gegen die Tür, doch in der Wohnung regte sich nichts. Er nickte Smirna zu und der Kriminaltechniker brauchte eine Minute, um die Wohnungstür zu öffnen. Als er sie aufstieß, schlug den Beamten ein unangenehmer Geruch entgegen.

»Herr Müller, sind Sie zu Hause?«

Bussards Ruf verhallte ungehört. Der Kommissar trat in den Wohnungsflur und lauschte. Das einzige Geräusch, das er hörte, passte auf fatale Weise zu dem immer übler werdenden Geruch und er wusste bereits, was ihn erwartete, als er dem Summen der Fliegen folgte. Im zweiten Zimmer auf der rechten Seite, das offensichtlich das Wohnzimmer war, saß ein Mann auf einem Stuhl. Er trug lediglich ein T-Shirt und eine Unterhose. Jemand hatte seine Hände mit einem breiten, silberfarbenen Klebeband an die Rückenlehne und die Füße an die Beine des Stuhls gefesselt. Die Oberschenkel des Mannes waren rotbraun verfärbt. Es sah aus, als sei Blut aus dem Mund des Mannes auf seine Beine getropft. Unzählige Fliegen umschwirrten den leblosen Körper, dessen Genick eine kreisrunde, fingerdicke Wunde aufwies.

Anja stand im Türrahmen und schüttelte langsam den Kopf, während Smirna im Präsidium anrief. Er forderte seinen Kollegen Mallmann auf, zum Tatort zu kommen und ließ sich zu Wegner weiterverbinden. »Die Fahndung nach Müller hat sich erledigt. Wir haben ihn gefunden. Er ist tot.«

Bussard zog ein Paar Latexhandschuhe an, ging zum Leichnam und betrachtete beide Armbeugen. Direkt über der Vene des linken Arms entdeckte er eine rote Verfärbung.

61

Kurz vor zweiundzwanzig Uhr kehrten die Kommissare ins Präsidium zurück. Bussard berichtete von den ersten Ermittlungen am Tatort, der dem im Hause Baer viel zu ähnlich war, als dass einer der Kollegen zwei voneinander unabhängige Taten auch nur in Erwägung zog. Das mit Klebeband an einen Stuhl gefesselte Opfer, die tödliche Schusswunde im Genick und die Einstichstelle in der linken Armbeuge waren eindeutig die Handschrift desselben Täters. Auch in Müllers Wohnung hatten die Beamten einen Monitor, eine Tastatur, eine Maus und das lose Ende eines Telefonkabels gefunden, nicht jedoch den dazugehörenden PC, ein Notebook oder ein Handy. Professor Münchrath hatte die Leiche untersucht und den Todeszeitpunkt auf zwanzig bis zweiundzwanzig Uhr des Vorabends eingegrenzt. Offensichtlich hatte der Täter zuerst Müller und anschließend Baer tödliche Besuche abgestattet.

Der zweite Mord, der zeitlich vor dem ersten lag, entlastete Frank Baer. Auch Bussard glaubte nicht mehr daran, dass der Sohn den Vater ermordet und falsche Spuren gelegt hatte. Ein Mord zur Vertuschung eines Mordes erschien den Beamten zu perfide. Die Wahrscheinlichkeit, dass die beiden Tötungsdelikte mit der Arbeit der Mathematiker zu tun hatten, war beträchtlich gestiegen.

»Wir haben vier Kisten mit Aktenordnern mitgebracht. Das Material wird im Augenblick noch kriminaltechnisch untersucht. Anschließend muss es gesichtet und ausgewertet werden.« Bussard sah einmal in die Runde, doch allen war klar, wen er für diese Aufgabe auserkoren hatte.

»Hört sich nach einer Nachtschicht an.« Anja öffnete ihre Umhängetasche und kramte die Teedose hervor. »Noch jemand?«

Wegner und Stemmer lehnten ab, doch Bussard entschied sich für eine Tasse Tee. »Trägst du diese Sachen eigentlich immer mit dir herum?«

»Nicht immer, aber oft.« Anja füllte den Wasserkocher und schaltete ihn ein. »Baden ist kein Teeland.«

»Doch, aber bei uns wächst der Tee an Rebstöcken.« Stemmer grinste über das ganze Gesicht. »Unsere beliebtesten Teesorten sind Gutedel, Silvaner, Riesling und Spätburgunder Weißherbst.«

»Tatsächlich?«

»Ja, tatsächlich. Über Baden lacht die Sonne, deshalb trinken wir Wein. Tee ist etwas für Engländer, weil's bei denen immer schifft.« Er sah Anja von der Seite an. »Du bist nicht von hier, oder?«

»Nein. Meine Eltern zogen nach Freiburg, als ich zehn war. Ich bin also keine Eingeborene.« Sie nahm zwei Tassen aus dem Schrank, stellte sie neben den Wasserkocher und sah auf Stemmer herab. »Mein Großvater war Engländer.«

»Ah, deshalb.« Bussard nickte wissend. »Daher kommt dein ungewöhnlicher Name.«

»In England ist Hill ebenso verbreitet wie Berg in Deutschland.« Wieder sah sie auf Stemmer herab. »Oder wie Hügle in Baden.«

Bussard warf einen Blick auf seine Armbanduhr. »Sasha, Julian, ihr beide macht jetzt Feierabend. Morgen früh um sieben steht ihr wieder hier auf der Matte, dann kümmert ihr euch zuerst um Müllers Verbindungsnachweise. Findet heraus, ob es Telefonnummern gibt, die auch auf Baers Liste auftauchen.«

Die Angesprochenen nickten zustimmend, doch plötzlich zog Bussard die Stirn in Falten. »Wo ist eigentlich Susanne?«

»Susanne ist nach Hause gegangen.« Wegner stand auf und streckte sich. »Sie hat die Festplatte von Baers altem PC kopiert, um die verschlüsselten Texte zu knacken. Ich bin sicher, dass sie auch eine Nachtschicht einlegen wird.«

Die beiden Kollegen verabschiedeten sich, während Anja den Tee zubereitete. Bussard rief Smirna an und erfuhr, dass die kriminaltechnische Untersuchung der Akten abgeschlossen war. »Bertold schickt uns die Akten hoch.«

»Okay, und was machst du?«

»Nachdenken und Tee trinken.«

Anja stellte die Tassen auf den Tisch, während Bussard seinen Tabak hervorzog und sich eine Zigarette drehte. Der Kommissar wusste, dass im gesamten Gebäude Rauchverbot herrschte, doch er hatte keine Lust, hinunter auf den Hof zu gehen. Er öffnete einen Fensterflügel, zündete die Zigarette an und lehnte sich hinaus.

»Muss das sein?«

»Ich kann einfach besser nachdenken, wenn ich rauche.«

»Das ist Quatsch, Bussard. Rauchen vermindert die Sauerstoffzufuhr zum Gehirn. Außerdem stinkt es und der Geruch bleibt in den Klamotten hängen.«

Bussard schloss die Augen und dachte an Heidi Peters. Sie hatte Anja als gute Polizistin empfohlen, doch er fragte sich, ob die Leiterin der Wirtschaftsabteilung dabei einen Hintergedanken gehabt hatte. Natürlich gab es keinen Grund zu rauchen und vielleicht stimmte es auch, was Anja über Anzüge gesagt hatte, doch die Kommissarin war lediglich eine Kollegin, aber nicht seine Freundin und schon gar nicht seine Ehefrau. Er brauchte auch niemanden, der auf ihn aufpasste, wie Gaby Tröger, die Leiterin des Archivs, behauptet hatte. Mit Sylvia, seiner früheren Partnerin, war die Zusammenarbeit einfach gewesen. Sie hatten sich fast blind verstanden und jeder hatte den anderen respektiert. Anja hingegen schien eine jener Frauen zu sein, die einen Mann nach ihren eigenen Vorstellungen modellieren wollte. Soweit Bussard wusste, führte so etwas am Ende immer zum gleichen Ergebnis. Falls sich ein Mann gänzlich den Vorstellungen der Frau fügte, verlor sie das Interesse an ihm. Verblüfft öffnete Bussard die Augen. Der Gedanke, dass er Anja gerade als potenzielle Partnerin in Erwägung gezogen hatte, traf ihn völlig unvorbereitet. Er schüttelte ungläubig den Kopf, zog an seiner Zigarette, schnippte die Kippe aus dem Fenster und verfolgte ihren Flug, bis sie drei Stockwerke tiefer auf dem Asphalt landete.

»Wie lange leitest du schon diese Abteilung?« Anja hatte den Tee zubereitet und stellte eine Tasse auf Bussards Schreibtisch.

»Sechs Jahre.«

»Und was hast du davor gemacht?«

Bussard schloss das Fenster und drehte sich um. »Ich war bei der Drogenfahndung.«

»Als verdeckter Ermittler?«

»Ja, auch.«

Sie nickte und er konnte in ihrem Gesicht lesen, was sie dachte. »Jeans und Cowboystiefel mochte ich schon vorher.«

»Es war ja nur ein gut gemeinter Rat.«

Bussard lehnte sich gegen seinen Schreibtisch und trank einen Schluck von seinem heißen Tee. »Hat sich Heidi schon bei dir gemeldet?«

»Nein, wieso?«

»Du hast ihr doch eine Nachricht geschickt.«

»Ja, aber das war doch erst um acht.« Anja setzte sich und schlug die Beine übereinander. »Ich denke, dass sie sich morgen im Lauf des Tages melden wird. Schmeckt dir der Tee?«

»Ja, schon. Allerdings bin ich kein ausgewiesener Teetrinker.«

»Kaffee passt auch besser zu dir.«

»Wieso passt Kaffee besser zu mir?

»Heute ist zwar erst mein erster Tag in dieser Abteilung, aber ich habe schon festgestellt, dass hier ein ganz anderer Arbeitsrhythmus herrscht. Seit vierzehn Stunden sind wir jetzt an diesem Fall. Wir haben an zwei verschiedenen Tatorten ermittelt, mehrere Zeugen befragt, zwei Besprechungen abgehalten, einen Verdächtigen vernommen und in der Pathologie mit dem Rechtsmediziner gesprochen. Das ist ein anderer Rhythmus als im Wirtschaftsdezernat und da passt Kaffee einfach besser dazu. Für Nachdenken und Tee trinken bleibt hier kaum Zeit.«

»Aber genau das tun wir doch jetzt.«

»Tun wir das wirklich? Wir warten darauf, dass uns die KTU Müllers Aktenordner bringt.«

Bussard konnte sich gut vorstellen, dass es für Anja eine große Umstellung war. Im Wirtschaftsdezernat hatte die Kollegin hauptsächlich mit Papier oder digitalen Daten gearbeitet, die sie gesichtet und analysiert hatte. In seiner Abteilung jedoch konzentrierte sich die Arbeit in erster Linie auf Menschen, die befragt oder vernommen wurden. Der Zeitfaktor spielte dabei eine erhebliche Rolle. »Bei der Aufklärung eines Mordes sind die ersten vierundzwanzig Stunden von entscheidender Bedeutung. Solange die Leiche noch warm ist, kann der Täter noch nicht weit sein.«

»Das ist makaber …«

»… aber zutreffend. Je mehr Zeit vergeht, desto größer ist die Chance des Täters zu entkommen. Ein Kontoauszug ist nach fünf Jahren noch genauso gut wie neu. Werden Tatortspuren jedoch nicht so schnell wie möglich gesichert, leidet die Qualität der Beweise. Es dauert zwar eine Weile, bis Blut- und DNA-Spuren aufgrund ihres Alters unbrauchbar werden, doch die Erinnerung von Zeugen verblasst schon innerhalb von Stunden. Genauso verhält es sich mit der emotionalen Situation eines Tatverdächtigen. Wenige Stunden nach einem Mord ist der Täter oft noch so aufgewühlt, dass er bei der Vernehmung entweder gesteht oder sich in Widersprüche verstrickt und sich dabei um Kopf und Kragen redet. Wochen oder Monate später jedoch hat er die Tat zumindest teilweise verarbeitet oder verdrängt und dieser emotionale Abstand hilft ihm, eine Vernehmung zu überstehen. Je früher wir an ihm dran sind, desto größer ist die Wahrscheinlichkeit, ihn zu überführen.«

Nachdenklich nippte Anja an ihrer Tasse. »Aber manche Fälle werden doch erst nach Jahren gelöst.«

»Richtig, aber das sind höchst seltene Ausnahmen. Es gibt weitaus mehr Fälle, die überhaupt nicht gelöst werden.«

»Ich dachte, du hättest die höchste Aufklärungsquote unter allen Kollegen.«

»Mag sein, das weiß ich nicht.« Bussard zuckte mit den Achseln. »Tatsache ist jedoch, dass viele Morde nicht als solche erkannt werden und wo es keinen Kläger gibt, gibt es auch keinen Richter.«

»Aber wie kann das sein, dass viele Morde nicht als Morde erkannt werden?«

Der Kommissar umrundete seinen Schreibtisch, setzte sich auf seinen Stuhl und legte die Füße hoch. »Die Oma von Lieschen Müller ist dreiundneunzig Jahre alt. Lieschen braucht dringend Geld, doch solange die Oma noch lebt, gibt es nichts zu erben. Eines Abends drückt Lieschen der Oma ein Kissen aufs Gesicht. Am nächsten Morgen ruft Lieschen den Hausarzt. Er stellt fest, dass Oma Müller in der Nacht sanft entschlafen ist. Immerhin war die Gute schon dreiundneunzig Jahre alt und das arme Lieschen kennt er auch schon seit vielen Jahren. Er schreibt den Totenschein aus und Lieschen erbt. Ende der Geschichte.«

Anja dachte einen Augenblick nach, dann schüttelte sie den Kopf. »Bei den heutigen forensischen Möglichkeiten muss man aber trotzdem schon sehr viel Glück haben, um mit einem Mord ungestraft davonzukommen.«

»So viel Glück braucht man gar nicht«, widersprach Bussard. »In Kriminalromanen heißt es immer, es gäbe keinen perfekten Mord, aber das ist Unsinn. Ein Mord, der nicht als Mord erkannt wird, ist perfekt. Ein Bergsteiger stürzt ab, ein Segler ertrinkt oder ein betrunkener Ehemann fällt die Kellertreppe hinunter. Wenn du an einer Allergie leidest und beim Wandern an einem Bienenstich stirbst, weil jemand das Gegenmittel aus deiner Tasche geklaut hat, wird das in neunundneunzig Prozent aller Fälle als tragisches Unglück abgehakt.

Außerdem ist die Zahl der Rechtsmediziner rückläufig und das ist wirklich dramatisch, weil dies die Dunkelziffer noch weiter in die Höhe treibt. Nicht immer sind die Fälle so eindeutig wie bei unseren Mathematikern, wo jeder Laie auf den ersten Blick sieht, dass die beiden ermordet wurden. Manchmal braucht man Leute wie Münchrath, um einen Mord zu erkennen, doch jeder Zahnarzt darf einen Totenschein ausstellen.«

Bei der Ermittlungsgruppe Gewaltverbrechen verhielt es sich ebenso wie im Wirtschaftsdezernat. Man konnte nur in solchen Fällen ermitteln, die als Straftaten eingestuft wurden. Wurde ein Verbrechen nicht als Straftat erkannt, fahndete auch niemand nach dem Täter.

»Wie hoch ist diese Dunkelziffer?«

Bussard trank seinen Tee aus, stand auf, ging zur Spüle und wusch seine Tasse aus. »Manche sagen zwanzig, andere beziffern sie auf fünfzig Prozent.«

»Fünfzig Prozent?«, fragte Anja ungläubig.

»Vielleicht, ich weiß es nicht, aber letztlich spielt das auch keine Rolle. Wir bearbeiten die Fälle, die wir auf den Tisch kriegen. Solange unsere eigene Dunkelziffer weiterhin bei null liegt, bin ich absolut zufrieden.«

Nach einem kurzen Klopfen wurde die Tür geöffnet. Mallmann schob einen Aktenwagen ins Büro und stellte ihn mitten im Raum ab. »Wir sind damit durch. Jetzt könnt ihr euch mit dem Kram vergnügen.«

»Irgendwelche Spuren?«, fragte Bussard.

»Auf den Akten sind nur Fingerabdrücke von Müller.«

»Und am Tatort?«

»Nichts, was auf den Täter hinweist, genau wie bei dem anderen Fall. Bertold hat allerdings in der Zwischenzeit das tödliche Projektil untersucht. Die Kugel ist beim Nacken ein- und beim Mund wieder ausgetreten. Dabei hat sie dem Mann zwei Zähne ausgeschlagen. Wir haben sie in der Polsterung des Sofas sichergestellt und die Ballistik sagt, dass es sich eindeutig um dieselbe Waffe handelt, mit der auch Baer ermordet wurde.« Der Kriminaltechniker klopfte auf den obersten Aktendeckel. »Ich habe ein wenig herumgeblättert. Es scheint um irgendwelche Wahrscheinlichkeitsrechnungen zu gehen, aber das ist alles zu hoch für mich. Vielleicht habt ihr damit mehr Glück.«

Er wünschte seinen Kollegen eine gute Nacht und verabschiedete sich, während Bussard den Aktenwagen mit skeptischer Miene betrachtete. »Es ist gleich halb elf. Wir nehmen uns jetzt diese Ordner vor. Mal sehen, was wir finden. Wenn wir um eins immer noch nicht wissen, wer oder was hinter den beiden Morden stecken könnte, machen wir Feierabend. Ich will, dass du morgen früh ausgeschlafen bist. Es könnte wieder ein langer Tag werden.«

67

Johann Sebastian Bachs *Toccata und Fuge in D-Moll* war längst verklungen, doch Susanne hatte keine neue CD in den Player geschoben. Sie hörte auch das Ticken der Wanduhr nicht, das neben dem Rotieren des Lüfterrads ihres Notebooks das einzige Geräusch im Raum war. Mit einem Weinglas in der Hand saß sie auf der Couch und dachte nach. Ihre ersten Versuche, mithilfe der Häufigkeitsanalyse die Texte in Klarschrift zu übersetzen, waren gescheitert. Um eine Vigenère-Verschlüsselung zu knacken, hätte sie jedoch Tage gebraucht, sofern sie es überhaupt geschafft hätte, und an einer Enigma-Verschlüsselung hätte sie sich erfolglos die Zähne ausgebissen. Nach zwei Stunden des Herumprobierens hatte sie aufgegeben, doch sie hatte nicht vor dem Problem kapituliert. Mit einem Glas Rotwein und Bachs Orgelmusik hatte sie sich auf ihr Sofa gesetzt, um nachzudenken.

Auf Baers PC hatte sie weder einen Schlüssel gefunden noch ein Programm, mit dem man Texte verschlüsseln konnte. Sie fragte sich deshalb, ob Baer womöglich einen anderen Rechner benutzt hatte, um seine Texte unkenntlich zu machen. Die Hypothese schien logisch, doch je länger sie darüber nachdachte, desto mehr zweifelte sie an dieser Annahme. Baer hatte seine alte Kiste benutzt, obwohl ihm ein neues und weitaus leistungsfähigeres Modell zur Verfügung gestanden hatte. Wenn er also nach Jahren seinen alten Rechner wieder aktiviert hatte, dann vermutlich deshalb, weil er diese Daten vor fremden Augen hatte schützen wollen. Einen Angriff von außen hatte er dadurch verhindert, dass er den PC nicht an eine Telefonleitung angeschlossen hatte. Ein Unbefugter hätte sich Zutritt zum Büro des Professors verschaffen müssen, um die Daten einzusehen, deren Lesbarkeit die Verschlüsselung jedoch verhinderte. Susanne kam zu dem Schluss, dass Baer die Texte von Hand verschlüsselt hatte. Die größtmögliche Sicherheit bot der Stand-Alone-Betrieb, der den Rechner auch vor einem Netzwerk-Zugriff durch einen Kollegen oder Studenten des Instituts schützte. Die Verschlüsselung musste deshalb nicht unbedingt höchsten Ansprüchen genügen. Außerdem musste sie praktikabel sein und sofern Baer keine Chiffriermaschine benutzt hatte, musste den Texten ein Schlüssel zugrunde liegen, der relativ einfach zu knacken war. Trotzdem hatte die Häufigkeitsanalyse versagt.

Seit einer Stunde saß Susanne grübelnd auf ihrer Couch. Sie war sicher, dass der Weg zur Lösung des Problems direkt vor ihr lag. Immer wieder ging ihr der Gedanke durch den Kopf, dass die Verschlüsselung einfach und praktikabel sein musste. Wenn sie von Hand durchgeführt wurde, durfte sie keinen unnötig hohen Zeitaufwand erfordern. Die simpelste Methode einer solchen Verschlüsselung war die monoalphabetische Substitution, bei der ein Buchstabe durch einen anderen ersetzt wurde. Durch eine Häufigkeitsanalyse konnte man eine solche Verschlüsselung relativ einfach knacken. Die Buchstaben *e* und *n* traten im Deutschen sehr häufig auf, *x* und *q* jedoch ziemlich selten. Man zählte einfach die verschiedenen Buchstaben eines verschlüsselten Textes und verglich die Ergebnisse mit den Werten einer Tabelle, in der die Häufigkeit des Auftretens der einzelnen Buchstaben in einer bestimmten Sprache festgehalten war. Trotzdem hatte diese Methode versagt, denn sonderbarerweise kamen die meisten Buchstaben annähernd mit der gleichen Häufigkeit vor. Falls die ursprünglichen Texte in deutscher Sprache verfasst worden waren, hätte das Code-Zeichen für den Buchstaben *e* einen Anteil von mehr als siebzehn Prozent aufweisen müssen, gefolgt vom Code-Zeichen für den Buchstaben *n* mit annähernd zehn Prozent. Da es aber bei Baers Texten keinen eindeutigen Spitzenreiter gab, musste der Professor eine Finte eingebaut haben.

Über den Rand des Weinglases hinweg fiel Susannes Blick auf den Wohnzimmertisch, auf dem neben ihrem Handy ihr Schlüsselbund lag. Plötzlich hatte sie das Gefühl, als hätte jemand einen Lichtschalter in ihrem Gehirn betätigt. Falls sie sich nicht irrte, war die Lösung, Baers Finte, fast zu simpel. Mit dem Weinglas in der Hand kehrte sie zu ihrem Schreibtisch zurück und betrachtete die einzelnen Texte noch einmal. Vor jedem Text stand eine Zahl mit zwei Ziffern. Falls diese Zahl den Schlüssel definierte, dann war jeder Text mit einem anderen Schlüssel bearbeitet worden. Der Professor hatte quasi einen ganzen Schlüsselbund verwendet, um seine Informationen vor neugierigen Augen zu schützen. Anstatt alle Buchstaben der Datei zu erfassen, wertete Susanne nun den ersten Text separat aus. Fünf Minuten später hatte sie eine Hitliste, die sie mit der Häufigkeitsliste der deutschen Buchstaben abglich. Nicht alle Buchstaben passten auf Anhieb, doch nach und nach kristallisierte sich ein lesbarer Text heraus. Nachdem sie die Lücken durch Knobeln und Ausprobieren gefüllt und diesen ersten Text vollständig entschlüsselt hatte, prostete sie ihrem Monitor zu und leerte ihr Glas.

»Dieses war der erste Streich …« Mit dem Wilhelm-Busch-Zitat auf den Lippen schenkte sich Susanne ein weiteres Glas Rotwein nach und setzte sich abermals an ihren Schreibtisch. Mitternacht war bereits vorüber, doch bis zum Morgen blieben noch etliche Stunden Zeit, um die Liste von Texten abzuarbeiten, die auf ihre Entschlüsselung warteten. »… und der zweite folgt sogleich.«

71

»Bedient euch, wenn ihr Lust habt.« Bussard legte eine Tüte mit Laugenbrezeln auf den Tisch. Zu Hause hatte er sich lediglich ein schwarzes Frühstück, eine Selbstgedrehte und eine Tasse Kaffee, gegönnt. Ob die anderen Mitglieder seines Teams vor Dienstbeginn gefrühstückt hatten, wusste er nicht, doch niemand sollte morgens um sieben die Arbeit mit leerem Magen beginnen. Wegner und Stemmer, Bussard und Anja saßen mit dampfenden Tassen um den Besprechungstisch. Niemand hatte Susanne informiert, dass der Dienstbeginn eine Stunde vorverlegt worden war, doch der Leiter der Ermittlungsgruppe Gewaltverbrechen verzichtete darauf, die EDV-Spezialistin anzurufen.

»Der zweite Mord hat die Lage verändert.« Bussard nahm eine Brezel aus der Tüte und rieb die groben Salzkörner ab. »Wir haben beide Leichen und beide Tatorte gesehen und es besteht kein Zweifel daran, dass es sich um denselben Täter handelt. Möglicherweise waren es auch zwei Täter, doch das spielt im Augenblick keine Rolle. Ich nehme an, dass Neudörfer eine SOKO einberufen wird. Wir werden also mit anderen Kollegen zusammenarbeiten. Stellt euch darauf ein.«

Anja, die als Einzige am Tisch Tee statt Kaffee trank, nahm sich ebenfalls eine Brezel. »Was heißt das konkret?«

»Das heißt, dass wir darauf achten müssen, den Informationsfluss nicht zu behindern. Je mehr Kollegen an einem Fall arbeiten, desto schneller gehen möglicherweise wichtige Details verloren. Sasha und Julian werden deshalb ab sofort Innendienst machen.« Bussard sah die Angesprochenen direkt an. »Bei euch werden alle Informationen zusammenlaufen. Sobald die SOKO einberufen wurde, verlegen wir unsere Zentrale in einen der großen Besprechungsräume. Susanne wird sich um die technische Ausrüstung kümmern. Ihr beiden bereitet die Stellwände vor: Tatortfotos, Steckbriefe der Opfer und so weiter. Sasha hält Kontakt zur KTU, Pathologie und Staatsanwaltschaft. Julian, du kümmerst dich um die Erfassung der Beweismittel. Außerdem bist du der Herr des Telefons. Du wirst dafür sorgen, dass kein Apparat länger als zehn Sekunden klingelt.«

Stemmer runzelte die Stirn. »Sorry, aber das verstehe ich nicht. Soll ich die Klingeltöne nach zehn Sekunden abschalten?«

»Nein, du sollst das Telefon abnehmen, wenn es läutet. Wir werden drüben drei oder vier Leitungen haben. Falls wir uns entschließen, die Öffentlichkeit um sachdienliche Hinweise zu bitten, wirst du dafür sorgen, dass diese Hinweise auch bei uns ankommen. Alles klar?«

»Alles klar, Chef.«

»Okay, bevor es aber so weit ist, findest du im Internet alles heraus, was es über Amobarbital zu wissen gibt. Wer stellt das Zeug her? Wo kann man es kaufen? Gibt es einen Schwarzmarkt dafür und wenn ja, wer handelt damit? Falls es in Deutschland legale Vertriebswege gibt, häng dich ans Telefon. Ruf jede Apotheke in Freiburg und im Umkreis von dreißig Kilometern an. Falls ein Apotheker den Namen Amobarbital in den letzten zwei Wochen gehört hat, will ich das wissen.«

»Soll ich mich noch um die Verbindungsdaten von Müller kümmern?«, fragte Sasha und Bussard nickte.

»Ja, unbedingt. Mach das, bevor Neudörfer kommt. Vielleicht kann die SOKO dann später schon mit einer ersten Spur beginnen.«

»Habt ihr heute Nacht eigentlich etwas über Baers Forschung herausgefunden?«

»Nein, nicht wirklich.« Anja deutete auf den Aktenwagen, der neben dem Schrank an der Wand stand. »Bussard und ich haben uns bis halb zwei durch Müllers gesammelte Werke gearbeitet. Das sind Unmengen von Formeln, Berechnungen und Kommentaren, aber wir haben kein einziges Heureka entdeckt.«

»Was ist ein Heureka?«, fragte Stemmer.

»Heureka ist griechisch und bedeutet: Ich hab's! Wir sind auf keine Stelle gestoßen, die auf etwas Besonderes hindeutet, kein rotes Ausrufezeichen am Rand, nichts dick unterstrichen und kein Wow! Allerdings hat nur ein Drittel der Akten mit Müllers Arbeit zu tun, der Rest betrifft sein privates Leben. Anscheinend war er einer von den Leuten, die nichts wegwerfen können. Neben Bank- und Versicherungsunterlagen hat er jede Menge Briefe, Postkarten, Zeugnisse, Gedichte, Zeichnungen und sogar Kochrezepte abgeheftet.« Die Kommissarin zog ein Blatt Papier hervor, auf dem sie sich einige Notizen angefertigt hatte. »Immerhin sind wir dabei auf ein paar Namen aus seinem privaten Umfeld gestoßen. Allerdings stimmt keiner dieser Namen mit denen aus Baers Terminkalendern überein und es passt auch keiner auf die Initialen M. H., die wir in Baers privatem Terminkalender gefunden haben und von denen wir immer noch nicht wissen, zu wem sie gehören.«

Bussard nahm ihr das Blatt aus der Hand und legte es vor sich auf den Tisch. »Darum werden sich die Kollegen später kümmern. Du, Anja, wirst in der Zwischenzeit noch einmal zur Uni fahren. Sprich mit den Leuten, mit denen Müller in Kontakt stand, Assistenten, Studenten und wen du sonst noch findest. Frag jeden über Müllers Arbeit und Baers Forschung aus. Wir müssen wissen, ob jemand besonderes Interesse an der Forschung von Baer und Müller gezeigt hat. Vielleicht hat einer der beiden einem Dritten gegenüber erwähnt, dass er bedroht oder unter Druck gesetzt wurde. Vielleicht hat auch jemand mit einem großen Bündel Scheine gewinkt. Such nach Indizien, sammele Gerüchte und wenn du etwas im Poesiealbum der Sekretärin findest, dann nimm auch das. Wir brauchen jede Information, die wir kriegen können.«

»Okay.«

»Falls Heidi sich bei dir meldet, weil sie etwas über die Finanzierung der Forschung herausgefunden hat, soll sie sich damit direkt an Sasha oder mich wenden.«

Die Mitglieder des Teams beendeten ihr Arbeitsfrühstück. Wegner und Stemmer setzten sich an ihre Schreibtische, während Anja das Präsidium verließ. Bussard begleitete seine Kollegin zum Fahrstuhl und fuhr mit ihr hinunter ins Erdgeschoss. Eine Zigarettenlänge später kehrte er in den dritten Stock zurück, wo er das Büro von Polizeirat Neudörfer aufsuchte, um den Kripochef über den aktuellen Stand der Ermittlungen zu informieren. Wie Bussard vorhergesehen hatte, berief Neudörfer eine SOKO ein und gab ihr den Namen »Zahlenteufel«. Unter Bussards Leitung sollte die SOKO zwölf weitere Beamte umfassen, darunter auch die Kollegen Sandmann und Freytag von der Ermittlungsgruppe Organisierte Kriminalität.

Um acht Uhr dreißig trafen sich die Mitglieder der SOKO Zahlenteufel im Besprechungsraum. Bussard informierte die Kollegen über die beiden Mordfälle, die Opfer und den Verdächtigen. Frank Baer saß zwar noch in Untersuchungshaft, doch auf Platz eins der ziemlich kurzen Liste möglicher Täter stand der große Unbekannte, von dem Bussard annahm, dass es sich um einen professionellen Täter handelte.

Vier Beamte bekamen die Liste mit Namen, die Anja und Bussard in der Nacht erarbeitet hatten. In zwei Zweier-Teams sollten die Kollegen insgesamt sechs Personen befragen, um Informationen über Sven Müller zu sammeln. Sie sollten vor allem herausfinden, ob Müller ein Spieler war und ob er mit Baer zusammen gepokert hatte. Vielleicht waren die beiden Mathematiker als Team aufgetreten und hatten andere Spieler ausgenommen. Ein Beamter erhielt den Auftrag, die Prostituierte ausfindig zu machen, die Baer gelegentlich aufgesucht hatte. Vielleicht hatte der Professor ihr gegenüber etwas erwähnt, das die Ermittler auf die Spur des Täters, des Motivs oder einer möglichen Erpressung führte. Die Finanzen von Sven Müller sollten auf ungewöhnliche Zahlungseingänge innerhalb der letzten Wochen überprüft werden und eine Beamtin sollte alles zusammentragen, was in den sozialen Netzwerken von und über Sven Müller zu finden war. Sandmann und Freytag fiel die Aufgabe zu, ihre Kontakte zur organisierten Kriminalität zu nutzen, um herauszufinden, ob jemand über Ignaz Baer oder Sven Müller gesprochen oder nach Amobarbital gefragt hatte. Kurz vor Ende der Besprechung erhielt Wegner einen Anruf aus der Pathologie. Professor Münchrath bestätigte, was für Bussard ohnehin schon längst außer Frage stand. Sven Müller hatte etwa eine Stunde vor seinem Tod ebenfalls eine Injektion erhalten, bei der es sich laut toxikologischem Befund um einen Cocktail aus Amobarbital und LSD handelte.

Bevor die Mitglieder der SOKO Zahlenteufel den Besprechungsraum verließen, ermahnte sie Bussard zur Vorsicht. Tatumstände und Vorgehensweise deuteten auf einen Täter hin, der nicht zögerte, von der Schusswaffe Gebrauch zu machen. Er war mit Sicherheit als gefährlich einzustufen.

73

»Ja?«

»Was ist los? Wir vermissen dich.«

»Was? Wieso? Wie spät … oh, Scheiße!«

Der Kommissar hörte ein Quietschen, von dem er annahm, dass es von Bettfedern stammte.

»Sorry, Bussard, ich habe total verpennt. Ich wollte mich nur kurz hinlegen, weil ich die ganze Nacht vor dem Rechner verbracht habe.«

»Schon gut, Susanne. Sieh zu, dass du bald hier auftauchst.«

»Klar, ich muss nur schnell unter die Dusche. In einer halben Stunde bin ich im Präsidium.«

Bussard legte den Hörer auf die Gabel und grinste. Susanne war zuverlässig und er konnte sich nicht daran erinnern, wann sie zum letzten Mal zu spät zum Dienst erschienen war. Er konnte sich jedoch gut vorstellen, dass sie die ganze Nacht versucht hatte, Baers Texte zu entschlüsseln und er hoffte, dass ihr dies auch gelungen war. Sein Gefühl sagte ihm, dass die alte Kiste, wie Susanne den Rechner des Professors genannt hatte, einen oder vielleicht sogar den entscheidenden Hinweis liefern würde, nach dem sie seit fast vierundzwanzig Stunden suchten. Der Kommissar lehnte sich zurück und legte die Fingerspitzen gegeneinander. Heidi Peters vom Wirtschaftsdezernat hatte sich noch nicht gemeldet. Von ihrem Anruf erhoffte sich Bussard ebenso viel wie von Susannes Nachtschicht. Falls es einen potenten Finanzier im Hintergrund gab, musste er sofort unter die Lupe genommen werden. Nicht selten war die Spur des Geldes die richtige. Vielleicht hatten es sich Baer und Müller mit den Geldgebern verscherzt, vielleicht führte die Spur aber auch zu einem Konkurrenten, der die Forschungsergebnisse mit Hohlspitzgeschossen bezahlt hatte. Bussard war gerade im Begriff, seine Hand nach dem Hörer auszustrecken, als sein Telefon läutete.

»Morgen, Bussard, Bertold hier. Ist dein Handy ausgeschaltet?«

»Nein, wieso?«

»Ich habe versucht, dich zu erreichen, aber es geht immer nur die Mailbox dran.«

»Jetzt hast du mich erreicht. Was gibt's?«

»Wir haben das Türschloss von Müllers Wohnung untersucht. Es wurde nicht gewaltsam geöffnet.«

»Auch nicht mit einem Nachschlüssel?«

»Nein, auch nicht mit einem Nachschlüssel. Wir konnten keinen fremden Metallabrieb nachweisen. Entweder hat der Täter Müllers eigenen Schlüssel benutzt oder Müller hat seinem Mörder die Tür selbst geöffnet.«

»Und bei Baer?«

»Exakt das Gleiche: kein fremder Metallabrieb und keine Kratzspuren im Zylinder, die auf eine gewaltsame Öffnung schließen lassen.«

»Okay, danke Bertold. Sonst noch etwas?«

»Wir werten noch die Tatortspuren aus. Bei den Fingerabdrücken haben wir, abgesehen von Müller selbst, noch keinen Treffer. Es gibt zwar Abdrücke von sieben verschiedenen Personen, doch wir haben nichts, womit wir sie vergleichen können. Es könnte ein Täterabdruck dabei sein, aber das ist reine Spekulation. Wenn es etwas Neues gibt, melde ich mich wieder.«

Nachdenklich legte Bussard den Hörer auf. Dass der Täter die Originalschlüssel zu den Wohnungen von Baer und Müller besaß, erschien dem Kommissar alles andere als wahrscheinlich. Wenn aber sowohl der Professor als auch sein Assistent dem Täter ihre Türen selbst geöffnet hatten, mussten beide ihren Mörder gekannt haben. An keinem der beiden Tatorte gab es Spuren, die auf einen Kampf hindeuteten. Offenbar hatte der Täter nicht geläutet und gewartet, bis sein Opfer die Tür öffnete, um sich dann gewaltsam Zutritt zur Wohnung zu verschaffen. Außerdem gab es in dem Mietshaus, in dem Müller gewohnt hatte, eine Sprechanlage und Baers massive Haustür besaß ein kleines, vergittertes Fenster. Beide Opfer mussten den Täter demnach gekannt haben. In den privaten Unterlagen gab es jedoch keinen Namen, der zweimal aufgetauchte. Die Lebensstile und die Vermögensverhältnisse der beiden Opfer ließen den Schluss zu, dass Baer und Müller zu höchst unterschiedlichen Gesellschaftsschichten gehört und folglich auch sehr unterschiedliche Freundes- und Bekanntenkreise gehabt hatten. Das Einzige, das die beiden verbunden hatte, war ihre Arbeit gewesen. Auf gemeinsame Pokernächte gab es noch keinerlei Hinweise.

Bussard stand von seinem Schreibtisch auf und ging zum Fenster. Er verschränkte die Arme, lehnte sich gegen den Fensterrahmen und ließ seinen Blick in die Ferne schweifen, wo er weit im Westen die Vogesen sehen konnte, die jenseits des Rheins auf der französischen Seite des Flusses lagen. Das Gefühl, dass die Sicht an diesem schönen Oktobertag sehr viel klarer war als das Ergebnis seiner Überlegungen, behagte Bussard nicht.

Frank Baer hatte kein erkennbares Motiv, Sven Müller zu töten. Die Spurenlage deutete auf Olaf Wiesinger, denn alle drei Mathematiker hatten einander gekannt. Allerdings war ein potenzieller beruflicher Aufstieg als Motiv sehr dünn. Anja favorisierte einen Profikiller, der im Auftrag der Großfinanz agiert hatte, während Bussard selbst dazu tendierte, den Täter im Glücksspiel-Milieu anzusiedeln, falls Baer und Müller tatsächlich gemeinsam gezockt hatten. Unterm Strich musste sich der Kommissar jedoch eingestehen, dass sie noch ziemlich im Trüben fischten.

Bussard verließ seinen Aussichtsplatz am Fenster und kehrte zu seinem Schreibtisch zurück, als die Tür geöffnet wurde.

»Julian! Gut, dass du kommst. Ich wollte dich gerade anrufen.«

»Ich auch, das heißt, ich wollte dich anrufen, aber bei dir geht immer nur die Mailbox dran.«

Das Gleiche hatte Smirna wenige Minuten zuvor ebenfalls behauptet. Bussard zog sein Handy aus der Jacke und betrachtete kopfschüttelnd das dunkle Display.

»Mist, Akku leer.« Er legte das Gerät auf seinen Schreibtisch und wandte sich seinem Mitarbeiter zu. »Was gibt's?«

»Ich habe Müllers Verbindungsnachweise mit denen von Baer verglichen.« Stemmer legte einige Seiten auf die Schreibunterlage und deutete auf die Stellen, die er mit einem Textmarker angestrichen hatte. »Es gibt zwei Nummern, die auf beiden Listen auftauchen. Eine Nummer ist aus der Uni. Sie gehört zum Sekretariat des Mathematischen Instituts. Die andere Nummer gehört zu einem nicht registrierten Prepaid-Handy.«

Er legte eine kurze Pause ein und zeigte mit beiden Zeigefingern auf die entsprechenden Daten und Uhrzeiten. »Beide Opfer erhielten am Sonntagnachmittag einen Anruf von diesem Handy und zwar innerhalb einer Viertelstunde, zuerst Baer, dann Müller.«

Bussard überprüfte die Angaben und nickte. »Gut gemacht, Julian. Ist noch ein Kollege im SOKO-Raum?«

»Sasha ist drüben.«

»Okay, er soll nachforschen, ob der Name Sven Müller schon einmal in Verbindung mit illegalem Glücksspiel aufgetaucht ist. Falls ja, will ich sofort informiert werden.«

79

Die Stimme des Kripochefs klang seltsam reserviert. Ihr fehlte jegliche Modulation und von der Dynamik, mit der Neudörfer die SOKO einberufen hatte, war nichts mehr zu spüren. Trotzdem schien es sich um etwas Wichtiges zu handeln, denn der Polizeirat wünschte den leitenden Ermittler sofort im Besprechungsraum zu sehen. Bussard legte den Hörer auf, verließ sein Büro und ging den Flur entlang. Als er die Tür zum Besprechungsraum öffnete, stellte er überrascht fest, dass neben Neudörfer, Wegner und Stemmer zwei ihm unbekannte Männer anwesend waren. Der größere, schlanke Mann trug einen schwarzen Anzug über einem weißen Hemd und eine dunkelrote Krawatte. Er war etwa Mitte dreißig, hatte modisch frisierte Haare und stand neben einem schwarzen Aktenkoffer. Der Anblick des kleineren, stämmigen Mannes jedoch verblüffte den Kommissar.

»Kommen Sie herein, Bussard.« Neudörfers Stimme klang noch immer reserviert. »Es gibt neue Informationen zu den beiden Mordfällen.«

Der Kommissar schloss die Tür, ohne den kleineren Mann aus den Augen zu lassen. Auch ohne die Rangabzeichen zu kennen, wusste der Kommissar sofort, dass der Mann mit dem militärisch kurzen Bürstenschnitt und der grünen Armeeuniform ein hochrangiger amerikanischer Offizier war.

Neudörfer stellte die Männer einander vor. »Das sind Brigadegeneral Coppa von der NSA und Staatssekretär Rohwedder vom baden-württembergischen Innenministerium … und das ist Kriminalhauptkommissar Bussard, unser leitender Ermittler.«

Bussard schüttelte beiden Männern die Hände. »NSA?«

»National Security Agency.« Nicht nur Uniform und Haarschnitt, sondern auch Tonfall, Gesichtsausdruck und Haltung des Brigadegenerals waren durch und durch militärisch.

»Setzen Sie sich, Bussard. Lassen Sie uns hören, was Herr Coppa zu berichten hat.« Neudörfer suchte sich einen freien Stuhl, während Bussard sich auf die Kante eines Schreibtischs setzte. Wegner und Stemmer warfen ihm fragende Blicke zu, die er mit einem Achselzucken beantwortete.

»Warum warten wir nicht, bis alle Kollegen der SOKO hier sind?«, fragte der Kommissar.

»Es tut mir leid, Sir, aber unsere Zeit ist begrenzt.« Coppa sprach einwandfreies Deutsch, auch wenn sein amerikanischer Akzent unüberhörbar war. Er öffnete einen silberfarbenen Aktenkoffer, der auf dem Tisch neben ihm lag, und entnahm ihm ein großformatiges Foto. Die Porträtaufnahme zeigte eine etwa vierzigjährige, überaus hübsche Orientalin.

»Das ist Roya Rezazadeh.« Der Brigadegeneral reichte Bussard das Foto, das der Kommissar kurz betrachtete und an Stemmer weiterreichte. »Sie wurde 1966 in Ghom, der Hauptstadt der gleichnamigen iranischen Provinz, geboren. Ihr Vater war im Erdölgeschäft tätig und unterhielt gute Beziehungen zum damaligen Schah Reza Pahlavi. 1979, als Ajatollah Ruhollah Chomeini aus seinem französischen Exil in den Iran zurückkehrte, flohen die Eltern mit ihren beiden Kindern nach England. Nach ihrem Schulabschluss nahm Roya Rezazadeh ein Mathematikstudium in Cambridge auf und reiste 1990 nach Deutschland, um in Freiburg ein Auslandssemester zu absolvieren. Hier lernte sie Ignaz Baer kennen. Sie wurde schwanger, die beiden heirateten und 1991 kam ihr Sohn Frank zur Welt. Die Ehe ist mittlerweile geschieden und Roya Rezazadeh, die ihren Mädchennamen wieder angenommen hat, lebt seither bei ihren Eltern in England.«

Stemmer heftete das Foto an eine Stellwand, während der Brigadegeneral ein weiteres Porträtfoto, das einen etwa fünfzigjährigen Orientalen zeigte, aus seinem Aktenkoffer nahm. Er reichte es Bussard, der es nach einem kurzen Blick an Stemmer weitergab, während Coppa in seinem Bericht fortfuhr: »1982, drei Jahre nach der Flucht der Familie nach England, verschwand Haschem Rezazadeh, Royas vier Jahre älterer Bruder, spurlos. Später stellte sich heraus, dass er als blinder Passagier an Bord eines Frachters in die Türkei und von dort aus über den Landweg in den Iran gereist war. Er schloss sich den Iranischen Revolutionsgarden an und diente während des Iran-Irak-Krieges bis 1988 in einer technischen Einheit. Der Kommandeur dieser Einheit wurde auf den jungen Mann aufmerksam, weil sich Rezazadeh für Naturwissenschaften ebenso interessierte wie für den Koran. Der Kommandeur ermutigte Rezazadeh, nach dem Ende des Krieges den Schulabschluss nachzuholen und verschaffte ihm später als dessen Mentor Zugang zur Universität von Teheran. Rezazadeh studierte Physik und kehrte 2003 als promovierter Physiker nach Ghom zurück. Sein Mentor und ehemaliger Kommandeur, der mittlerweile einen Lehrauftrag an der Teheraner Universität besaß, begann eine politische Karriere und wurde Bürgermeister von Teheran. Sein Name lautet Mahmud Ahmadinedschad.«

»Der spätere Präsident?«, fragte Bussard.

»Korrekt, Sir. Rezazadeh und Ahmadinedschad hielten ihren Kontakt aufrecht. 2005 wurde Ahmadinedschad zum iranischen Präsidenten gewählt. Ein Jahr später erhielt Rezazadeh eine Stelle als Physiker in der Atomanlage Natanz, etwa einhundert Kilometer südöstlich von Ghom. Drei Jahre später, im Jahr 2008, wurde Rezazadeh ins Kernforschungszentrum Karadsch in der Nähe von Teheran berufen. Angeblich betreibt man dort ausschließlich medizinische Forschungen, doch wir wissen aus sicheren Quellen, dass der eigentliche Zweck die Urananreicherung für militärische Zwecke ist.«

»Das ist alles schön und gut«, unterbrach Bussard, »aber ich sehe immer noch keinen Zusammenhang zu unseren Mordfällen.«

Der Brigadegeneral zog eine weitere Fotografie aus seinem Aktenkoffer. Die Aufnahme war mit einem Teleobjektiv aus großer Entfernung aufgenommen worden und zeigte zwei Männer und eine Frau, die sich offenbar unterhielten. Auch dieses Foto reichte Coppa dem Kommissar, der es nach einem kurzen Blick an Stemmer übergab. »Das sind Ignaz Baer mit seiner Frau Roya und Haschem Rezazadeh. Die Aufnahme stammt aus dem Jahr 2007. Das Ehepaar Baer und deren Sohn Frank waren zu einem Familienbesuch in den Iran gereist und so lernten sich Ignaz Baer und Haschem Rezazadeh kennen. Nach dem vierwöchigen Besuch begann eine rege wissenschaftliche Korrespondenz zwischen dem Mathematiker und dem Physiker, die bis letzte Woche andauerte.«

Stemmer schnippte mit den Fingern und deutete auf das dritte Foto, das er ebenfalls an die Stellwand geheftet hatte. »Baer hat für das iranische Atomprogramm gearbeitet!«

»So könnte man sagen, Sir, zumindest indirekt. Baer und Rezazadeh haben mathematische Probleme erörtert. Aus den Fragen des Physikers konnten wir ablesen, mit welchen Problemen man im Iran zu kämpfen hatte und wie weit die jeweiligen Programme gediehen waren.«

»Dann war Baer ein Spion?«

»Nein, nicht im eigentlichen Sinn, aber er wusste, welchem Zweck die Fragen dienten, die Rezazadeh ihm stellte.«

»Und woher wissen Sie das alles?«

Coppa reckte das Kinn und sein Körper versteifte sich, als ob er militärische Haltung annehmen wollte. »Im Interesse der nationalen Sicherheit ist es unsere Pflicht, alles zu wissen.«

83

Böse Zungen behaupteten, dass die Behörde, deren Zentrale in Fort Meade im Bundesstaat Maryland den Spitznamen *Crypto City* trug, in Wahrheit *Never Say Anything* hieß. Andere meinten gar, man müsse sie *No Such Agency* nennen, weil die NSA aus Geheimhaltungsgründen ihre eigene Existenz am liebsten verleugnet hätte.

Die *National Security Agency* war nach dem Zweiten Weltkrieg gegründet worden, um einen weiteren Überraschungsangriff wie den japanischen auf Pearl Harbor zu verhindern. Mit reichlich Geld ausgestattet baute der Nachrichtendienst seine technischen Möglichkeiten immer weiter aus. Von der Regierung nur bedingt kontrolliert, sammelte die NSA von Anfang an so viele Informationen wie möglich und zeigte sich bei der Wahl ihrer Mittel und Methoden nicht zimperlich. Im Zuge der Watergate-Affäre Anfang der Siebzigerjahre wurde erstmals der Ruf nach dem Schutz der Privatsphäre laut und man legte der NSA Zügel an. Nicht alles Machbare war auch erlaubt. Der 11. September 2001 änderte jedoch alles. Nach dem Einsturz der beiden Türme des World Trade Centers wurde die NSA vom amerikanischen Präsidenten George W. Bush ermächtigt, »Das Programm« zu starten. Basierend auf THINTHREAD, einem Programm, das zum Schutz der Privatsphäre Datensätze vor der Speicherung anonymisierte, entwickelten Spezialisten Verfahren zur totalen Überwachung jeglicher Kommunikation. Programme wie PRISM speicherten nicht mehr nur Metadaten, sondern auch Inhalte von E-Mails, SMS und Telefonaten. Nach den großen Telefongesellschaften wie AT & T und Verizon wurden auch Internetfirmen zur Zusammenarbeit verpflichtet. Unter dem von der amerikanischen Regierung auferlegten Mantel der Verschwiegenheit ließen sich Google, Facebook, Yahoo, Microsoft, AOL, Apple, YouTube, Skype und PalTalk vor den patriotischen Karren der amerikanischen Sicherheit spannen. Damit erhielt die NSA Zugriff auf alle Datenströme. Jeder Datenverkehr in oder aus den USA sowie innerhalb der Vereinigten Staaten wurde gespeichert. Inhalte wurden gelesen, Telefone wurden abgehört und Stimmen wurden analysiert. Vom Präsidenten selbst ermächtigt, der sich auf den zweiten Artikel der amerikanischen Verfassung berief und somit oberster Befehlshaber der Streitkräfte war, gab es für die NSA keinerlei Einschränkungen mehr. Seinen eigenen 11. September erlebte der Nachrichtendienst jedoch im Jahr 2013, als Edward Snowden auf den Plan trat. Der ehemalige Analyst, der auf Hawaii für die NSA gearbeitete hatte, übergab Tausende Seiten geheimes und brisantes Material an Journalisten. In Interviews mit Glenn Greenwald, der für die britische Zeitung *The Guardian* schrieb, und Barton Gellman von der *Washington Post* berichtete Snowden vom Umfang der Überwachung durch die NSA. In der aufkommenden Diskussion in den Vereinigten Staaten wurde wieder der Ruf nach dem Schutz der Privatsphäre laut. Die US-Regierung erklärte daraufhin, die Inhalte von Nachrichten, die innerhalb der Vereinigten Staaten gesendet wurden, würden nicht gespeichert und ausgewertet werden, was jedoch von allen, die einen etwas tieferen Einblick hatten, bezweifelt wurde. Freie Hand hatte die NSA bei allen Datenströmen, die US-amerikanische Grenzen überschritten.

Um in Europa effizienter operieren zu können, unterhielt die NSA eine Vielzahl von Einrichtungen, unter anderem das *Representative Europe Office* in Stuttgart-Vaihingen, der offiziellen Vertretung des Nachrichtendienstes, während in Wiesbaden ein neues und streng geheimes *Consolidated Intelligence Center* gebaut wurde. Aktivitäten, die der Nachrichtendienst im Ausland durchführte, unterlagen keinerlei Beschränkungen, da im Ausland amerikanisches Recht keine Anwendung fand. Außerhalb der US-amerikanischen Landesgrenzen war jedes Mittel erlaubt, um Daten zu sammeln, sei es das Anzapfen von Glasfaserkabeln oder der direkte Zugriff auf jeden Computer, der über eine Telefonverbindung verfügte.

Brigadegeneral Coppa betonte, dass die nationale Sicherheit der USA für ihn oberste Priorität hatte. Da Rezazadeh jedoch auch die Sicherheit der Bündnispartner gefährdete, handelte Coppa im Interesse aller NATO-Staaten. In militärisch knappen, aber präzisen

Worten berichtete er, dass die NSA über einen Zeitraum von sieben Jahren Baers Telefonate abgehört und seine E-Mails gelesen habe. Ohne es selbst zu wissen, war der Mathematiker eine der wichtigsten Quellen des amerikanischen Nachrichtendienstes gewesen. Einige Wochen vor den Morden an Baer und Müller hatten sich jedoch Hinweise verdichtet, dass der iranische Geheimdienst VEVAK in Erfahrung gebracht hatte, dass Baers Korrespondenz mit Rezazadeh überwacht wurde. Konkrete Pläne zur Ermordung des Mathematikers waren der NSA allerdings nicht bekannt gewesen, weshalb der Nachrichtendienst die deutschen Behörden nicht informiert hatte. Man hatte die Quelle so lange wie möglich nutzen wollen, bevor sie versiegte. Dass Baer einige der brisanten mathematischen Probleme auch mit seinem Assistenten Müller besprochen hatte, war der NSA ebenfalls bekannt gewesen. Man hatte dem jedoch keine größere Bedeutung beigemessen.

Der Brigadegeneral ging davon aus, dass der VEVAK die beiden Mathematiker ermordet hatte, weil sie Details über das iranische Atomprogramm kannten. Deshalb waren auch die PCs und Handys von Baer und Müller gestohlen worden. Die Verwendung eines sogenannten Wahrheitsserums beim Verhör und die Liquidierung durch einen Genickschuss entsprachen der Handschrift des VEVAK. Allerdings verfügte Coppa diesbezüglich noch nicht über gesicherte Erkenntnisse. Er sagte jedoch zu, die deutschen Behörden umgehend darüber zu informieren, sobald NSA oder CIA neue Erkenntnisse gewannen. Dass die NSA eine gewisse Mitschuld an den beiden Morden trug, bestritt Coppa nicht.

Auf Bussards Frage, woher Coppa über die gestohlenen Rechner, das Wahrheitsserum und die Genickschüsse Bescheid wusste, zögerte der Brigadegeneral zunächst und gab schließlich nur ausweichend Antwort, ohne freilich zu bestreiten, die ihm zur Verfügung stehenden technischen Möglichkeiten ausgeschöpft zu haben. Er erklärte auch, dass die NSA selbst die Daten auf Baers Arbeitsrechner in dessen Büro gelöscht habe, nachdem sie von der Ermordung des Mathematikers erfahren hatte. Dies sei ausschließlich zum Schutz der Sicherheit der Vereinigten Staaten und ihrer Bündnispartner geschehen und nicht, um die Ermittlungen der deutschen Polizei zu behindern.

Bussard spürte den Ärger in seinem Magen rumoren. Anstatt die deutschen Behörden zu informieren, hatten die Amerikaner mit ihrer Geheimniskrämerei die ganze Sache vermasselt. Zwei Menschen waren ermordet worden. Auch wenn die beiden Mathematiker nicht ganz unschuldig waren, weil sie sich mit den Iranern eingelassen hatten, so hätten sie trotzdem noch am Leben sein können. Polizei und BKA hätten in ihrem eigenen Wohnzimmer besser auf Baer und Müller aufgepasst, wenn die Amerikaner mit ihnen zusammengearbeitet hätten. Nun aber waren die Mathematiker tot.

Der Brigadegeneral beendete seinen Bericht mit einer höflichen, aber nach Bussards Meinung geheuchelten Entschuldigung. Staatssekretär Rohwedder, der die ganze Zeit über schweigend neben Coppa gestanden hatte, dankte dem Offizier für dessen Offenheit, während der Kommissar angewidert den Kopf schüttelte.

»General Coppa hat uns seine Hilfe angeboten, als kleine Wiedergutmachung sozusagen.« Rohwedder, der geduldig darauf gewartet hatte, auch etwas sagen zu dürfen, reckte sein Kinn vor und drückte die Brust raus. »Die Spezialisten der NSA in Stuttgart werden für uns die Datei entschlüsseln, die Sie auf dem alten PC von Professor Baer gefunden haben. Wir werden den Rechner mitnehmen und Sie bekommen das Ergebnis quasi im Handumdrehen frei Haus.«

»Wozu?«

Bussards Frage irritierte den Staatssekretär und er musste zweimal ansetzen, um zu antworten. »Ich … äh … ich nehme doch an, dass Sie das interessiert und dass es Ihren Ermittlungen nützt.«

Bussard verschränkte die Arme vor der Brust und sah Polizeirat Neudörfer an. »Wir sind doch raus aus der Nummer. Das BKA wird den Fall übernehmen, oder?«

Neudörfer nickte langsam. »Ja. Da hier auch internationale Beziehungen …«

Der Kommissar hob abwehrend die Hand und schüttelte den Kopf. Er wollte keine lahme Erklärung hören und der Kripochef war nicht unglücklich darüber, dass er sie auch nicht abgeben musste.

»Sasha, Julian, ihr habt gestern länger gearbeitet und heute früher angefangen. Deshalb könnt ihr jetzt Feierabend machen.« Bussard verließ seinen Platz beim Schreibtisch, streifte Coppa im Vorübergehen mit einem Blick und blieb vor Rohwedder stehen. »Die Entschlüsselung, Herr Staatssekretär, interessiert mich einen Scheißdreck und die nationale Sicherheit der USA geht mir am Arsch vorbei. Grüßen Sie den Minister von mir.«

Wutentbrannt verließ der Kommissar den Besprechungsraum. Der Knall, den die in ihrem Rahmen erzitternde Tür verursachte, war noch ein Stockwerk tiefer zu hören. Bussard brauchte dringend frische Luft. Er ging in sein Büro, riss seine Jacke von der Lehne des Stuhls, verließ das Büro wieder und warf die Tür ebenfalls zu. Auf dem Flur begegnete ihm Susanne, doch er würdigte sie keines Blickes und die EDV-Spezialistin wagte nicht, ihn anzusprechen. Eine Aura heiligen Zorns umgab den Kommissar und er wirkte wie der personifizierte Rachegott.

Drei Stockwerke tiefer donnerte Bussards Stiefelabsatz gegen einen Müllcontainer. »Verfluchte Scheiße!«

Weder der zweite noch der dritte Tritt änderten irgendetwas an seiner Wut. Bussard fühlte sich, als müsse er zerplatzen und er schaffte es kaum, sich eine Zigarette zu drehen. Ein Sandsack wäre ihm gerade zupass gekommen oder besser noch etwas, das scheppernd und klirrend zu Bruch ging, wenn man darauf eindrosch. Freiburg war seine Stadt, aber die Amerikaner hatten sich aufgeführt, als läge die Breisgaumetropole irgendwo im Wilden Westen. Das eigenmächtige Handeln der Yankees auf deutschem Boden hatten zwei Menschen mit dem Leben bezahlen müssen. Es war nicht das erste Mal, dass man ihm einen Fall entzog und an das BKA übergab, doch diesmal lagen die Dinge anders. Die Kollegen vom Bundeskriminalamt konnten nur noch die Sauerei wegräumen, die der amerikanische Nachrichtendienst hinterlassen hatte. Die nicht vorhandene Zusammenarbeit hatte den Tod zweier Menschen verursacht und das kotzte Bussard an. Die Wut aber, die er kaum unter Kontrolle halten konnte, richtete sich gegen die NSA. Auch wenn Coppa nur zögerlich und ausweichend geantwortet hatte, war es dem Kommissar völlig klar, dass der amerikanische Geheimdienst die Telefone deutscher Polizeibeamter abgehört und deren E-Mails gelesen hatte.

»Warum rege ich mich eigentlich auf?« Bussard verpasste dem Müllcontainer einen weiteren Tritt. »Wenn diese verfluchten Bastarde das Handy der Kanzlerin abhören, interessiert es doch auch keine Sau, wenn sie es bei uns genauso machen!«

Coppa hatte zugegeben, dass seine Leute die Daten auf Baers Arbeitsrechner gelöscht hatten. Profiarbeit erster Klasse hatte Susanne das anerkennend genannt. Sie hatte sich nicht geirrt. Bussard zog an seiner Zigarette und sog den Rauch tief in seine Lungen. Er konnte nicht fassen, was er in der letzten halben Stunde gehört hatte. Er wollte es nicht wahrhaben und er wünschte, er würde träumen, doch die Delle im Müllcontainer belehrte ihn eines Besseren. Big Brother beobachtete ihn. Der große Bruder beobachtete alle, überall und jederzeit.

Ein roter Mini Cooper bog in die Hofeinfahrt und hielt neben Bussards BMW. Die Fahrerin öffnete die Tür, stellte ein Paar schwarze High Heels auf den Asphalt, schlüpfte hinein und stieg aus dem Wagen.

»Hallo, Bussard.« Anja schloss ihren Wagen ab und ging auf ihren Partner zu. »Ich habe versucht, dich zu erreichen, aber bei deinem Handy geht immer nur die Mailbox dran.«

»Sag nichts! Frag nichts! Lass mich einfach in Ruhe!«

Die Kommissarin blieb überrascht stehen. »Was ist los? Habe ich etwas Falsches gesagt?«

»Hörst du schlecht? Lass mich in Ruhe! Zieh Leine!«

Anja öffnete den Mund und schloss ihn wieder. Sie wusste nicht, was vorgefallen war, doch sie entschied, dass es besser war, jemand anderen zu fragen. Ohne ein weiteres Wort ging sie an Bussard vorbei die Treppe hinauf und verschwand durch die Hintertür ins Präsidium.

Diese verfluchten Bastarde, dachte Bussard wieder. Die Arroganz, mit der sich die Amerikaner über die Grundrechte von Bürgern fremder Staaten auf deren Hoheitsgebieten hinwegsetzten, machte ihn sprachlos. Natürlich hatte er sich nach den Enthüllungen von Edward Snowden mit Kollegen über das Thema unterhalten, bei dem die meisten Mitglieder von Strafverfolgungsbehörden eine andere Meinung vertraten als Otto Normalverbraucher. Im Kampf gegen das Verbrechen mussten Polizei und Staatsanwaltschaft ihre Möglichkeiten nutzen, um an Informationen zu kommen und um Straftaten nicht nur aufzuklären, sondern besser noch im Vorfeld zu verhindern. Das alles aber musste immer auf dem Boden von Recht und Gesetz geschehen. Jede Abhöraktion erforderte einen richterlichen Beschluss.

Über die Gegenseite, jene Menschen, die abgehört und ausgespäht wurden, hatte Bussard noch nie nachgedacht. Es war ihm nie in den Sinn gekommen sich vorzustellen, wie man sich fühlte, wenn man plötzlich erfuhr, dass das, was man mit gutem Recht vor den Augen der Öffentlichkeit verborgen im Geheimen zu tun glaubte, in Wahrheit aufgezeichnet und dokumentiert wurde. Dass die NSA ihn bei seiner beruflichen Tätigkeit abgehört und ausspioniert hatte, änderte nichts an dieser Beklemmung, die den Kommissar plötzlich überfiel. Während er seine Zigarette zu Ende rauchte, erinnerte er sich an die Vernehmung, die er am Tag zuvor mit Anja durchgeführt hatte und er hörte die Stimme von Frank Baer in seinem Kopf. *Wenn ihr alles über mich wisst, dann gibt es auch jemanden, der alles über euch weiß.*

89

Nicht einmal zwei Stunden, nachdem die SOKO Zahlenteufel ins Leben gerufen worden war, wurde sie wieder aufgelöst. Die Beamten nahmen ihre Arbeit in ihren eigenen Abteilungen wieder auf, während Neudörfer sich mit dem BKA in Verbindung setzte. Auch Bussard kehrte in sein Büro zurück, wo er jedoch wider Erwarten Anja nicht antraf. Es tat ihm leid, dass er sie auf dem Hof angeschnauzt hatte und er hoffte, dass sie nicht nachtragend war. Seine Wut brodelte immer noch in seinen Eingeweiden, doch knallende Türen und ein malträtierter Müllcontainer hatten ihr zumindest etwas von ihrer Intensität genommen. Sie war ein wenig abgekühlt, doch längst noch nicht verraucht und er wusste, dass seine Laune für den Rest des Tages im Keller bleiben würde. Coppa und Rohwedder waren vermutlich bereits wieder auf dem Weg nach Stuttgart und für einen Moment bedauerte der Kommissar, dass er dem Brigadegeneral nicht auf die Nase gehauen hatte. Coppa war amerikanischer Offizier und hätte es vielleicht sogar verstanden.

Das Gefühl, mit seiner Wut irgendwo im luftleeren Raum zu hängen, ging dem Kommissar auf die Nerven. Ob sich Wegner und Stemmer tatsächlich in den Feierabend verabschiedet hatten, wusste Bussard nicht. Es interessierte ihn auch nicht. Susanne und Anja waren zwar im Haus, aber er war froh, dass sie ihn in Ruhe ließen. Da der Fall ans BKA ging, sprach nichts dagegen, Überstunden abzufeiern. Der Gedanke, sich im Fitnessstudio auszupowern und anschließend in der Sauna zu entspannen, hatte etwas Verlockendes. Kurzentschlossen stand er hinter seinem Schreibtisch auf, doch in diesem Augenblick läutete sein Telefon. Bussard nahm ab und der Kollege, der an der Pforte Dienst tat, berichtete von einer Frau, die jemanden von der Mordkommission sprechen wolle. Einen Augenblick lang dachte der Kommissar daran, dem Kollegen zu sagen, er möge die Frau wieder nach Hause schicken, doch stattdessen erklärte er sich einverstanden, sie zu erwarten.

»Herein!«, rief Bussard, als es zwei Minuten später an seiner Tür klopfte.

»Guten Tag. Sind Sie Herr Bussard?« Die Frau, die in der halb geöffneten Tür stand, sah ihn fragend an.

»Ja, bin ich. Kommen Sie herein.«

Sie schloss die Tür, kam auf ihn zu und blieb vor seinem Schreibtisch stehen. »Und Sie sind von der Mordkommission?«

»Bei uns heißt das Ermittlungsgruppe Gewaltverbrechen, aber im Prinzip sind Sie hier richtig. Was kann ich für Sie tun?«

»Ich möchte einen Mord anzeigen.«

Bussard musterte die Frau, die etwa in seinem Alter war. Ihre dunklen Haare waren kurz, aber nicht sehr kurz geschnitten. Sie hatte ein schmales Gesicht und braune Augen, die keine Scheu zeigten, sondern den Blick des Kommissars sicher und selbstbewusst erwiderten. Ihre Kleidung, ein schwarzes Kostüm über einer cremefarbenen Bluse, war von schlichter Eleganz und neben zwei Ohrsteckern trug sie einen schmalen, goldenen Ehering als einzigen Schmuck. Die schwarze, lederne Aktenmappe, die sie in der Hand hielt, verlieh ihr etwas Geschäftsmäßiges, doch die Frau wirkte nicht so, als wollte sie jemandem etwas verkaufen.

»Bitte, nehmen Sie Platz.« Der Kommissar deutete auf einen Besucherstuhl, der vor seinem Schreibtisch stand und wartete, bis die Frau sich gesetzt hatte. »Sie wollen also einen Mord anzeigen.«

»Ja.« Sie stellte ihre Aktenmappe neben den Stuhl, schlug die Beine übereinander, zog den Rocksaum über ihrem Knie gerade und faltete die Hände.

Bussard lehnte sich zurück. Seine Wut hatte nichts mit dieser Frau zu tun und er ermahnte sich selbst, höflich oder zumindest nicht unhöflich zu sein. »Verraten Sie mir am besten zuerst einmal Ihren Namen.«

»Mein Name ist Singh, Dr. Michaela Singh.«

»Dr. Singh? Sind sie Ärztin?«

»Ja, ich bin Fachärztin für Allgemeinmedizin.«

Dem ersten Eindruck nach hatte Bussard keine Frau vor sich, die nicht Herrin ihrer Sinne war. Es kam zwar immer wieder vor, dass irgendwelche schrägen Vögel Verbrechen anzeigten oder sogar gestanden, die nur in ihrer Phantasie existierten, doch diese Frau schien nicht zu diesem speziellen Menschenschlag zu gehören. »Und, Frau Dr. Singh, wer wurde Ihrer Meinung nach ermordet?«

»Der Name des Opfers ist Ursula Steiert. Sie war meine Patientin.«

»Und Sie haben gesehen, wie diese Frau Steiert ermordet wurde?«

»Nein, das habe ich nicht gesehen. Ich habe nur ihren Tod festgestellt.«

»Warum glauben Sie, dass es sich um einen Mord handelt?«

»Das hat nichts mit glauben zu tun. Ich weiß, dass sie ermordet wurde.«

»Aber was macht Sie so sicher? Mord ist eine schwere Anschuldigung und Sie müssen doch irgendwelche Anhaltspunkte haben, die Sie zu dieser Behauptung veranlassen.«

»Das ist nicht nur eine Behauptung.« Die Ärztin zog den Reißverschluss ihrer Aktenmappe auf. »Sehen Sie selbst.«

Sie reichte Bussard eine DIN-A4-Seite. Der Briefkopf in der oberen rechten Ecke wies ein *Labor Dr. Kaurin* als Urheber aus, doch außer dem Wort »Analyse« gab es nicht viel, womit der Kommissar etwas anfangen konnte. In einer Liste waren mehrere lateinische Namen angegeben, hinter denen Prozentzahlen oder Gewichtsangaben standen. Bussard legte das Blatt auf seine Schreibunterlage und lehnte sich wieder zurück. »Sagen Sie mir, was ich auf diesem Blatt sehe … oder nein, erzählen Sie mir einfach die ganze Geschichte.«

Die Stimme der Ärztin war ebenso selbstsicher wie ihr Blick, als sie mit ihrem Bericht begann. »Frau Steiert war achtundsechzig Jahre alt und befand sich in einer guten körperlichen Verfassung. Von ihrem erhöhten Blutdruck abgesehen war sie eine kerngesunde Frau. Sie war seit Jahren medikamentös eingestellt und sprach auf die Behandlung gegen ihren Bluthochdruck gut an. Einmal pro Quartal kam sie in meine Praxis zur Routineuntersuchung. Die letzte Untersuchung fand letzte Woche statt. Blutdruck, Puls und

Blutwerte lagen alle innerhalb der jeweiligen Normbereiche. Es gab keine Auffälligkeiten, keinen Befund und auch sonst nichts, was auf eine lebensbedrohliche Erkrankung hätte schließen lassen. Trotzdem verstarb Frau Steiert in der Nacht von Samstag auf Sonntag. Eine Nachbarin hatte sie leblos auf dem Boden liegend gefunden und mich sofort angerufen. Als ich wenige Minuten später bei Frau Steiert eintraf, konnte ich leider nur noch ihren Tod feststellen. Die Todesursache konnte ich jedoch nicht erkennen. Es gab keine äußeren Anzeichen, was ihren Tod veranlasst haben könnte. Deshalb habe ich angeordnet, den Leichnam zur Abklärung der Todesursache in die Pathologie zu bringen.« Frau Dr. Singh hielt inne und für einen Moment stand ein Zweifel in ihrem Gesicht. »Ich kann es Ihnen nicht erklären, Herr Kommissar. Es war nur so ein Gefühl, eine Ahnung. Nennen Sie es meinetwegen Intuition, aber letztlich spielt das auch keine Rolle. Auf dem Wohnzimmertisch stand die Medikamentenflasche mit den Kapseln, die ich ihr verschrieben hatte. Ich habe diese Flasche an mich genommen und in ein Freiburger Labor zur Analyse gebracht. Heute Morgen habe ich per Fax das Ergebnis erhalten. Zwei der untersuchten Kapseln waren verunreinigt. Es wurden verschiedenen Proteine nachgewiesen, deren Kombination toxisch wirkt, unter anderem Kallikrein, wie Sie auf dem Befund sehen können.«

Dass toxisch das Fremdwort für giftig war, wusste der Kommissar, doch von Kallikrein hatte er noch nie gehört. »Sorry, aber das sagt mir nichts. Was bedeutet das konkret?«

»Es handelt sich um ein synthetisches Gift, zu dem es auch eine Entsprechung in der Natur gibt, allerdings nicht in dieser Konzentration. Es handelt sich um das Gift des Komodowarans.«

Bussard wusste nicht, was er mit dieser Information anfangen sollte. Der Bericht der Ärztin hörte sich ziemlich exotisch an, doch sie schien ganz genau zu wissen, worüber sie sprach, auch wenn dies für den Kommissar schwer zu glauben war. »Das Gift des Komodowarans? Das ist ziemlich ungewöhnlich.«

»Nicht, wenn man sich die Begleitumstände ansieht, denn das Gift wirkt blutdrucksenkend.« Frau Dr. Singh sprach nüchtern und sachlich, doch Bussard spürte, dass der Vorfall sie persönlich berührte. »Das Gift hat die Wirkung der von mir verordneten Kapseln quasi vervielfacht. Deshalb kam es bei Frau Steiert zu einem extremen Abfall des Blutdrucks, was später ihren Tod nach sich gezogen hat. Im Augenblick ist das noch eine Vermutung, doch nach diesem Laborbericht bin ich sicher, dass der Rechtsmediziner meine Annahme bestätigen wird. Frau Steiert wurde ermordet.«

Der Bericht der Ärztin klang überzeugend und sie hatte ein Indiz geliefert, das sich leicht überprüfen ließ. Bussard hätte in der Rechtsmedizin nachfragen können, doch er erinnerte sich, dass der Pathologe am Tag zuvor von genau dieser älteren Dame aus dem Schwarzwald gesprochen hatte, deren Leichnam noch obduziert werden sollte. In einem Punkt jedoch irrte sich Frau Dr. Singh und der Kommissar klärte die Ärztin über die Rechtslage auf. »Mord bedeutet, dass der Täter mit Vorsatz gehandelt hat. Bei den Verunreinigungen, von denen Sie gesprochen haben, lässt sich das jedoch nur schwer nachvollziehen. Wenn es sich um einen Produktionsfehler handelt, können wir nur von fahrlässiger Tötung ausgehen, nicht jedoch von Mord.«

Die Ärztin nickte zu Bussards Worten. »Ich möchte den Pharmahersteller nicht in Schutz nehmen, aber es ist völlig ausgeschlossen, dass diese Verunreinigung bei der Herstellung der Kapseln passiert sein könnte. Die Produktion geschieht vollautomatisch. Bei einer Verunreinigung während des Produktionsprozesses hätten alle Kapseln diese Verunreinigung aufweisen müssen. Das Labor von Dr. Kaurin hat jedoch eindeutig nachgewiesen, dass lediglich zwei Kapseln verunreinigt waren. Mit an Sicherheit grenzender Wahrscheinlichkeit hat jemand nach Abschluss des Produktionsprozesses drei Kapseln mit dem Gift angereichert. Zwei waren noch in der Flasche und die dritte hat Frau Steiert eingenommen.«

Bussard war immer noch nicht davon überzeugt, dass es sich um einen vorsätzlichen Mord handelte. »Dieser Jemand könnte auch beim Hersteller beschäftigt sein. Manchmal werden Lebensmittel vergiftet, um Hersteller oder Supermarktketten zu erpressen.«

Die Ärztin sah den Kommissar an und ihr Blick wirkte eher auffordernd als bittend. »Das müssen Sie herausfinden, Herr Kommissar. Falls dieser Jemand aber nicht beim Hersteller arbeitet, haben wir einen Mörder in Hofsgrund.«

97

»Ich muss mit dir reden.«

»Nicht jetzt, Anja.«

»Aber es ist dringend.«

»Du siehst doch, dass ich beschäftigt bin. Sobald wir hier mit dem Protokoll fertig sind, kannst du mir sagen, was du auf dem Herzen hast.«

Anja schloss die Tür, setzte sich hinter ihren Schreibtisch und wartete, während Bussard das Protokoll der Zeugenvernehmung anfertigte. Einige Minuten zuvor hatte er Professor Münchrath angerufen und nach einer kurzen Erklärung den Telefonhörer an Frau Dr. Singh weitergereicht. Die Allgemeinmedizinerin hatte dem Pathologen erklärt, was sie festgestellt hatte und wonach er suchen sollte.

»Bitte lesen Sie sich das Protokoll noch einmal durch. Wenn das so in Ordnung ist, unterschreiben Sie bitte unten links.«

Die Ärztin las das zweiseitige Dokument aufmerksam durch, dann unterzeichnete sie es und gab es dem Kommissar zurück.

»Wir werden uns heute im Lauf des Tages noch einmal mit Ihnen in Verbindung setzen. Wo können wir Sie erreichen?«

»In meiner Praxis.« Sie überreichte Bussard eine Visitenkarte und erhob sich. »Was werden Sie jetzt unternehmen?«

»Zuerst einmal müssen wir abwarten, ob die Rechtsmedizin Ihre Vermutung bestätigt. Falls Frau Steiert tatsächlich eines unnatürlichen Todes gestorben ist, wird die Staatsanwaltschaft ein Ermittlungsverfahren einleiten.«

»Sie glauben mir nicht?«

Bussard zögerte einen Augenblick, doch schließlich nickte er. »Ich glaube Ihnen, Frau Dr. Singh. Allerdings kann ich zurzeit noch nicht einschätzen, ob es sich tatsächlich um einen gezielten Mord handelt. Vielleicht wird dieser Pharmahersteller erpresst und Frau Steiert wurde nur ein zufälliges Opfer.«

»Finden Sie es heraus?«

»Das werde ich. Verlassen Sie sich darauf.«

Der Kommissar brachte die Ärztin zur Tür und verabschiedete sich. »Danke, dass Sie gekommen sind.«

Sie nickte ihm noch einmal zu, dann verließ sie das Büro.

»Jetzt?« Anja sah Bussard erwartungsvoll an.

»Okay, Anja, du hast recht. Es tut mir leid.«

»Was tut dir leid?«

»Dass ich dich vorhin auf dem Hof so angeschnauzt habe.«

»Ach so, das.« Sie schien ehrlich verblüfft. »Das ist schon vergessen. Sasha hat mir erzählt, was passiert ist und deswegen muss ich mir dir reden.«

»Da gibt es nichts mehr zu reden. Die SOKO wurde aufgelöst und es ist nicht mehr unser Fall. Neudörfer hat sich bereits mit dem BKA in Verbindung gesetzt.«

»Ich glaube, du verstehst nicht …« Anjas Erwiderung wurde vom Läuten des Telefons unterbrochen. Bussard meldete sich, hörte eine Weile zu, bedankte sich und legte auf.

»Wir haben einen neuen Fall. Professor Münchrath hat gerade bestätigt, was Frau Dr. Singh vermutet hat.« Bussard nahm das Protokoll vom Schreibtisch und forderte seine Partnerin mit einer Kopfbewegung auf, ihn zu begleiten. Im Büro nebenan unterhielten sich Sasha und Susanne über die unerwartete Wendung in den beiden Mordfällen Baer und Müller. Als der Leiter der Ermittlungsgruppe Gewaltverbrechen ihr Büro betrat, verstummten sie.

»Baer und Müller sind Geschichte.« Bussard setzte sich auf die Kante eines Schreibtischs. »Wir haben ein Tötungsdelikt in Oberried, Ortsteil Hofsgrund. Ursula Steiert, achtundsechzig Jahre alt und ledig, starb an den Folgen einer Vergiftung.«

Der Kommissar berichtete von der Strafanzeige, die Frau Dr. Singh erstattet hatte und ihrer Vermutung, die durch die Rechtsmedizin bestätigt worden war. »Sasha, du setzt dich mit dem Hersteller des Medikaments in Verbindung. Frag nach, ob es in jüngster Zeit Drohungen gegen das Unternehmen oder vielleicht sogar einen Erpressungsversuch gab. Susanne, du kümmerst dich um die Victimologie. Finde alles über das Opfer heraus, einschließlich Verbindungsnachweise und Finanzen. Anja, du fährst zu diesem Labor Dr. Kaurin. Bring alles mit, was Frau Dr. Singh denen geschickt hat, samt Schachtel und Beipackzettel. Wir brauchen auch den Namen des Mitarbeiters, der die Tabletten untersucht hat. Wo ist Julian?«

»Du hast doch gesagt, wir sollen Feierabend machen. Er ist schon gegangen.«

»Und wieso bist du dann noch hier?«

Wegner antwortete nicht. Er und Susanne sahen Anja an, als warteten sie darauf, dass die Kollegin eine Erklärung abgab.

»Was ist los?«, fragte Bussard. »Habe ich etwas verpasst?«

»Ja, hast du.« Sie deutete auf Julians Stuhl und setzte sich selbst auf die Kante von dessen Schreibtisch. »Soweit ich gehört habe, hat dieser NSA-Offizier behauptet, Baer und Müller seien ermordet worden, weil sie Details über das iranische Atomprogramm kannten.«

»Ja, und?«

»Anscheinend wissen die Amerikaner aber nicht mit Sicherheit, ob die Iraner tatsächlich Baer und Müller ermordet haben. Es könnte doch auch sein, dass etwas ganz anderes dahintersteckt.«

»Was spielt das für eine Rolle?«

Die Kommissarin und die EDV-Spezialistin tauschten einen vielsagenden Blick und Anja wandte sich wieder an Bussard. »Es kann gut sein, dass die Amerikaner überhaupt keine Ahnung haben, um was es wirklich geht. Ich habe mich noch einmal an der Uni umgehört. Man kannte Baer bisher als korrekten, aber meist mürrischen Professor, der selten ein freundliches Wort für andere übrig hatte. Einige Studenten haben mir berichtet, dass Baer in den letzten Wochen verändert schien. Er wirkte einerseits abwesend, andererseits irgendwie euphorisch. Jemand sagte, er sei ständig mit verklärtem Blick durchs Institut gelaufen und habe zuweilen Selbstgespräche geführt. Anscheinend war er einer großen Sache auf der Spur, einer wirklich großen Sache. Es könnte sich sogar um eine weltbewegende Entdeckung handeln.«

Bussard sah seine Kollegen nacheinander an und schüttelte den Kopf. »Der Fall geht ans BKA. Die sollen sich selbst mit den Amis rumschlagen.«

»Und wenn die beiden Morde überhaupt nichts mit der NSA und den Iranern zu tun haben?«

Bussard hatte das Gefühl, als hätte Anja einen guten Grund für ihre Beharrlichkeit. »Weißt du etwas, das nicht in der Gerüchteküche ausgebrütet wurde?«

Wieder tauschten die Kommissarin und die EDV-Spezialistin einen stummen Blick, bevor Susanne antwortete: »Ich habe etwas entdeckt, worüber wir reden sollten.«

101

Seit den frühen Achtzigerjahren, als die links-autonome Szene in Freiburg Häuser besetzt und sich mit den Einsatzkräften der Polizei Straßenschlachten geliefert hatte, trug das Lokal *Reichsadler* den Spitznamen *Geier*. Der einst heißeste Treffpunkt für Punks, Autonome und angehende Revolutionäre, der damals unter ständiger Beobachtung gestanden hatte, war mittlerweile nur noch eine einfache Kneipe mit altem Mobiliar und moderaten Preisen. Die Revolution hatte sich totgelaufen und die Stimmung in dem Viertel in der Nähe des Hauptbahnhofs, das seltsamerweise nicht den Namen »Rot« oder »Schwarz«, sondern »Grün« trug, war längst nicht mehr so aggressiv wie ehedem. Keiner der uniformierten Kollegen, die damals mit Helmen, Schilden und Schlagstöcken und unterstützt von Wasserwerfern hatten ausrücken müssen, betrauerte diese Entwicklung, doch die Ruhe, die im »Grün« eingekehrt war, forderte ihren Tribut. Das Bunte, das Schrille und das Improvisierte jener damaligen Subkultur musste Stück für Stück dem Einheitsgrau der Grundstücks- und Immobilienspekulanten weichen. Den liebenswerten Charme, den sich das Viertel nach der politisch heißen Phase noch eine Weile bewahrt hatte, fand man heute nur noch vereinzelt in einigen letzten Nischen wie im *Jos-Fritz-Café* oder im *Reichsadler*.

Bussard hatte entschieden, eine Besprechung im *Geier* abzuhalten. Es gab zwar keinen Grund für Heimlichtuerei, doch der Kommissar hatte das unbestimmte Gefühl, als würden fremde Ohren jedes seiner Worte belauschen, auch wenn er wusste, dass diese Sorge irrational war. Die NSA hörte Telefone ab und schnüffelte in vertraulichen E-Mails herum, doch der amerikanische Geheimdienst hatte sicherlich keine Wanzen im Präsidium installiert. Zusammen mit Anja, der das Lokal keineswegs gefiel, Sasha und Susanne saß er beim Mittagessen, während sie mit gedämpften Stimmen darüber diskutierten, was die EDV-Spezialistin herausgefunden hatte.

Die Texte auf Baers altem Rechner, die sie während ihrer Nachtschicht entschlüsselt hatte, bezogen sich auf jemanden mit den Initialen M. H., die sie auch schon im Terminkalender des Professors gefunden hatten. Offenbar hatte sich Baer mehrmals mit diesem Mann getroffen, um ein Problem zu diskutieren. Genauere Angaben, worin dieses Problem bestand, hatte Baer vermieden, doch Susanne hatte keinen Hinweis darauf gefunden, dass es etwas mit dem iranischen Atomprogramm zu tun hatte. Sicher war nur, dass der Mann großen Eindruck auf Baer gemacht hatte. Er habe alles im Kopf, hatte Baer geschrieben und dies selbst kaum glauben wollen, denn er hatte die Textpassage mit drei Ausrufezeichen markiert. Lediglich die Buchstabenkombination »RV« war mehrmals aufgetaucht. Baer hatte wiederholt geschrieben, dass es ihm nicht gelungen war, einen Fehler zu finden. Nach welchen Fehlern er gesucht hatte, war Susanne jedoch verborgen geblieben. Der Professor hatte nicht nur seine Texte verschlüsselt, sondern sich auch vage, wenn nicht sogar kryptisch ausgedrückt. Eines ließ sich jedoch daraus ablesen: Baers verschlüsselte Texte bezogen sich nicht auf seine eigene Forschung und auch nicht auf Rezazadeh, sondern auf ein Problem, mit dem sich der unbekannte M. H. beschäftigt hatte und das anscheinend geeignet war, die Welt auf den Kopf zu stellen. Dass er seine Notizen auf seinem alten Rechner, der über keine Internetverbindung verfügte, in verschlüsselter Form abgelegt hatte, deutete an, dass diese Informationen auf keinen Fall an die Öffentlichkeit gelangen sollten.

Für Bussard lag es keineswegs auf der Hand, dass Susanne dem wahren Motiv für die Morde an den beiden Mathematikern auf die Spur gekommen war. Es gab keine Indizien, die einen etwaigen Verdacht erhärteten und ein potenzieller Täter war weit und breit nicht in Sicht. Auch war nicht ersichtlich, wer vom Tod der beiden Mathematiker profitiert hätte. Die Erklärung des NSA-Generals passte wesentlich besser zu den Begleitumständen der Taten. Verhöre, bei denen die Befragten unter Drogen gesetzt wurden, waren gängige Praxis bei den Geheimdiensten auf der ganzen Welt. Auf der anderen Seite widerstrebte es dem Kommissar jedoch, eine mögliche Spur brachliegen und die daraus resultierenden Fragen unbeantwortet zu lassen. Da Susanne felsenfest davon überzeugt war, dass die verschlüsselten Texte nichts mit der NSA und den Iranern, ihrem Gefühl nach aber mit den Morden zu tun hatten, stimmte Bussard zu. Er war lange genug Ermittler, um zu wissen, dass man immer gut beraten war, auf seine Intuition zu hören. Der Fall war an das BKA übergeben worden und so konnten sie still und leise in ihrem eigenen Vorgarten graben und sehen, was sie dabei fanden.

Nach einer Stunde waren sich die Ermittler einig. Der Dreh- und Angelpunkt der Geschichte hieß M. H. und ihn mussten sie finden. Die jüngsten Erfahrungen mit der NSA hatten sie jedoch gelehrt, bei ihrer Ermittlungsarbeit andere Wege einzuschlagen. Offiziell war der Fall für die Ermittlungsgruppe Gewaltverbrechen abgeschlossen. Diesen Anschein wollten die Ermittler unbedingt wahren. Nichts, was den Fall Zahlenteufel betraf, durfte auf elektronischem Weg kommuniziert werden. Bussard bestand auch darauf, dass außer Julian kein weiterer Beamter involviert wurde. Selbst Neudörfer sollte über den neuesten Erkenntnisstand vorerst nicht informiert werden. Sie hatten einen neuen Fall auf dem Tisch, das Tötungsdelikt Ursula Steiert, den sie offiziell bearbeiteten, die Benutzung von Mobiltelefonen und E-Mail-Programmen eingeschlossen. Nur Anja sollte sich weiterhin um den Fall Zahlenteufel kümmern und die Liste mit allen Namen, die bisher aufgetaucht waren, abarbeiten. Bussard war davon überzeugt, dass irgendein Arbeitskollege, Verwandter oder Bekannter von Baer oder Müller wissen würde, wer M. H. war und wo sie ihn fanden.

103

Während Anja sich auf den Weg machte, um jeden Zeugen persönlich aufzusuchen und Sasha und Susanne zum Präsidium zurückkehrten, fuhr Bussard zum Labor Dr. Kaurin, wo er sich alles aushändigen ließ, was Frau Dr. Singh eingereicht hatte. Die Laborantin, die die Analyse durchgeführt hatte, bestätigte alle Testergebnisse. Um sicherzugehen, hatte sie die jeweiligen Proben zweimal untersucht und beide Male dasselbe Ergebnis erhalten. Von den eingereichten Kapseln waren zwei mit einer toxisch wirkenden

Proteinkombination verunreinigt. Bussard überreichte ihr eine Visitenkarte mit der Bitte, sie möge sich am nächsten Morgen im Präsidium einfinden, damit ihre Aussage zu Protokoll genommen werden konnte.

In einem Schreibwarengeschäft in der Nähe des Labors kaufte Bussard ein Päckchen Tabak, ein Paket Druckerpapier und eine Geburtstagskarte für eine ehemalige Schulfreundin, die seit über zwanzig Jahren in Schottland lebte. Seit ihrem gemeinsamen Abitur hatten sie sich nur noch drei oder vier Mal gesehen, doch beide schrieben sich gegenseitig jedes Jahr jeweils einen Brief samt einer Karte zum Geburtstag. Bussard mochte diese Tradition. In Zeiten von SMS und E-Mail war es etwas Besonderes, einen Brief von Hand zu schreiben, ihn zu kuvertieren, frankieren und abzusenden. Jedes Jahr Anfang Oktober fiel ihm diese Aufgabe zu und jedes Jahr im Dezember freute er sich über einen Brief mit einem Poststempel aus Glasgow. Er legte Druckerpapier und Geburtstagskarte auf den Beifahrersitz, steckte den Tabak in seine Jacke und fuhr in den Freiburger Osten, wo sich das malerische Dreisamtal erstreckte. Bei Kirchzarten verließ er die Bundesstraße und bog nach Oberried ab. Seinen ursprünglichen Plan, zuerst Frau Dr. Singh aufzusuchen, gab er kurzerhand auf. Die Ärztin hatte ihre Aussage gemacht und es interessierte ihn, was die Nachbarin des Opfers zu berichten wusste.

Von Oberried aus führte die Landstraße, die mit jedem Kilometer steiler wurde, hinauf zum Ortsteil Hofsgrund, der beim Gipfel des Schauinslands achthundert Meter höher lag als der Kernort. In zwölfhundert Metern über Meereshöhe unterschied sich die Vegetation bereits deutlich von der in den tiefer gelegenen Gebieten. Büsche und Bäume, die vor allem im Frühjahr und im Herbst schutzlos den stürmischen Winden ausgeliefert waren und die meist lange, schneereiche Winter zu überstehen hatten, wuchsen weniger hoch, waren dafür aber kräftiger als in den Niederungen. Das raue Klima ließ sie knorriger werden und der stetige Westwind formte sie zu skurrilen Skulpturen. Die nach Osten wachsenden Äste der Windbuchen auf dem Schauinsland vermittelten dem Betrachter an einem der seltenen windstillen Tage den Eindruck, als bliese ein steifer Westwind über die Höhen des Schwarzwalds.

An der Talstation eines Skilifts stellte Bussard seinen BMW ab. Obwohl das Thermometer in Freiburg noch über zwanzig Grad zeigte, spürte der Kommissar bereits die Vorboten des Winters, als ein kalter Wind seine Jacke blähte. Er zog den Reißverschluss zu und machte sich auf den Weg. Die Häuser des Ortsteils verteilten sich großzügig an den Hängen und boten damit einen weiten, luftigen Gegensatz zu der manchmal bedrückenden Enge der Stadt. Am südlichen Rand, ein wenig unterhalb der Höhenlinie, weidete eine Schafherde, während an den nördlich gelegenen Hängen Milchkühe das letzte frische Gras des Herbstes wiederkäuten. An einem windgeschützten Platz neben einem Verschlag, in dem das Kaminholz für den Winter gelagert wurde, döste eine Katze in der Sonne, in einem eingezäunten Geviert schnatterten Gänse, und als Bussard das Haus von Ursula Steiert erreichte, wieherte in der Nähe ein Pferd. Nichts störte die ländliche Idylle des schönen Oktobertages und doch war genau hier drei Tage zuvor ein Mensch durch vergiftete Medikamentenkapseln zu Tode gekommen.

Bussard läutete, doch nichts rührte sich in dem Haus mit dem für den Schwarzwald typischen, weit nach unten gezogenen Dach. Als auch das zweite Läuten keine Reaktion hervorrief, wandte sich Bussard ab und ging zum Nachbarhaus. Noch bevor er die Tür erreichte, wurde sie geöffnet.

»Zu wem wollen Sie?« Die Frau, die mit skeptischer Miene im Türrahmen stand, war etwa siebzig Jahre alt, klein und stämmig. Sie trug eine Kittelschürze und trocknete sich die Hände mit einem Geschirrtuch ab. Ihr alemannischer Dialekt verriet, dass sie eine Einheimische war.

»Frau Martha Lorenz?«

»Ja?«

»Mein Name ist Bussard, Kripo Freiburg.« Er zog seinen Dienstausweis aus der Jacke und hielt ihn hoch. »Ich möchte Ihnen einige Fragen stellen. Darf ich reinkommen?«

Die Schwarzwälderin beäugte den Beamten argwöhnisch. »Wir haben nichts mit der Polizei zu schaffen. Sind Sie sicher, dass Sie zu uns wollen?«

»Ja, ich möchte zu Ihnen.«

»Und worum geht's?«

»Ich untersuche den Tod von Frau Steiert.«

Der zuvor skeptische Blick, mit dem die ältere Dame den Kommissar empfangen hatte, verschwand unversehens. An seine Stelle trat Trauer, die von den Augen ausgehend nach und nach das ganze Gesicht erfasste. »Ja, vorgestern ist sie gestorben, die Ursula. Die Frau Doktor hat nicht einmal sagen können, woran sie gestorben ist.«

»Darüber möchte ich mit Ihnen reden, Frau Lorenz.«

Zwischen ihrer Hüfte und dem Türrahmen erschien plötzlich der Kopf eines Berner Sennenhundes. In Körperbau und Größe glich er einem Bernhardiner, nur die Schnauze war etwas länger. Er drängte an Frau Lorenz vorbei und kam auf Bussard zu, der drei Stufen tiefer stehend vor der Treppe wartete.

»Der macht nichts.«

Bussard steckte seinen Dienstausweis ein und streckte die Hand aus, damit der Hund seinen Geruch aufnehmen konnte. Einige Augenblicke lang sprach der Kommissar leise auf den muskulösen Hund ein und kraulte ihn schließlich am Hals.

»Komm rein, Max!«

Der Hund gehorchte nicht, sondern drängte mit seiner mächtigen Schulter gegen den Oberschenkel des Kommissars. Offensichtlich genoss er die Streicheleinheit.

»Komm jetzt! Los, Max!«

Bussard lächelte, während er Max unter dem Kinn kraulend den Blick wieder der Frau im Türrahmen zuwandte. »Ich muss Ihnen einige Fragen stellen, Frau Lorenz. Es ist wirklich wichtig.«

»Von mir aus. Dann kommen Sie halt rein, wenn's sein muss.«

»Komm mit, Max!« Bussard stieg die drei Stufen nach oben. Er trat in den Hausflur, ohne dass Max von seiner Seite wich. In der Küche bat Frau Lorenz ihren Gast, Platz zu nehmen. Bussard setzte sich auf die Eckbank beim Kachelofen, während Max seinen Kopf auf den Oberschenkel des Kommissars legte.

»Wollen Sie ein Glas Apfelmost?«

»Ja, gerne.«

Frau Lorenz nahm zwei Gläser aus dem Schrank, stellte sie auf den Tisch und öffnete den Kühlschrank. »Der ist vom Schweitzer Herbert. Früher haben wir auch Most gemacht, aber es lohnt sich ja nicht mehr für mich alleine.«

Sie öffnete eine Zwei-Liter-Flasche, füllte die Gläser, setzte sich an den Tisch und prostete Bussard zu. »Zum Wohl!«

Die trübe, blassgelbe Flüssigkeit schmeckte wesentlich herber als der Kommissar erwartet hatte. Seinen Apfelwein kelterte der Schweitzer Herbert offensichtlich ohne Zugabe von Zucker, doch Bussard fand den traditionellen Herbsttrunk der Schwarzwälder Bauern nicht schlecht, vor allem, weil das ungefilterte Getränk ohne künstliche Aromen und Konservierungsstoffe auskam.

»Und, was wollen Sie jetzt wissen?«

»Frau Dr. Singh hat mir vom Tod von Frau Steiert berichtet. Sie sagte, Sie hätten die Leiche entdeckt.«

»Ja, das stimmt.« Frau Lorenz bekreuzigte sich und sah nach oben in die gegenüberliegende Ecke, wo im Herrgottswinkel ein handgeschnitzter Jesus am Kreuz über Bewohner und Besucher des Hauses wachte.

»Besitzen Sie einen Schlüssel zum Haus Ihrer Nachbarin?«

Die ältere Dame nickte, während sie ein Taschentuch aus ihrer Kittelschürze zog. »Ich bin mit der Ursula zur Schule gegangen. Ich habe schon immer hier gewohnt und sie nebenan. Unser ganzes Leben waren wir befreundet und jetzt hat sie der Herrgott zu sich gerufen. Ich weiß noch nicht einmal, wann die Beerdigung ist.«

Sie rieb sich die Tränen aus den Augen und behielt das Taschentuch in der Hand. »Was soll denn jetzt aus dem Jungen werden?«

»Welcher Junge?«

»Der Sohn von ihrer Schwester.«

»Was ist mit dem Jungen?«

Frau Lorenz schluckte und sah Bussard mit feuchten Augen an. »Er ist doch so arm. Ursula hat sich immer um ihn gekümmert, aber jetzt, wo sie nicht mehr lebt …«

Bussard wusste, dass »arm« in diesem Fall nicht das Gegenteil von »reich« bedeutete. In der Sprache der älteren Generation auf dem Land war »arm« auch ein Synonym für »krank«.

»… Ich habe immer gesagt, sie soll doch zu ihm ziehen, aber sie wollte das nicht. Das ist sein Haus, hat sie immer gesagt, das ist alles, was er noch hat. Außerdem hatte sie ihre Wohnung und ich glaube, da wollte sie nicht weg. Es war ja auch nicht weit.«

»Nicht weit bis zum Haus ihres Neffen?«

»Ja.« Sie putzte sich die Nase und wischte sich noch einmal die Tränen aus den Augen. »Vor zehn Jahren sind Barbara und ihr Mann bei einem Autounfall umgekommen. Barbara war Ursulas Schwester. Eigentlich habe ich gedacht, Michael würde ins Heim kommen, aber Ursula hat gesagt, er bleibt, wo er ist. Der Junge hat's schon schwer genug, da muss er nicht auch noch ins Heim. Er war ja schon achtzehn und Ursula hat gesagt, dass er das schafft.«

Mit der linken Hand fasste Bussard nach seinem Glas, während er mir seiner rechten weiterhin den Berner Sennenhund kraulte. »Ist dieser Michael behindert?«

»Ja, er kam schon krank auf die Welt, aber das hat man erst später gemerkt. Körperlich war er ja gesund, aber er hat kaum gesprochen. Am Anfang haben sie ihn in die Schule geschickt, aber noch vor Weihnachten haben sie ihn wieder heimgeholt. Sie hätten es halt nicht zwingen sollen. Wenn einem der Herrgott kein Kind schenkt, dann soll man halt keins haben.«

»Dann war Michael ein Adoptivkind?«

»Nein, er war schon das Kind von Barbara und Thomas, jedenfalls soweit man weiß. Barbara ist nie schwanger geworden. Es hat halt nicht sein sollen, aber sie wollten unbedingt ein Kind und deshalb sind sie nach Freiburg in die Klinik gefahren. Dann ist Barbara doch noch schwanger geworden, aber sie war ja schon zweiundvierzig. In dem Alter ist das aber einfach wider die Natur. Sie haben dem Herrgott ins Handwerk gepfuscht und er hat sie dafür gestraft. Zuerst haben sie ein krankes Kind gekriegt und als der Junge dann groß war, sind sie alle beide tödlich verunglückt.«

Bussard trank seinen Apfelmost aus und seine Gastgeberin schenkte ihm ungefragt nach. Das Eis war gebrochen und Martha Lorenz hatte zu erzählen begonnen. Es war Zeit, dass sich der Kommissar dem eigentlichen Thema näherte. »Was ist mit Ursula Steiert? War sie verheiratet? Hatte sie selbst Kinder?«

»Nein, Ursula hat nie geheiratet. Später hat sie sich dann um Michael gekümmert.«

»Gibt es noch andere Verwandte außer dem Neffen?«

»Nein, niemand.«

»Erzählen Sie mir von ihr. Wie war sie als Mensch? Hatte sie viele Freunde oder hat sie oft mit anderen gestritten?«

»Gestritten? Die Ursula?« Frau Lorenz schüttelte entrüstet den Kopf. »Wo denken Sie hin? Ursula war eine Seele von Mensch. Sie hätte jedem ihr letztes Hemd gegeben.«

»Frau Steiert lebte im Haus nebenan. War das ihre eigene Wohnung oder war sie gemietet?«

»Das ist eine Mietwohnung. Das Haus gehört der Gemeinde, aber in der Wohnung haben schon Ursulas Eltern gelebt.«

»Und wovon hat Frau Steiert gelebt?«

»Von ihrer Rente.«

»Sie war früher berufstätig?«

»Ja, früher, als Bedienung im *Gasthaus Zur Linde* in St. Wilhelm, aber seit sie sich um den Michael gekümmert hat, hat sie nicht mehr gearbeitet.«

Bussard leerte das zweite Glas Apfelmost, aber er verzichtete auf ein drittes, weil er nicht einschätzen konnte, wie hoch der Alkoholgehalt des herben Getränks war. Aus der Unterhaltung mit Frau Lorenz hatte er einiges über Frau Steiert erfahren, doch nichts davon wies auch nur andeutungsweise auf ein Mordmotiv hin.

»Sie, sagen Sie mal, Herr …«

»Bussard.«

»… Herr Bussard. Sie sind doch von der Polizei.«

»Ja.«

Frau Lorenz legte den Kopf zur Seite und sah den Kommissar argwöhnisch an. »Warum wollen Sie das eigentlich alles wissen? Ist etwas nicht in Ordnung gewesen mit der Ursula oder geht's um den Michael? Muss er jetzt doch ins Heim?«

»Nein, Frau Lorenz, es geht nicht um den Michael. Ich untersuche die Todesumstände von Frau Steiert.«

»Was soll das heißen, Todesumstände? Wissen Sie, woran die Ursula gestorben ist?«

Bussard zögerte einen Augenblick, doch dann entschied er, mit offenen Karten zu spielen. »Frau Steiert starb keines natürlichen Todes. Sie wurde vergiftet.«

»Jesus, Maria und Josef!« Die ältere Dame bekreuzigte sich zum zweiten Mal, während sie den Kommissar ungläubig anstarrte. »Vergiftet? Die Ursula? Von wem?«

»Das möchte ich herausfinden. Können Sie sich vorstellen, wer einen Grund gehabt haben könnte, Frau Steiert zu ermorden?«

»Ermorden? Heiland, warum wurde sie denn ermordet?«

»Das ist die andere Frage, nach deren Antwort ich suche. Hatte Frau Steiert Feinde?«

»Feinde? Nein, wieso denn? Die Ursula hatte doch keine Feinde! Herr im Himmel, wer hätte ihr denn etwas antun sollen?«

Noch immer starrte Frau Lorenz den Kommissar ungläubig an. Max schien ihren Stimmungswechsel bemerkt zu haben, denn er zog seinen Kopf von Bussards Oberschenkel zurück und spitzte die Ohren. Der älteren Dame war der Schreck in die Glieder gefahren, als Bussard ihr eröffnet hatte, dass ihre Nachbarin ermordet worden war. Es war offensichtlich, dass sie bis zu diesem Augenblick überhaupt nicht mit dieser Möglichkeit gerechnet hatte, was den Kommissar nach ihren Schilderungen auch nicht verwunderte. Frau Steiert war eine alleinstehende, ältere Dame gewesen, die sich nach dem Tod ihrer Schwester um ihren behinderten Neffen gekümmert hatte, eine einfache Rentnerin ohne Feinde. Ob ihrer Ermordung ein persönliches Motiv zugrunde lag oder ob sie tatsächlich nur ein trauriges Opfer einer verbrecherischen Aktion gegen den Pharmahersteller geworden war, konnte Bussard immer noch nicht einschätzen. Vergiftete Medikamentenkapseln erforderten ein hohes kriminelles Potenzial und einen Täter, der kalt, überlegt und planvoll vorging. Es war schwer zu glauben, dass Ursula Steiert Opfer eines solchen Täters geworden war, der nicht nur von ihrer Krankheit gewusst, sondern sich auch Zutritt zu ihrer Wohnung verschafft haben musste, um das tödliche Medikament dort zu platzieren.

»Warum waren Sie eigentlich in der Wohnung von Frau Steiert?«

Frau Lorenz schenkte sich ein weiteres Glas Apfelmost ein. »Weil ich nachsehen wollte, was los ist. Sie war am Sonntag nicht in der Kirche und ich habe sie auch den ganzen Tag über nicht gesehen. Gestern Morgen bin ich dann rüber zu ihr, aber sie hat nicht aufgemacht. Dann habe ich den Schlüssel geholt und bin in ihre Wohnung. Da lag sie dann …«

»Und weiter?«

Die ältere Dame schüttelte traurig den Kopf. »Ich hab die Frau Doktor angerufen, aber es war schon zu spät. Sie konnte auch nichts mehr tun.«

»Hat Frau Steiert in der letzten Zeit davon gesprochen, dass sie Probleme mit jemandem hatte? Hatte sie Sorgen oder wurde sie von jemandem vielleicht sogar unter Druck gesetzt?«

»Nein, nichts, gar nichts. Es war alles wie immer. Am Samstag hat sie noch die Fenster geputzt.«

»Wann am Samstag?«

»Nach dem Mittagessen. Und danach habe ich sie nicht mehr gesehen. Ich habe mich noch gewundert, dass sie am Sonntag nicht in der Kirche war, weil sie doch sonntags immer in die Kirche geht, aber wer denkt denn auch an so was? Vergiftet? Ich kann es immer noch nicht glauben.«

Bussard wollte sein Handy aus der Jacke ziehen, doch das Mobiltelefon lag mit leerem Akku auf seinem Schreibtisch im Präsidium. Er bat Frau Lorenz, ihr Telefon benutzen zu dürfen, rief Smirna an und bestellte den Kriminaltechniker nach Hofsgrund.

107

In der Wohnung von Frau Steiert sicherte Smirna Fingerabdrücke von mehreren Personen, doch weitere Spuren, die auf einen möglichen Täter hindeuteten, fand der Kriminaltechniker nicht. Bussard übergab ihm die Beweismittel aus dem *Labor Dr. Kaurin*. Mit etwas Glück würden sich vielleicht noch Täterspuren an der Medikamentenflasche nachweisen lassen.

Der Kommissar sah sich in der Wohnung um. Frau Steiert war eine ordentliche Frau gewesen. Alles war sauber und aufgeräumt, abgesehen von einem Teller, einem Besteck und einem Glas, die unabgewaschen auf der Spüle standen. Vermutlich hatte Frau Steiert am Samstagabend ihre letzte Mahlzeit alleine zu sich genommen. Die meisten Möbel waren schon in die Jahre gekommen, doch man sah, dass sie pfleglich behandelt worden waren. Es war der typische Haushalt einer alleinstehenden Frau, die in einfachen Verhältnissen gelebt hatte. Häkeldeckchen und Nippesfiguren, Topfpflanzen und Strohblumen, gerahmte Fotos und Landschaftsbilder aus dem Schwarzwald erzählten die Geschichte einer Frau, die keine Extravaganzen gekannt hatte. Auf dem Nachttisch lag ein Roman von Donna Leon und auf dem Wohnzimmertisch ein

Heft mit Kreuzworträtseln. Die Kleidung im Schlafzimmerschrank in gedeckten Farben passte ebenso zu der älteren Dame wie eine Informationsschrift des Landfrauenvereins auf dem Wohnzimmerbuffet. Bussard betrachtete die Fotos, von denen die meisten Frau Steiert mit anderen Personen zeigten. Auf einer Aufnahme stand sie neben einem jungen Mann, der unsicher in die Kamera blickte. Das Foto war ein typisches Urlaubsbild mit dem Meer und einem Fischerboot als Hintergrund. Dem Aussehen von Frau Steiert nach zu urteilen schien es eine der letzten Aufnahmen zu sein, denn auf den anderen Bildern war sie noch wesentlich jünger. Ein anderes Foto zeigte denselben jungen Mann zusammen mit einem anderen Mann und einer Frau, die Frau Steiert einigermaßen ähnlich sah. Das Foto war von einem professionellen Fotografen in einem Studio aufgenommen worden und Bussard war sicher, dass es sich um ein Familienporträt handelte, das den Neffen von Frau Steiert mit dessen Eltern zeigte. Während Vater und Mutter in typischer Manier lächelten, wirkte das Gesicht des jugendlichen Sohnes scheu und zurückhaltend.

Neben Küche und Bad, Wohn- und Schlafzimmer gab es noch eine Art Mehrzweckraum mit einem Schreibtisch, einem Gästebett, einer Handarbeitsecke mit Nähmaschine und zwei Regalen, in denen mehrere Ordner standen. Jeweils ein Ordner war mit *Bank, Versicherungen, Wohnung* und *Barbara* beschriftet, zwei weitere trugen die Aufschriften *Michael 1* und *Michael 2*. Bussard zog den Bank-Ordner aus dem Regal und schlug ihn auf. In einer Klarsichthülle fand er ein Sparbuch mit einer Einlage von knapp siebentausend Euro. Die letzte Einzahlung lag schon mehrere

Jahre zurück und die Auszahlungen, zwischen denen meist mehrere Monate lagen, bewegten sich alle in einer Größenordnung von dreihundert bis fünfhundert Euro. Viele Dokumente waren schon mehrere Jahre alt und meist handelte es sich um Informationsschreiben der Bank über geänderte Zinssätze oder Neuregelungen in den Geschäftsbedingungen. Unterlagen über Aktien, Fondsanteile, Rentenpapiere, Sparpläne oder andere Geldanlagen fand Bussard nicht. Frau Steiert war keine vermögende Frau gewesen. Der Kommissar klappte den Ordner zu und stellte ihn ins Regal zurück, dann zog er den Ordner heraus, der mit *Barbara* beschriftet war. Als er ihn aufschlagen wollte, hörte er ein Geräusch an der Wohnungstür. Der Schließzylinder klackte und jemand zog einen Schlüssel aus dem Schloss. Bussard stellte den Ordner geräuschlos ins Regal zurück und lauschte. Die Wohnungstür wurde geschlossen und er hörte leise Schritte im Flur. Mit der Hand auf dem Griff seiner Dienstwaffe wartete er darauf, dass der Eindringling ins Wohnzimmer kam. Sekunden verstrichen, doch die nächsten Geräusche schienen aus der Küche zu kommen. Bussard schlich zur Wohnzimmertür und zog sie langsam auf. Behutsam setzte er einen Fuß vor den anderen, bis er vor der Küchentür stand, die nur einen Spalt geöffnet war. Sein ungünstiger Blickwinkel erlaubte ihm nicht zu sehen, was sich in der Küche tat, doch er hörte, dass Schranktüren und Schubladen geöffnet und wieder geschlossen wurden. Seine rechte Hand lag noch immer auf dem Griff seiner Dienstwaffe, während er sich auf seine Atmung konzentrierte. Behutsam hob er seinen linken Arm und streckte ihn aus, bis seine Fingerspitzen die Tür berührten. Er atmete tief ein und während er langsam wieder ausatmete, stieß er die Küchentür auf.

109

Die körperlichen Fähigkeiten des Mannes im Rollstuhl waren erheblich eingeschränkt, doch geistig war er mehr als auf der Höhe. Bevor seine Krankheit ihn gezwungen hatte, die Arbeit an der Universität einzustellen, war Jörg Pfaff, Doktor der Mathematik, selbst Forscher gewesen. Über einen Zeitraum von zehn Jahren war er häufig nach Göttingen, Berlin, Paris, Cambridge und Princeton gereist, um sich mit seinen Kollegen über die neuesten Erkenntnisse in der Zahlentheorie-Forschung auszutauschen. Durch den progressiven Verlauf der multiplen Sklerose, die seine Beweglichkeit immer mehr einschränkte, hatte er zuerst seine Reisen und drei Jahre später seine Tätigkeit als Forscher und Dozent an der Freiburger Universität aufgeben müssen.

»Meine Frau wird erst in zwei Stunden wieder zurück sein. Falls Sie etwas trinken möchten, bedienen Sie sich bitte selbst. Gläser finden Sie im Küchenschrank, Säfte und Mineralwasser stehen im Kühlschrank. Sie können aber auch Kaffee kochen, wenn Ihnen danach ist.« Das freundliche Lächeln geriet etwas schief, doch in den Augen des Mathematikers erkannte Anja, dass der Mann trotz der erheblichen Einschränkungen, die seine Krankheit mit sich brachte, Humor und Lebensmut nicht verloren hatte.

»Danke, keinen Kaffee. Ich bevorzuge Tee.«

»Tee? Das ist schön. Die Chinesen sagen, Tee sei das Getränk der Weisen.«

»Wer weiß? Vielleicht haben sie recht damit.«

»Oh, ganz bestimmt sogar. Abwarten und Teetrinken bringt häufiger einen Erkenntnisgewinn als ein Coffee to go, vor allem, wenn man im Rollstuhl sitzt.«

Anja sah auf die Uhr über der Küchentür. Seit fast drei Stunden fuhr sie kreuz und quer durch Freiburg, um mit Leuten zu sprechen, die mit Baer oder Müller in Kontakt gestanden hatten. Bisher hatte ihr niemand sagen können, auf wen die Initialen M. H. passten. Auf ihrer Liste standen noch drei weitere Namen, doch es sprach nichts dagegen, das Tempo für eine halbe Stunde zu drosseln. »Möchten Sie eine Tasse Tee?«

Seiner schiefen Haltung wegen zuckte Pfaff nur mit einer Schulter. »Das ist eigentlich eine gute Idee, aber ich fürchte, ich kann Ihren Ansprüchen nicht genügen.«

»Meinen Ansprüchen?«

»Wenn Sie eine echte Teetrinkerin sind, werden Sie Teebeutel meiden wie der Teufel das Weihwasser. Leider habe ich nichts anderes im Haus.«

Anja öffnete ihre Umhängetasche und nahm ihre Teedose heraus. »Darjeeling, erste Ernte.«

Pfaffs schiefes Lächeln wurde noch eine Spur breiter. »Es passiert mir heute nicht mehr oft, dass Menschen mich überraschen. Eine Tasse Tee mit einer aparten jungen Dame krönt den heutigen Tag zum schönsten der Woche.«

Die Kommissarin fragte sich, wie viele schöne Tage der Mann wohl noch verlebte. Pfaff war Anfang sechzig und bei völliger geistiger Klarheit verfiel sein Körper rapide. Ohne seinen elektrischen Rollstuhl, den er mit einem Joystick bediente, hätte er nicht einmal das Haus verlassen können. Er konnte nicht mehr reisen, konnte sich nicht mehr körperlich betätigen und war bei vielen kleinen Dingen des täglichen Lebens auf fremde Hilfe angewiesen. Auch das wöchentliche Schachspiel mit seinem Freund Baer würde nie wieder stattfinden. Anja schätzte eine gute Tasse Tee, doch sie fand es erschütternd, welchen Wert dieser kranke, gebrechliche Mann dem Teetrinken zumaß. Nicht ihre Anwesenheit krönte den Tag zum schönsten der Woche, sondern die Heiterkeit, mit der Pfaff ihr ein Kompliment gemacht hatte. Bei seiner körperlichen Schwäche musste er über eine innere Stärke verfügen, die sie tief beeindruckte.

»Es tut mir sehr leid, was Ihrem Freund zugestoßen ist.« Anja füllte den Wasserkessel und stellte ihn auf den Herd.

»Wieso tut Ihnen das leid?«

»Er war doch Ihr Freund und Schachpartner.«

»Ja, und? Jeder von uns schuldet dem Tod ein Leben. Natürlich bin ich traurig, dass Ignaz tot ist und es ist schrecklich, wie er gestorben ist. Sie haben ihn aber nicht gekannt, also warum sollte Ihnen sein Tod leid tun?«

In Pfaffs Stimme schwang weder ein Vorwurf noch Bitterkeit mit. Seine heitere Stimmung hatte sich nicht verändert, doch die einfache Frage, die er gestellt hatte, ließ sich nicht leicht beantworten.

»Ich wollte lediglich mein Mitgefühl zum Ausdruck bringen.«

»Ich weiß, aber wissen Sie das auch?«

Auf der Suche nach einer Teekanne hatte Anja die Tür des Küchenschranks geöffnet, doch sie verharrte mitten in der Bewegung und wandte sich um. »Ich verstehe Ihre Frage nicht.«

Pfaff fuhr seinen elektrischen Rollstuhl einige Zentimeter zurück und wieder vorwärts, bis er die richtige Position am Küchentisch gefunden hatte. »Mitgefühl ist ein Indikator für soziale Kompetenz. Der Mitfühlende zeigt dem anderen, dass er ihn versteht und dass er sich in dessen Situation hineinversetzen kann. Dadurch gibt er dem anderen Geborgenheit, der wiederum Kraft daraus schöpft. Was aber nützt es dem anderen, wenn sie mitleiden?«

Die Kommissarin nahm die Teekanne und zwei Tassen aus dem Schrank. Die nüchterne Analyse des Mathematikers führte ihr vor Augen, welches Selbstverständnis Pfaff hatte. Viele Menschen fühlten sich besser, wenn es anderen schlecht ging, weil sie ihren eigenen Zustand stets relativ beurteilten. Pfaff jedoch interessierte diese Relation, dieser Vergleich mit anderen nicht. Er kannte seinen eigenen Zustand genau und zog etwas Positives aus der Begegnung mit einem Menschen, dem es gut ging.

»Man trifft nicht oft Menschen, die sich lieber selbst hochziehen als andere herunterzuziehen.«

»Und Sie, Frau Kommissarin, sind sicherlich nicht gekommen, um Komplimente auszutauschen. Was wollen Sie wirklich wissen?«

»Ich suche einen Namen.« Anja bereitete den Tee zu und sah auf ihre Armbanduhr. »In den Aufzeichnungen von Professor Baer sind die Initialen M. H. aufgetaucht. Wissen Sie, zu wem sie gehören?«

»M. H.?« Pfaff dachte einen Augenblick nach, dann schüttelte er den Kopf. »Nein, spontan fällt mir niemand ein, dessen Name darauf passen würde.«

»Baer stand in Kontakt zu diesem M. H., der möglicherweise selbst Mathematiker ist. Baer schien von dessen Leistung ziemlich beeindruckt zu sein, aber wir haben überhaupt keine Vorstellung davon, worin diese Leistung bestanden hat.«

»Vielleicht kann ich Ihnen in dem Punkt weiterhelfen.«

Anja setzte sich an den Küchentisch und sah ihr Gegenüber erwartungsvoll an. »Sie wissen, worum es geht?«

»Nein, nicht konkret. Ignaz war ein Geheimniskrämer. Er teilte sein Wissen nicht gerne mit anderen, was für einen Professor, der an der Universität lehrt, ziemlich absurd ist.«

»Aber Sie haben doch eine Ahnung.«

Pfaff wiegte unschlüssig den Kopf und sein heiteres Lächeln wich einem nachdenklichen Ausdruck. »Eine Ahnung ist vielleicht schon zu viel gesagt, aber ich habe eine Vorstellung, auf welchem Gebiet er sich bewegt hat. Sie wissen sicherlich, dass er Stochastiker war, aber in den letzten Wochen haben wir oft über Probleme gesprochen, die nur wenig mit Wahrscheinlichkeitsrechnungen zu tun hatten. Sein Interesse galt meinem Gebiet, der Zahlentheorie, und seine Fragen betrafen vor allem die Primzahlforschung.«

»Was hat ihn daran besonders interessiert?«

Pfaff lachte plötzlich laut auf. »Ich möchte Sie nicht beleidigen, Frau Hill, aber die Diskussionen, die Ignaz und ich geführt haben, wären für Sie so verständlich wie Suaheli.«

Anja sah auf ihre Uhr und nahm das Teeei aus der Kanne. Während sie ihre Tassen füllte, bat sie den

Mathematiker um eine einigermaßen verständliche Erläuterung, damit sie sich zumindest eine laienhafte Vorstellung davon machen konnte, womit sich Baer beschäftigt hatte.

»Na gut, ich werde es versuchen.« Pfaff hielt inne und beobachtete, wie Anja Sahne in ihre Tasse gab. »Sie trinken Ihren Tee wie die Briten.«

»Meine Großeltern stammen aus England. Möchten Sie auch?«

Pfaff ließ sich Sahne eingießen und probierte den Tee. »Ausgezeichnet.«

»Danke.« Die Kommissarin stellte ihre Tasse ab, verschränkte die Finger und stützte die Unterarme auf den Tisch. Sie war gespannt, was Pfaff berichten würde und sie hoffte, sich dem Motiv für die Morde an Baer und Müller im Lauf des Gesprächs langsam nähern zu können. »Wieso interessierte sich Baer für die Primzahlforschung?«

»Den Grund hat er mir wie gesagt nicht verraten und bevor ich ins Detail gehe, muss ich Ihnen eine Frage stellen. Wissen Sie, was eine Primzahl ist?«

»Eine Zahl, die nur durch sich selbst und durch eins ohne Rest teilbar ist.«

Das heitere Lächeln kehrte in das Gesicht des Mathematikers zurück. »Ganz richtig, Frau Hill. Die Definition ist einfach, doch das Wesen der Primzahlen ist ein Mysterium. Manche bezeichnen sie sogar als das Alphabet Gottes.«

Anja wusste nicht, was Pfaff mit dieser pathetischen Bemerkung meinte. »Was macht sie so besonders?«

»Primzahlen wie zwei, drei, fünf, sieben, elf und so weiter sind die Atome der Arithmetik, die Bausteine der Mathematik. Jede natürliche Zahl lässt sich in

Primzahlen zerlegen. Nehmen wir Sie als Beispiel. Wie alt sind Sie?«

Er ist in seinem Element, dachte Anja. Pfaffs Stimme hatte sich nur wenig verändert, doch in seinen Augen erkannte die Kommissarin ein Leuchten, das ihn plötzlich zehn Jahre jünger erscheinen ließ. Keine Frau antwortete gerne auf die Frage nach ihrem Alter, doch in diesem Fall spielte das keine Rolle. »Achtundzwanzig.«

»Achtundzwanzig.« Pfaff trank einen weiteren Schluck Tee. Die eigentlich simple Handlung war für den an multipler Sklerose Erkrankten jedoch nicht ganz so einfach. Anja verspürte instinktiv den Wunsch, ihm behilflich zu sein, doch sie widerstand dem Drang, denn sie ahnte, dass Pfaff sie um Hilfe gebeten hätte, wenn dies erforderlich gewesen wäre. Er stellte seine Tasse wieder ab und fuhr nickend fort. »Achtundzwanzig besteht aus den Primzahlfaktoren zwei, zwei und sieben, also zwei mal zwei mal sieben. Die Zerlegung in Primzahlfaktoren können Sie mit jeder beliebigen Zahl vornehmen, ganz gleich, wie groß sie ist, außer, sie ist selbst eine Primzahl. Damit erklärt sich ihr außerordentlicher Wert für die Mathematik.«

Er legte eine kurze Pause ein und sah Anja mit leuchtenden Augen an, während er den Zeigefinger seiner rechten Hand hob. In seiner Stimme schwang ein Enthusiasmus mit, der all jenen zu Eigen ist, die eine Sache mit Leidenschaft betreiben. »Das Mysterium der Primzahlen besteht in der Unregelmäßigkeit ihres Auftretens.«

»Wieso Mysterium?«

»Eben weil die Primzahlen keinerlei Regelmäßigkeit aufweisen. Im Bereich zwischen 90 und 100 gibt es nur eine Primzahl, die 97. Zwischen 100 und 110 gibt es jedoch vier Primzahlen, 101, 103, 107 und 109. In den beiden folgenden Zehnerblöcken sind es jeweils eine, 113 und 127, doch im nächsten Zehnerblock tauchen plötzlich drei auf: 131, 137 und 139. Die Verteilung der Primzahlen innerhalb des Zahlenstrangs scheint völlig willkürlich zu sein, weshalb man über das Auftauchen einer Primzahl auch keine Vorhersage treffen kann.«

Anja verstand die Erklärung, konnte aber das Problem nicht erkennen. »Warum ist eine Vorhersage wichtig?«

»Weil darauf unser ganzes logisches Weltbild aufgebaut ist!« Das Leuchten in Pfaffs Augen nahm noch weiter zu. »Nehmen Sie eine beliebige ungerade Zahl. Sie können sich darauf verlassen, dass die nächste Zahl im Zahlenstrang eine gerade ist, völlig unabhängig davon, welche ungerade Zahl Sie ausgewählt haben. Von dieser Regel gibt es keine Ausnahme, sie gilt immer. Also können Sie auch immer konkrete Vorhersagen treffen, auf die Sie sich verlassen können. Wenn eine Zahl durch drei teilbar ist, treffen Sie drei Stellen später wieder auf eine Zahl, die durch drei teilbar ist. An jeder beliebigen Stelle des Zahlenstrangs können Sie vorhersagen, dass die nächste Zahl, die auf null endet, durch zehn teilbar ist.«

Pfaff wartete, bis Anja zustimmend nickte, bevor er ihr die Bedeutung des Gesagten erklärte. »Gesetzmäßigkeiten, immer wiederkehrende, gleichbleibende Ereignisse schaffen Vertrauen. Sie geben Ihnen nicht nur Halt, sie sind elementar für das Überleben. Jeder Bauer verlässt sich darauf, dass nach dem Winter der Frühling kommt. Er kann also an Weihnachten die nächste Jahreszeit vorhersagen. Ohne diese Kenntnis, ohne diese Gewissheit wären Aussaat und Ernte nicht möglich. Genauso verhält es sich auch mit den Zahlen. Sie können verlässliche Vorhersagen treffen wie beispielsweise, dass jede zweite natürliche Zahl eine gerade Zahl ist oder dass jede Zahl, die auf fünf endet, auch durch fünf teilbar ist. Primzahlen jedoch verweigern sich dieser Vorhersagbarkeit. Sie können niemals wissen, ob die nächste Zahl im Strang eine Primzahl ist, ohne sie daraufhin zu überprüfen. Das macht sie so einzigartig.«

Anja hatte keine Schwierigkeiten, Pfaff zu folgen, doch er hatte erst über die Grundlagen gesprochen. Auch wenn sie einen Zahlenkopf besaß und im Wirtschaftsdezernat täglich die unterschiedlichsten Berechnungen durchgeführt hatte, war sie selbst gespannt darauf, wann sie aus seinen Erklärungen würde aussteigen müssen, weil ihr das notwendige Wissen für das Verständnis fehlte. »Wenn Sie wissen, dass das Auftauchen der Primzahlen willkürlich geschieht, womit beschäftigt sich dann die Primzahlforschung?«

Pfaff lächelte, weil Anja genau das richtige Stichwort geliefert hatte. »Primzahlen stellen für jeden ambitionierten Mathematiker eine Herausforderung dar, denn sie haben die lästige Angewohnheit, ihre Geheimnisse nicht preiszugeben. Manche glauben sogar, sie seien bösartig, weil die Struktur ihrer Verteilung uns so chaotisch und so wenig nachvollziehbar erscheint.«

»Primzahlen sind bösartig?«

»Ja, es scheint manchmal wirklich so zu sein. Nehmen Sie beispielsweise den Wert zehn Millionen. Unter den einhundert Zahlen, die vor diesem Wert liegen, gibt es neun Primzahlen, doch bei den einhundert

Zahlen nach diesem Wert treten nur zwei auf. Das ist chaotisch und nicht vorhersagbar.«

Die Kommissarin trank von ihrem Tee, während sie sich Pfaffs Erklärung durch den Kopf gehen ließ. In der Mathematik folgte alles festen Regeln, die immer galten. Drei mal drei war neun und jede Zahl, die man durch neun teilen konnte, war auch durch drei teilbar. Von dieser Regel gab es keine Ausnahme und das Auftauchen der durch drei oder neun teilbaren Zahlen im Zahlenstrang war regelmäßig und vorhersagbar, von null bis in die Unendlichkeit. Das Auftauchen der Primzahlen entzog sich jedoch dieser Regelmäßigkeit. »Etwa so, wie die Treffer aus einer Schrotflinte?«

»Richtig, ein guter Vergleich, doch es steckt noch viel mehr dahinter. Weitaus mysteriöser als das ohnehin schon chaotische Auftreten sind die Primzahlpaare.«

»Was sind Primzahlpaare?«

»Unter Primzahlpaaren versteht man zwei Zahlen, deren Differenz zwei beträgt und die beide Primzahlen sind, 41 und 43, 107 und 109, 179 und 181 und so weiter. Diese Primzahlpaare tauchen in jedem Bereich der natürlichen Zahlen auf, selbst wenn sie hundert oder tausend oder eine Million Stellen haben, aber kein Mensch weiß, weshalb das so ist. Es gibt sie einfach und uns bleibt nichts anderes übrig als sie unverstanden zu akzeptieren. Weil wir das aber nicht können, gibt es die Primzahlforschung.«

»Und damit hat sich Baer beschäftigt?«

»Offenbar schon. Das habe ich zumindest aus seinen Fragen geschlossen. Ich habe den Eindruck, als habe er sich mit der Zeta-Funktion beschäftigt, doch daran haben sich schon ganze Generationen von Mathematikern die Zähne ausgebissen.«

Anja hatte den Ausdruck Zeta-Funktion noch nie gehört und bat um eine Erklärung, doch als Pfaff daraufhin von nichttrivialen Nullstellen und einem vierdimensionalen Raum sprach, wobei der Schatten der Funktion sich im dreidimensionalen Raum abbilden ließ, war für Anja der Punkt gekommen, an dem sie aussteigen musste.

In ihrem Gespräch mit dem Mathematiker hatte sie erfahren, dass Baer und M. H. sich mit der Primzahlforschung beschäftigt hatten, doch die Kommissarin erkannte noch nicht, wie sich daraus ein Mordmotiv ableiten ließ. Pfaff beantwortete geduldig alle Fragen. Er berichtete von großen Mathematikern wie Euklid und Fermat, Euler, Gauß, Riemann, Hilbert und Nash und ganz allmählich kristallisierte sich heraus, worin die Bedeutung der Forschung lag. Eine Stunde und eine Kanne Tee später stellte Anja eine Hypothese auf, der Pfaff allerdings nicht zustimmen wollte. Für die Kommissarin war der Gedanke naheliegend, doch für den Mathematiker war er absurd. In einem Punkt aber waren sich die ungleichen Gesprächspartner einig. Sollte sich Anjas Hypothese als wahr erweisen, hatte sie ein überzeugendes Mordmotiv gefunden.

113

Der Anblick überraschte Bussard, denn der Eindringling war offensichtlich nicht der Täter, der an den Tatort zurückgekehrt war, um zu überprüfen, ob er keinen Fehler gemacht hatte. Auf dem Küchentisch lagen drei Untersetzer, auf denen eine Flasche Mineralwasser, eine Flasche Apfelsaft und ein Glas standen. Der junge Mann, der gerade die Mineralwasserflasche aufschraubte, trug einen verwaschenen grauen Jogginganzug. Die halblangen schwarzen Haare waren nicht modisch geschnitten und der Mittelscheitel sah aus, als sei er mit einem Lineal gezogen worden. Er hatte keine Piercings, trug keinen Ohrschmuck und keine Fingerringe. Nur ein dünnes Goldkettchen zog sich um seinen Hals, dessen Anhänger jedoch unter dem Sweatshirt verborgen war, und sein Handgelenk zierte eine Taucheruhr. Als das Glas genau halb voll war, stellte der junge Mann die Flasche auf den Untersetzer zurück und schraubte sie zu, dann öffnete er die Apfelsaftflasche und füllte das Glas bis zum Rand. Ohne Bussard eines Blickes zu würdigen stellte er die Flasche zurück und schraubte sie ebenfalls zu. Mit ruhiger Hand hob er das Glas an seine Lippen und leerte es bis auf den letzten Tropfen.

»Du musst Michael sein.« Der Kommissar löste seine Hand vom Griff der Dienstpistole und zog seine Lederjacke darüber, um die Waffe vor dem Blick des jungen Mannes zu verbergen. Er nahm seinen Dienstausweis aus der Innentasche und legte ihn auf den Tisch. »Mein Name ist Bussard. Ich bin von der Kriminalpolizei Freiburg. Du bist doch Michael, oder?«

Der junge Mann nickte unmerklich. Er hatte den Kopf gesenkt und sah auf den Tisch. Bussard erkannte an den Augenbewegungen, dass Michael den Dienstausweis betrachtete.

»Können wir uns unterhalten?«

Wieder nickte Michael ganz leicht. Bussard vermutete, dass der junge Mann Angst hatte, doch der Kommissar hatte kein Gefühl für die Situation. Der Aussage der Nachbarin zufolge war Michael behindert, doch nichts deutete darauf hin, dass die Behinderung körperlicher Art war. Den geistigen Zustand des jungen Mannes konnte er jedoch nicht einschätzen.

»Darf ich mich setzen?«

Zum dritten Mal bekam er lediglich ein angedeutetes Kopfnicken als Antwort. Auf einem der beiden Stühle in seinem Blickfeld lag eine alte, lederne Aktenmappe und der Kommissar wählte den Stuhl, der Michael gegenüberstand. Er setzte sich, legte die Unterarme auf den Tisch und faltete die Hände. Michaels Hände konnte er nicht sehen, weil der junge Mann sie unter dem Tisch verborgen hielt.

»Ich möchte mit dir über deine Tante sprechen.«

»Wo ist Tante Ursula?« Für einen kurzen Moment hob Michael den Kopf und sah Bussard in die Augen, dann senkte er seinen Blick sofort wieder.

Der Kommissar seufzte. Da er nicht einschätzen konnte, wie es um Michaels geistige Fähigkeiten bestellt war, wusste er auch nicht, mit welchen Worten er antworten sollte. In der Küche hing, ebenso wie bei Martha Lorenz, ein Kruzifix an der Wand und so entschied er sich für die einfache, christliche Variante. »Deine Tante ist im Himmel bei den Engeln.«

Michael reagierte nicht. Mit ausdrucksloser Miene sah er weiter auf den Tisch.

»Verstehst du, was ich gerade gesagt habe?«

»Sie haben gesagt, dass Tante Ursula im Himmel bei den Engeln wäre. Das ist eine Metapher und bedeutet, dass sie tot ist.« Weder der Tonfall noch die Modulation seiner Stimme hatten sich verändert. Michael sprach leise, hob oder senkte seine Stimme jedoch nicht. Sie klang nüchterner und sachlicher als die eines Nachrichtensprechers. »Wann ist die Beerdigung?«

Die Frage war naheliegend, doch Bussard hatte nicht mit ihr gerechnet. Der geistig Behinderte, den er vor sich zu haben glaubte, benutzte eine Sprache, die nicht zu dieser Annahme passte. Dass es sich tatsächlich um den Neffen von Ursula Steiert handelte, stand außer Frage, denn der Kommissar hatte den jungen Mann, dessen Fotos im Wohnzimmer standen, auf den ersten Blick erkannt. Wieso Michael, den man bereits nach einem halben Jahr wieder aus der Schule genommen hatte, jedoch über Wortwahl und Grammatik eines Menschen mit gehobener Bildung verfügte, war dem Kommissar schleierhaft. Bussard lehnte sich zurück und beobachtete den jungen Mann aufmerksam. »Bist du denn nicht traurig, dass deine Tante tot ist?«

»Nein, ich bin traurig.« Michaels ausdrucksloses Gesicht ließ keinerlei Rückschlüsse zu, ob seine merkwürdige Formulierung der Wahrheit entsprach und es gelang Bussard nicht, ein Gefühl für den jungen Mann zu bekommen. Michael war wie eine Sphinx, deren Antworten man nur interpretieren, nicht aber verstehen konnte.

»Deine Tante wurde ermordet.« Wieder wartete Bussard auf eine Reaktion, doch Michael zuckte mit keiner Wimper. »Sie wurde vergiftet.«

»Tante Ursula hat gerne Pilze gegessen. Es gibt wohlschmeckende, essbare, genießbare, ungenießbare und giftige Pilze. Der Genuss giftiger Pilze kann zum Tod führen.«

»Es waren nicht die Pilze. Jemand hat das Medikament, das sie gegen ihren Bluthochdruck nahm, mit Gift versetzt. Daran ist sie gestorben.«

»Wann ist die Beerdigung?«

Bussard schüttelte verwirrt den Kopf. Der junge Mann zeigte überhaupt keine Reaktion. Weder seine Körperhaltung noch sein Gesichtsausdruck, weder seine Stimme noch seine Ausdrucksweise verrieten, was er dachte oder fühlte. Noch verwirrender war jedoch, dass Bussard nicht das Gefühl hatte, einem eiskalten Menschen gegenüberzusitzen. In mehr als zwanzig Berufsjahren hatte der Kommissar manchmal auch ganz harte Typen vernommen, an denen scheinbar alles abgeprallt war und die eine längere Haftstrafe einem Geständnis vorgezogen hatten, doch bei jeder einzelnen Vernehmung hatte er durch seine Fragen Reaktionen hervorgerufen. Ein schneller Blick, ein Zwinkern, eine fahrige Handbewegung, ein Zögern, ein Schlucken oder ein nervöses Trommeln mit den Fingerspitzen auf der Tischplatte hatten ihm stets verraten, wo er einhaken konnte und wie seine nächste Frage lauten musste. Michael war eindeutig anders, doch dieses »Andere« war für den Kommissar nicht fassbar.

»Wann hast du deine Tante zuletzt gesehen?«

»Am Samstag, dreizehn Uhr vierundzwanzig.«

»Das weißt du so genau?«

»Dreizehn Uhr vierundzwanzig, am Samstag.«

»Und was hat deine Tante gemacht, als du sie am Samstag gesehen hast?«

»Sie sagte: Tschüss, Michael.«

»Wo war das?«

»Vor meiner Haustür auf der Treppe, zweite Stufe.«

»Vor deiner Haustür?«

»Vor meiner Haustür auf der Treppe, zweite Stufe.«

»Wohin ging deine Tante, nachdem sie sich von dir verabschiedet hatte?«

»Tante Ursula ging die Treppe hinunter.«

»Und dann?«

»Ich habe die Haustür zugemacht.«

Bussard nahm seinen Dienstausweis, der noch immer auf dem Tisch lag, und steckte ihn ein. Michael beantwortete jede Frage präzise, doch die Antworten brachten keine Erkenntnisse. Bei jedem anderen hätte der Kommissar sofort gewusst, wie der Hase lief, doch Bussard hatte das untrügliche Gefühl, dass Michael sich nicht über ihn lustig machte. Der junge Mann zeigte ihm lediglich, dass die Qualität der Antworten von der Qualität der Fragen abhing.

»Jemand hat deine Tante ermordet. Weißt du, wer das war?«

»Nein.«

»Wer hatte einen Grund, deine Tante zu ermorden?«

»Frau Lorenz.« Die Antwort kam ebenso spontan und leidenschaftslos über Michaels Lippen wie alle anderen zuvor.

»Martha Lorenz, die Nachbarin?«

»Ja.«

Bussard war überrascht, dass Michael eine Verdächtige präsentierte und er war gespannt, welches Motiv der Tat zugrunde liegen sollte. »Warum glaubst du, dass Frau Lorenz deine Tante ermordet hat?«

»Frau Lorenz hat gesagt, dass sie, wenn es sein müsste, jemandem den Hals für das Käsekuchenrezept von Tante Ursula umdrehen würde. Sie ist aber klein und nicht so stark wie Tante Ursula. Gift wäre für sie besser geeignet, um jemanden zu ermorden.«

Bussard betrachtete den jungen Mann nachdenklich. Er wusste immer noch nicht, was er von Michael halten sollte. Größe und Statur entsprachen der eines

Mannes, Grammatik und Satzbau verrieten Bildung und Intelligenz, doch gleichzeitig hatte der Kommissar das Gefühl, als sei Michaels Persönlichkeitsentwicklung in den Kinderschuhen stecken geblieben. Er strahlte etwas Infantiles aus, ohne albern zu sein. Es war eine Art kindliche Naivität, gepaart mit der humorlosen Nüchternheit eines Finanzbeamten. Dieses Widersprüchliche war irritierend und Michaels Charakter verweigerte sich hartnäckig jeder Einschätzung. Die Frage, ob er über genügend kriminelle Energie verfügte, um einen besonders heimtückischen Mord zu begehen, war ebenso schwer zu beantworten wie die Frage, ob Michael überhaupt Heimtücke kannte.

»Hast du die Medikamente deiner Tante vergiftet?«

»Nein.«

Es war eine einfache, klare Frage gewesen und Michael hatte sie ebenso einfach und klar beantwortet. Sein gesenkter Blick, seine Reglosigkeit und das Fehlen jeglicher Mimik nahmen der Antwort jedoch jede Aussagekraft. Bussard ahnte, dass eine weitere Vernehmung nirgendwo hinführen würde. Auch wenn er ein guter Menschenkenner war und ein Gespür für die Personen besaß, mit denen er sprach, wusste Bussard nicht, woran er bei Michael war. Der junge Mann glich einer Kugel mit polierter Oberfläche, ohne Ecken und Kanten und ohne Stellen, an denen man einhaken konnte. Selbst Stimme und Sprechweise boten keinerlei Anhaltspunkte und gaben nichts über den Mann preis, der jede Frage präzise beantwortete. Es schien unmöglich, ihn aus der Reserve zu locken, doch bevor sich Bussard für einen Wechsel seiner Strategie entschied, läutete es an der Tür. Michael stand auf und verließ die Küche, während sein Blick immer auf den

Boden gerichtet war. Einen Augenblick später hörte Bussard, wie die Wohnungstür geöffnet wurde. Er erhob sich von seinem Stuhl und folgte dem jungen Mann in den Flur. Eine weibliche Stimme mit englischem Akzent sprach auf Michael ein und als der junge Mann sich umdrehte und zur Küche zurückging, erkannte Bussard eine junge Frau, die ihn überrascht ansah.

»Guten Tag. Mein Name ist Bussard, Kripo Freiburg. Sagen Sie mir, wer Sie sind?«

»Mein Name ist Susan.«

»Susan und wie weiter?«

»Susan Bettinson. Ich bin die Betreuerin von Michael.« Die blonde Frau war mittelgroß, schlank und sportlich, trug Jeans und Sportschuhe und lächelte zurückhaltend.

»Woher kommen Sie, Susan Bettinson?«

»Aus Wellington, Neuseeland. Ich bin hier für ein Jahr.«

»Und Sie betreuen Michael?«

»Ja, aber erst seit gestern. Ich habe gehört, dass seine Tante gestorben ist.«

»Wer hat Ihnen das gesagt?«

»Mein Chef vom Sozialdienst. Er hat mich geschickt. Michael kann nicht für alles alleine sorgen.« Sie beugte sich zur Seite, sah an Bussard vorbei und rief in den Flur: »Michael, kommst du bitte jetzt?«

Bussard hörte Geräusche aus der Küche, wo der junge Mann offenbar die Flaschen in den Kühlschrank stellte. »Was ist mit Michael? Ist er … geistig behindert?«

»Das darf ich Ihnen nicht sagen. Michael braucht Hilfe und man muss auf ihn aufpassen.«

»Wie meinen Sie das?«

»Man sagt, er verliert manchmal die Orientierung.«

»Wer sagt das?«

»Mein Chef. Er gibt mir Instruktionen für neue Patienten.«

Das Gefühl, beobachtet zu werden, veranlasste Bussard, sich umzudrehen. Michael stand hinter ihm. Mit beiden Armen hielt er seine braune Aktenmappe umklammert, ohne den Kommissar oder die Frau vom Sozialdienst anzusehen. Bussard streckte ihm die Hand entgegen, doch Michael ergriff sie nicht. Als der Kommissar zur Seite trat, ging der junge Mann mit gesenktem Blick an ihm vorbei.

»Tschüss, Michael.«

Michael antwortete nicht. Nur Susan Bettinson nickte dem Kommissar noch einmal zu, bevor sie den jungen Mann im grauen Jogginganzug nach draußen begleitete.

127

An den Wochenenden war die Schauinslandstrecke für Motorräder gesperrt. Zu viele Hobbyrennfahrer waren mit ihren PS-starken Zweirädern auf der mit Doppelleitplanken versehenen, kurvenreichen Bergstrecke verunglückt. Schon vor dem Zweiten Weltkrieg hatten sich die berühmten Mercedes Silberpfeile mit den Rennwagen der Auto Union im Kampf um Meter und Sekunden gemessen. Später, in den Fünfziger-, Sechziger-, Siebziger- und zu Beginn der Achtzigerjahre hatten mutige Fahrer ihr Können in unterschiedlichen Rennklassen unter Beweis gestellt. Von NSU Prinz und Simca 1000 über Ford Escort, Renault Alpine und BMW 2002 bis hin zu Audi Quattro, Lancia Delta und Porsche 911 waren die unterschiedlichsten Marken und Modelle auf der legendären Bergrennstrecke ebenso vertreten gewesen wie Motorräder mit und ohne Seitenwagen, vor allem aus Deutschland, England und Italien. Mit der aufkommenden Umweltschutzbewegung Mitte der Achtzigerjahre und den von ihr organisierten Protestveranstaltungen hatten die traditionsreichen Bergrennen ihr Ende gefunden. Seit einigen Jahren wurden deshalb nur noch Oldtimer-Rennen veranstaltet, bei denen es gemütlicher zuging und zu denen sich eher Liebhaber als Rennsportfans einfanden. Für die Freunde schneller motorisierter Zwei- und Vierräder war die Schauinslandstrecke jedoch immer noch eine Versuchung, der sie kaum widerstehen konnten.

Nach ihrem Gespräch mit Dr. Pfaff versuchte Anja, Bussard telefonisch zu erreichen. Da sich jedoch nur die Mailbox meldete, rief sie im Präsidium an, um sich nach Bussard zu erkundigen. Sasha teilte ihr mit, dass Bussard ohne sein Handy nach Hofsgrund gefahren war. Die Kommissarin stieg daraufhin in ihren Mini Cooper, um die zwölf Kilometer lange und durchschnittlich zwölf Prozent steile Strecke unter die Räder zu nehmen. Für Anja war eine Straße lediglich eine Straße und je mehr Kurven eine Straße aufwies, desto länger benötigte man, um von A nach B zu kommen. Der legendären Bergrennstrecke konnte die Mini-Fahrerin nichts abgewinnen.

Nach dem Pass auf dem Gipfel des Schauinslands fuhr sie an einem kleinen Skigebiet vorbei und bog schließlich nach links ab in den Ortsteil Hofsgrund. Im Zentrum der Ansiedlung zog sie ihr Smartphone aus der Tasche, rief eine Karte auf und orientierte sich. Zwei Minuten später stellte sie ihren Mini Cooper vor dem Haus ab, in dem Ursula Steiert gewohnt hatte. Von Bussard oder seinem BMW war jedoch nichts zu sehen und niemand öffnete, als sie an der Tür läutete. Die Kommissarin verwünschte ihren Kollegen, weil sie die ganze Stecke umsonst gefahren war. Verärgert rief sie im Präsidium an und Sasha teilte ihr mit, dass sich Bussard fünf Minuten zuvor gemeldet habe. Er sei nach Oberried gefahren, um Frau Dr. Singh aufzusuchen. Anja ließ sich die Adresse durchgeben, steckte ihr Smartphone ein und stieg wieder in ihren Wagen. Sie ließ den Motor an, legte den ersten Gang ein und fuhr los. Nach kaum zwanzig Metern bemerkte sie, dass ein junger Mann aus einem der Nachbarhäuser stürmte, während er mit seinem linken Arm etwas gegen seine Brust drückte. Nachdem er den durch einen niedrigen Zaun eingefriedeten Garten passiert hatte, bog er ab und rannte querfeldein bergaufwärts. Sekunden später folgte ihm eine junge, blonde Frau. Ihrem wütenden Gesicht nach zu urteilen, handelte es sich bei dem sportlichen Wettkampf nicht um einen Spaß.

Mit dem Gedanken, dass es sich nie lohnte, Männern nachzulaufen, schaltete Anja in den nächsten Gang.

131

Südöstlich von Freiburg lebte die Schwarzwaldgemeinde Oberried hauptsächlich vom Tourismus. Zwischen November und März zogen die Skigebiete am Stollenbach und am Schauinsland die Wintersportler an, während in den restlichen Monaten des Jahres hauptsächlich Wanderer und Mountainbiker die vielfältigen und weit verzweigten Wege des Südlichen Hochschwarzwalds bevölkerten.

Die Gemeinschaftspraxis von Sudath und Michaela Singh lag mitten im Ortskern. Die deutsche Ärztin hatte nicht lange gebraucht, um im Dorf Fuß zu fassen, doch ihrem Ehemann, einem indischen Arzt, hatten die Einheimischen anfangs wenig Vertrauen entgegengebracht. Obwohl Dr. Sudath Singh ein ebenso freundlicher wie kenntnisreicher Mediziner war, hatten es die Schwarzwälder stets vorgezogen, sich von seiner Frau Michaela behandeln zu lassen. Erst im Lauf der Zeit war die überwiegend katholische Bevölkerung der konservativen Gemeinde bereit gewesen, dem Orientalen eine faire Chance zu geben. Die Befürchtung, er würde gemahlene Schlangenhaut, Skorpiongift und geheime Kräutertinkturen verabreichen, hatte sich zerschlagen, nachdem man festgestellt hatte, dass die Medikamente, die er verordnete, in der ortsansässigen Apotheke zu erhalten waren und über Beipackzettel in deutscher Sprache verfügten.

»Frau Dr. Singh hat jetzt Zeit für Sie.« Die Arzthelferin deutete auf eine der Türen: »Untersuchung 1.«

»Danke.« Bussard ging zur Tür, klopfte an und betrat das Untersuchungszimmer.

»Guten Tag, Herr Kommissar. Bitte, nehmen Sie Platz.« Frau Dr. Singh wies auf die beiden Stühle vor ihrem Schreibtisch und Bussard setzte sich. »Haben Sie schon etwas herausgefunden?«

»Wie Sie wissen, hat Professor Münchrath Ihren Verdacht bestätigt. Frau Steiert starb infolge des Gifts, das sie durch die manipulierten Medikamentenkapseln zu sich genommen hat. Über konkrete Ermittlungsergebnisse kann ich Ihnen natürlich nichts sagen, das verstehen Sie sicher, aber weitere Vergiftungsfälle sind, soweit ich weiß, nicht bekannt.«

Die Ärztin nickte. Es schien, als habe sie genau dies erwartet. »Also glauben Sie, dass es ein Anschlag auf Frau Steiert gewesen ist?«

»Das können wir im Augenblick weder bestätigen noch dementieren.« Bussard wiegte unschlüssig den Kopf. »Bei Ihrer Vernehmung gaben Sie an, nicht zu wissen, wer einen Grund gehabt haben könnte, Frau Steiert zu ermorden. Ist Ihnen in der Zwischenzeit jemand eingefallen?«

»Nein.«

»Was ist mit der Apotheke?«

»Wie meinen Sie das?«

»Die Kapseln könnten auch in der Apotheke manipuliert worden sein.«

Frau Dr. Singh schüttelte langsam den Kopf. »Das kann ich mir nicht vorstellen. Warum sollte ein Apotheker seine eigenen Kunden vergiften?«

»Vielleicht gab es einen Streit zwischen Frau Steiert und dem Apotheker.«

»Darüber weiß ich nichts. Ich habe jedenfalls von keinem Streit gehört.«

Es war nur ein Schuss ins Blaue, aber kein Treffer gewesen. Der Apotheker und seine Mitarbeiter mussten auf jeden Fall überprüft werden, denn Frau Steiert hatte das Medikament von dort bezogen. Außerdem war das Gift für einen Pharmazeuten leichter erhältlich als für andere Leute. Trotzdem war Bussard davon überzeugt, dass ein Apotheker seine eigene Visitenkarte nicht am Tatort zurücklassen würde. Er hätte vielleicht eine Kapsel vergiftet und darauf gehofft, dass der Mord unbemerkt blieb. Der Täter hatte aber mindestens drei Kapseln manipuliert und in Kauf genommen, dass die nicht verwendeten unter Umständen gefunden wurden. Das konnte bedeuten, dass Frau Steiert nicht irgendwann, sondern möglichst schnell hatte sterben sollen.

»Tatsache ist, dass der Täter über Insider-Wissen verfügte. Er wusste nicht nur von Frau Steierts Erkrankung, sondern hat sich auch Zugang zu ihren Medikamenten verschafft. Wer außer ihrem Neffen käme demnach als Täter infrage?«

»Michael?« Die Ärztin sah den Kommissar ungläubig an, dann schüttelte sie vehement den Kopf. »Ausgeschlossen! Michael tut keiner Fliege etwas zuleide. Er hätte seiner Tante niemals etwas angetan.«

Auch Bussard hielt den jungen Mann nicht für einen heimtückischen Mörder, doch er wollte mehr über ihn in Erfahrung bringen. »Was ist mit ihm? Ich habe mich mit ihm unterhalten, aber er ist etwas … sonderbar.«

Frau Dr. Singh zog eine Augenbraue nach oben. »Er hat mit Ihnen gesprochen?«

»Ja. Warum irritiert Sie das?«

»Michael spricht selten mit Menschen, vor allem mit Fremden. Er mag Ihnen sonderbar erscheinen, doch das ist er ganz und gar nicht. Sein Verhältnis zu der Welt um ihn herum ist jedoch anders als Ihres oder meines. Michael ist Autist.«

»Autist? Was bedeutet das genau?«

»Autismus ist eine seelische Erkrankung, bei der sich der betroffene Mensch von der Welt um ihn herum zurückzieht.« Die Ärztin lehnte sich zurück und spielte mit einem Kugelschreiber, den sie in der Hand hielt. »Es gibt leichte, mittelschwere und schwere Fälle von Autismus. Leichte Fälle werden selten diagnostiziert. Im Allgemeinen bezeichnet man solche Menschen vielleicht als schwierig, unterstellt aber keine Erkrankung. Bei schweren Fällen ist es fast nicht möglich, einen Kontakt zu einem Erkrankten herzustellen. Michael leidet an einer mittelschweren Form von Autismus. Seine Kontakte zu anderen Menschen sind selten und er spricht wenig. Manchmal antwortet er, wenn man eine Frage an ihn richtet und manchmal nicht.«

Bussard erinnerte sich an die Worte von Frau Lorenz, die Michael als armen Jungen bezeichnet hatte. Die Unterhaltung mit dem jungen Mann war sonderbar gewesen, doch der Kommissar hatte nicht den Eindruck gehabt, als hätte er mit jemandem gesprochen, der kaum bis drei zählen konnte. »Soweit ich weiß, hat Michael keine Schulbildung. Man hat ihn schon in der ersten Klasse wieder aus der Schule genommen.«

Frau Dr. Singh nickte und der Kommissar erkannte den Anflug eines Lächelns, als sie antwortete. »Das stimmt, aber ich versichere Ihnen, dass jeder Schluss, den Sie daraus ziehen, falsch ist.«

»Was meinen Sie damit?«

Die Ärztin legte den Kugelschreiber auf den Tisch und verschränkte die Hände im Schoß. »Als ich Michael kennenlernte, war er acht Jahre alt. Über seine frühkindliche Entwicklung könnte ich nur das berichten, was mir seine Eltern erzählt haben und was ich der Krankenakte von meinem Vorgänger entnommen habe.«

»Und?«

»Sie wissen doch, dass ich der Schweigepflicht unterliege.«

»Und ich unterliege der Pflicht, ein Tötungsdelikt aufzuklären, das Sie angezeigt haben.«

Das angedeutete Lächeln war sofort wieder verschwunden. »Steht Michaels Krankengeschichte mit dem Mord an Frau Steiert in Zusammenhang?«

Bussard verstand, dass Frau Dr. Singh nicht über die Krankengeschichte sprechen wollte, doch er hatte einen Mordfall aufzuklären und brauchte Informationen. »Das weiß ich, wenn ich sie kenne. In meinem Beruf spielt Zeit eine ebenso große Rolle wie in Ihrem. Wenn Sie eine Diagnose zu spät stellen, stirbt der Patient. Wenn wir bei unseren Ermittlungen zu langsam sind, entkommt der Täter. Einen richterlichen Beschluss zur Einsichtnahme in Michaels Krankenakte zu bekommen, ist simpel, dauert aber einen Tag, vielleicht auch zwei. Damit gewinnt der Täter einen oder zwei Tage Vorsprung, die entscheidend sein können.«

Er wartete einen Augenblick, doch da die Ärztin immer noch nicht reagierte, versuchte er es mit einem Kompromiss. »Sie müssen mir keine Einzelheiten erzählen, die Ihre Schweigepflicht verletzen würden. Beschreiben Sie mir einfach, was für ein Mensch Michael ist, damit ich mir ein genaueres Bild von ihm machen kann. Vielleicht kann ich ihn dann als Täter ausschließen.«

Diese Aussage ging zwar zu weit, erfüllte aber ihren Zweck und die Ärztin begann zu berichten. »Also gut, Herr Bussard. Michael kam als körperlich gesundes

Kind zur Welt. Seine motorischen Fähigkeiten entwickelten sich altersentsprechend und er lernte krabbeln, stehen und laufen wie jedes andere Kind auch. Er produzierte frühkindliche Laute und seine Sprechwerkzeuge, also Zunge, Rachenraum und Stimmbänder, zeigten keinen auffälligen Befund. Trotzdem sprach er lange Zeit nicht. Seine kognitiven Fähigkeiten waren nicht eingeschränkt. Er konnte hören und das Gehörte verstehen und er konnte altersentsprechende Aufgaben lösen, meist sogar sehr gut oder noch mehr als das. Im Kindergarten galt er als Einzelgänger, der sich von sich aus nicht an den Spielen anderer beteiligte. Selbst Aufforderungen zu gemeinsamen Aktivitäten kam er nur zögernd und widerwillig nach. Als er eingeschult wurde, weigerte er sich beharrlich, Aufgaben zu lösen. Er schrieb nicht, weder Buchstaben noch Zahlen, er malte nicht und er sprach fast nicht. Nach drei Monaten trafen die Eltern in Absprache mit der Lehrerin und der Schulleitung die Entscheidung, Michael aus der Grundschule zu nehmen. Man hielt eine Förderschule für besser geeignet. Michaels Vater hat mir später berichtet, dass sein Sohn nur ein einziges Interesse zu haben schien: Bücher. Das Bücherregal seines Vaters war wohl der größte Schatz des Jungen, obwohl die Literatur für einen Sechsjährigen völlig ungeeignet war. Michaels Vater war Bauingenieur und besaß wohl einen gewissen Fundus an Fachliteratur. Es hatte ihn damals erstaunt, dass sein Sohn, der weder lesen noch schreiben konnte, ein solches Interesse an diesen Büchern zeigte. Michael konnte sich anscheinend stundenlang mit diesen Büchern beschäftigen, ohne sie jemals zu beschmieren oder eine Seite herauszureißen, wie andere Kinder dies manchmal tun. Der Junge zeigte eine erstaunliche Sorgfalt im Umgang mit diesen Büchern. Dann geschah etwas wirklich Dramatisches. Das Kinderzimmer sollte renoviert werden und als man den Schrank vorrückte, fand man beschriebene Blätter, die Michael dort versteckt hatte. Diese Blätter waren voller mathematischer Berechnungen. Als Bauingenieur erkannte Michaels Vater sofort, dass es sich teilweise um statische Berechnungen für Brücken handelte. Auf anderen fanden sich Differenzialgleichungen und wieder andere konnte selbst er nicht verstehen, weil sie sein mathematisches Wissen überstiegen. Zuerst hatte er angenommen, sein Sohn habe lediglich Berechnungen aus Büchern abgeschrieben, was für einen Sechsjährigen an sich schon ungewöhnlich wäre, doch dann stellte sich heraus, dass Michael diese Berechnungen selbst durchgeführt hatte. Nach seinem teilweisen Rückzug aus der unsicheren Welt hatte sich der Junge der sicheren Welt der Mathematik zugewandt.«

Bussard sah die Ärztin skeptisch an, denn ihr Bericht erschien ihm wenig glaubwürdig. »Ein Sechsjähriger löst doch keine Differenzialgleichungen, nur weil ihm die Welt nicht gefällt.«

»Wie gesagt, das weiß ich nur aus Erzählungen. Unzweifelhaft ist jedoch Michaels mathematisches Genie. Als mein Mann und ich die Praxis übernahmen, war Michael acht Jahre alt und hatte bereits zwei Semester Mathematik an der Freiburger Uni hinter sich gebracht. Dort muss es wohl einen Dozenten gegeben haben, der sich um den Jungen kümmerte. Ein gutes Jahr später hat Michael sein Studium beendet. Einen Abschluss bekam er nicht, weil er sich weigerte, eine Prüfung abzulegen. Anscheinend war er an den zu einfachen Fragestellungen nicht interessiert. Danach zog er sich wieder zurück. Er war ja gerade erst zehn Jahre alt. Einige Jahre später, das muss um 2004 gewesen sein, kamen seine Eltern bei einem Verkehrsunfall ums Leben. Michael erbte das Haus und seine Tante hat sich in den letzten Jahren um ihn gekümmert. Sie war vielleicht der einzige Mensch, dem er jemals vertraut hat.«

Bussard hatte dem ungewöhnlichen Bericht bis zum Ende gelauscht, doch die wichtigste Frage war damit noch nicht beantwortet. Dass ein sogenanntes Wunderkind erstaunliche Leistungen vollbrachte, hatte er schon früher gehört. Wolfgang Amadeus Mozart war das vielleicht berühmteste Beispiel dafür. Die überdurchschnittliche Intelligenz des jungen Mannes erklärte jedoch nicht die nüchterne Sachlichkeit, mit der Michael den Tod seiner Tante aufgenommen hatte. Seine Reaktion hatte lediglich darin bestanden, nach dem Tag der Beerdigung zu fragen.

»Das ist nicht ungewöhnlich«, erläuterte Frau Dr. Singh. »Früher sagte man Autisten Gefühlskälte nach, doch neuere Untersuchungen haben ergeben, dass dem nicht so ist. Autisten können mit Gefühlen nicht umgehen. Sie können keine Mimik interpretieren und verstehen auch keine Ironie. Ein Wort hat für sie eine fest definierte Bedeutung, die von Tonfall, Lautstärke oder Kontext unabhängig ist. Sie lesen nicht zwischen den Zeilen und – das dürfte für Sie besonders wichtig sein – sie lügen auch nicht. Sie wissen nicht einmal, wie das geht. Fragen Sie Michael, ob er seine Tante ermordet hat. Wenn er nein sagt, dann war er es auch nicht.«

»Das habe ich schon getan.« Der Kommissar erhob sich und schüttelte nachdenklich den Kopf. Er wollte nicht glauben, dass dies nur ein merkwürdiger Zufall sein sollte. In Freiburg waren zwei Mathematiker ermordet worden und in Oberried war ein mathematisches Genie der einzig bekannte Angehörige eines Mordopfers, das anscheinend keine Feinde gehabt hatte. »Seltsam …«

Frau Dr. Singh kannte die Gedanken des Kommissars nicht und bezog den Ausdruck auf ihren Patienten. »Das, was Ihnen seltsam erscheint, Herr Bussard, ist eine Geisteskraft, die wir Normalsterblichen uns nicht vorstellen können, nicht einmal annähernd. Mit einem IQ, der sicherlich deutlich über der 200er-Grenze liegt, ist Michael Hollinger möglicherweise der intelligenteste Mensch auf diesem Planeten.«

Einen Augenblick lang sah Bussard aus, als habe man ihn eingefroren. Für einen kurzen Moment verschlug es ihm die Sprache, weil er zu überrascht war, um das zu glauben, was er gerade gehört hatte. »Sagten Sie Michael Hollinger?«

»Ja, wer sonst?« Frau Dr. Singh sah den Kommissar irritiert an. »Über den sprechen wir doch die ganze Zeit.«

137

Natürlich trug Michael nicht den Nachnamen Steiert. Seine Mutter Barbara war die Schwester von Ursula Steiert gewesen, hatte aber, wie das früher üblich war, bei der Hochzeit den Namen ihres Mannes angenommen. Deshalb trug Michael Hollinger den Nachnamen seines Vaters. Bussard konnte selbst nur den Kopf darüber schütteln, dass ihm dieses Detail entgangen war.

In den Aktenordnern, die mit *Michael 1* und *Michael 2* beschriftet waren, hätte der Kommissar den richtigen Namen finden können, doch nach der Unterhaltung mit dem jungen Mann hatte Bussard die Wohnung verlassen, ohne einen Blick in diese Ordner zu werfen.

Es gab über sechshundert verschiedene Möglichkeiten für Initialen, die aus zwei Buchstaben gebildet wurden. Selbst ohne weitreichende Kenntnisse auf dem Gebiet der Wahrscheinlichkeitsrechnungen wusste der Kommissar, dass das mathematische Genie, das Professor Baer in seinen Aufzeichnungen mit M. H. bezeichnet hatte, nur Michael Hollinger sein konnte. Bussard hatte gerade die Tür seines Wagens entriegelt, als ein roter Mini Cooper die Hauptstraße herunterfuhr und direkt hinter seinem BMW anhielt. Der Kommissar trat an die Fahrertür und öffnete sie. »Was machst du denn hier?«

»Dich finden.« Anja drehte den Zündschlüssel und der Motor erstarb. »Du bist ohne Handy unterwegs und wenn der Prophet nicht zum Berg kommt, muss der Berg sich wohl oder übel auf die Suche nach dem Propheten machen.«

In der Wohnung von Frau Steiert hatte der Kommissar deren Telefon benutzt, um im Präsidium anzurufen. Bei den Ermittlungen, an denen mehrere Kollegen beteiligt waren, war es dennoch lästig, nicht erreichbar zu sein und es mutete wie ein Anachronismus an, dass ein berittener Kurier Nachrichten überbrachte, auch wenn das Pferd des Kuriers über einhundertzwanzig PS hatte und zweihundert Kilometer schnell war.

»Weißt du eigentlich, wieviel Sprit ich deinetwegen verfahre?« Aus ihrem Wagen heraus warf Anja ihrem Kollegen einen giftigen Blick zu.

»Warum nimmst du keinen Dienstwagen?«

»Warum hast du dein Handy nicht bei dir?«

»Sorry, Akku leer.« Bussard spähte ins Innere des Wagens. Im Fußraum vor dem Beifahrersitz lag ein Paar schwarze High Heels und als er daraufhin nach Anjas Füßen sah, erkannte er, dass die Kommissarin zum Fahren Ballerinas trug. »Neue Erkenntnisse?«

Anjas Ärger war zwar noch nicht verflogen, doch sie ersparte sich eine weitere Bemerkung zu diesem Thema. Immerhin war Bussard ihr neuer Chef und sie wollte es sich nicht unbedingt von Anfang an mit ihm verderben. »Neue Erkenntnisse, eine Theorie und eine Sackgasse.«

»Eine Sackgasse?«

»Sasha hat mir gesagt, dass du ihn beauftragt hast, Informationen über einen gewissen Michael Steiert aus Oberried zusammenzutragen, doch in der Gemeinde ist niemand mit diesem Namen gemeldet.«

»Ich weiß. Sein richtiger Name lautet Michael Hollinger.« Bussard berichtete von seiner Unterhaltung mit dem jungen Mann und dessen seltsam anmutenden Antworten, für die er nun jedoch nach seinem Gespräch mit Frau Dr. Singh eine Erklärung hatte. »Er ist Autist und außerdem ein Mathegenie. Seine Ärztin meint, er sei der intelligenteste Mensch auf diesem Planeten.«

»Also ist dieser Michael Hollinger der M. H., nach dem wir gesucht haben?« Anjas Ärger war wie weggeblasen und sie nickte zufrieden. »Dann haben wir jetzt zwei Rätsel gelöst, denn ich habe in der Zwischenzeit herausgefunden, was sich hinter ›RV‹ verbirgt. Es handelt sich um ein mathematisches Problem, das vielleicht das schwierigste …«

Bussard hob abwehrend die Hand und schnitt seiner Partnerin das Wort ab. »Ist das die große Sache, hinter der Baer her war?«

»Ja, ich bin mir ziemlich sicher.«

»Dann müssen wir sofort nach Hofsgrund. Hollinger ist in Gefahr und wir müssen für seinen Schutz sorgen!«

»Wieso ist er in Gefahr?«

»Baer ist tot, Müller ist tot und Hollingers Tante ebenfalls. Wir haben Susannes Intuition vertraut und jetzt vertrauen wir meiner. Lass deinen Wagen stehen. Wir nehmen den BMW und fahren zusammen nach Hofsgrund.«

Zehn Minuten später stellte Bussard sein Fahrzeug vor Hollingers Haus ab. In der Siedlung regte sich nichts Ungewöhnliches. Ein Traktor kam einen Wirtschaftsweg herunter, zwei Hausfrauen waren vor der Bäckerei in eine Unterhaltung vertieft und zwei Jungs übten Tricks mit ihren Skateboards. Ein friedlicher Nachmittag im Hochschwarzwald ging langsam in den Abend über.

Die Kommissare stiegen die fünf Stufen zur Eingangstür empor. Bussard läutete und wartete. Eine halbe Minute später läutete er erneut, während Anja durch die Fenster im Erdgeschoss ins Innere des Hauses spähte. »Sag mal, Bussard. Es wäre doch ungewöhnlich, wenn ein Autist eine Freundin hätte, oder?«

»Warum fragst du?«

»Als ich vorhin hier war, habe ich einen jungen Mann gesehen. Er kam aus diesem Haus und ist den Hang hinaufgelaufen. Eine junge Frau hat ihn verfolgt.«

»Trug er einen Jogginganzug?«

»Ja, ich glaube schon. Er hatte eine braune Aktenmappe bei sich.«

»Das war Hollinger.«

»Und die Frau?«

»Mittelgroß, blond und schlank?«

»Ja, genau.«

»Susan Bettinson. Sie arbeitet für die Sozialstation und kümmert sich um Hollinger, seit seine Tante ...« Bussard sprach den Satz nicht zu Ende. Er wandte sich von der Tür ab und sah die Straße vor dem Haus hinauf und hinunter. Beim Gartenzaun stand sein BMW. Etwa dreißig Meter entfernt parkte ein dunkelblauer Toyota mit einem Kennzeichen aus Wiesbaden vor einem Kleintransporter einer Oberrieder Schlosserei. Ein Motorroller kam die Straße herab, passierte die parkenden Fahrzeuge und fuhr weiter Richtung Ortsmitte. Die gesamte Straße war von Bussards Standpunkt aus gut einsehbar, doch der Kommissar fand nicht, wonach er suchte. »Wo ist ihr Auto?«

»Wessen Auto?«

»Das Fahrzeug der Sozialstation.«

»Vielleicht ist die Pflegerin schon bei ihrem nächsten Patienten.«

Bussard fragte sich, ob er ein Fahrzeug der Sozialstation gesehen hatte, als er eine Stunde zuvor das Haus von Ursula Steiert verlassen hatte, doch er konnte sich nicht erinnern. Kopfschüttelnd wandte er sich wieder um und läutete noch einmal. Als auch diesmal keine Reaktion erfolgte, drückte er auf die Türklinke.

»Es ist offen.« Bussard stieß die Tür auf und trat in den Flur. »Michael? Michael Hollinger! Bist du zu Hause?«

Niemand antwortete. Bussard öffnete die erste Tür zu seiner Rechten, die zur Küche führte, während Anja sich nach links wandte. Hollinger war weder in der Küche noch im Esszimmer. Auch im Wohnzimmer, das die Kommissare als Nächstes inspizierten, gab es keine Spur des jungen Mannes.

»Sieh mal, da oben!« Anja stand beim Fenster und deutete hinaus. »Ist er das?«

Auf einem Fußweg, der vom Schauinslandgipfel herabführte, kam ein junger Mann in einem grauen Jogginganzug. Er hielt eine braune Aktenmappe gegen seine Brust gepresst. Zwei Schritte hinter ihm folgte eine blonde Frau.

Bussard schob die Gardine beiseite. »Ja, das ist Hollinger. Seine Betreuerin hat ihn wohl wieder eingefangen.«

»Das ist bestimmt auch kein einfacher Job.« Anja setzte sich auf die Eckbank, während Bussard beim Fenster stehen blieb. »Man braucht bestimmt gute Nerven und eine hohe Toleranzgrenze, wenn man den ganzen Tag mit schwierigen Menschen zu tun hat.«

Die Kommissare warteten, bis Hollinger mit seiner Begleitung das Haus erreicht hatte. Als Bussard hörte, dass die Haustür geöffnet wurde, ging er in den Flur. »Hallo, ich wollte Sie nicht erschrecken. Die Tür war offen.«

Hollinger blieb wie angewurzelt stehen, während Susan Bettinson die Haustür mit ihrem Fuß ins Schloss drückte.

»Los, ins Wohnzimmer!« Sie schob Hollinger vor sich her, der sich widerstrebend in Bewegung setzte. Sein Gesichtsausdruck war schwer zu deuten, doch es schien, als würde ihm nicht gefallen, was gerade geschah.

»Sie auch!« Der Befehlston in der Stimme der jungen Frau war schärfer als Bussard dies für angebracht hielt, auch wenn sie vermutlich darüber erbost war, dass sie ihren Schützling hatte einfangen müssen. Ihre Wangen waren gerötet, auf ihrer Stirn glänzte ein Schweißfilm und einzelne feuchte Haarsträhnen verrieten, wie anstrengend die letzte Stunde gewesen sein musste. Wahrscheinlich war Hollinger sehr viel weiter gelaufen als ihr lieb gewesen war. Bussard ging ins Wohnzimmer zurück, gefolgt von Michael Hollinger und Susan Bettinson.

»Stopp!« Die blonde Frau blieb hinter Hollinger stehen, legte ihre linke Hand auf dessen linke Schulter und hielt ihn fest. Ihre rechte Hand hatte Bussard die ganze Zeit über nicht sehen können, weil sie von Hollingers Körper verdeckt gewesen war. Plötzlich tauchte eine Automatik mit Schalldämpfer neben Hollingers rechter Schulter auf, deren Mündung auf Bussard zeigte. »Hände hoch und umdrehen! Gesicht zum Fenster! Sie auch, los!«

Einen Augenblick lang waren beide Kommissare zu überrascht, um zu reagieren. Keiner von ihnen hatte damit gerechnet, dass die junge Frau eine Waffe ziehen würde.

»Wer zum Teufel sind Sie?« Im Stillen verfluchte Bussard sich selbst, weil er seiner Intuition nicht gefolgt war. Vor Hollingers Haus stand kein Fahrzeug der Sozialstation, weil die Frau mit der Waffe keine Krankenschwester war. Er rührte sich nicht und auch Anja blieb reglos auf der Eckbank sitzen. Selbst wenn beide ihre Waffen so schnell wie möglich gezogen hätten, wäre doch keiner von ihnen in der Lage gewesen, die Frau zu treffen, die Hollingers Körper als Deckung nutzte.

»Ich sage es nur noch einmal: Hände hoch und umdrehen!« Sie deutete mit ihrer Automatik auf Anja. »Aufstehen, Hände hoch und umdrehen, aber langsam!«

»Wer sind Sie? Was soll das hier?« Bussard sah der jungen Frau direkt in die Augen, ohne jedoch seine Hände zu heben. Ihre Haltung, ihre Stimme und ihr Blick überzeugten den Kommissar davon, dass sie genau wusste, was sie tat. Ihr Arm mit der Waffe war gerade ausgestreckt und sie hielt die Automatik, ohne dass ihre Hand zitterte. Plötzlich schwenkte sie ihren Arm um einige Zentimeter nach rechts und zog den Abzug durch. Dem leisen *Plopp* der Waffe folgte das Klirren einer Blumenvase, die von einem Projektil getroffen in unzählige Scherben zersprang. Noch bevor das Geräusch verhallt war, zeigte die Mündung der Waffe wieder auf Bussard. Der Kommissar nickte und hob langsam seine Hände, während Anja von der Eckbank aufstand und ebenfalls die Hände hob.

»Was immer Sie vorhaben, wird nicht funktionieren.« Bussard sprach ruhig auf die Frau ein, doch er ahnte, dass seine Worte nichts bewirken würden. Sie war keine Pflegerin und arbeitete nicht für eine Sozialstation. Ihre strategisch günstige Position hinter Hollinger, der sichere Stand auf leicht gespreizten Füßen, der gerade ausgestreckte Arm und die ruhige Haltung der Waffe zeigten ein erschreckendes Maß an Professionalität. Beim Schuss auf die Blumenvase hatte sie nicht einmal geblinzelt.

»Hände hinter den Kopf! Umdrehen und auf die Knie!«

Bussard spürte, dass Anja ihn ansah. Seine Gedanken arbeiteten fieberhaft, doch er wusste nicht, wie er sich verhalten sollte. Es widerstrebte ihm, der Frau den Rücken zuzudrehen, doch gleichzeitig befürchtete er, dass sie auf ihn schießen würde, falls er ihren Befehlen nicht Folge leistete. Trotzdem versuchte er noch einmal, sie in ein Gespräch zu verwickeln. »Der Toyota mit dem Wiesbadener Kennzeichen …«

Ein weiterer Schuss schnitt Bussard das Wort ab. Er hörte Anjas Aufschrei und sah sich um. Seine Partnerin hielt schützend die Unterarme vor das Gesicht und duckte sich, während ein Wandteller hinter ihr in Scherben ging.

»Das war die letzte Warnung! Hände hinter den Kopf, umdrehen und auf die Knie!«

»Okay!« Mit erhobenen Händen ließ sich der Kommissar langsam auf ein Knie nieder, während er seine Partnerin besorgt ansah. »Bist du verletzt?«

»Nein, nichts passiert.«

»Tu, was sie sagt. Dreh dich um und knie dich hin.«

Während Anja sich dem Fenster zuwandte und sich hinkniete, sah Bussard über seine Schulter. Hollingers Gesicht war aschfahl geworden und die Angst stand in seinen Augen. Seine Tasche hielt er noch immer gegen seine Brust gepresst, doch seine Hände hatten zu zittern begonnen. Plötzlich stieß er einen markerschütternden Schrei aus, drehte sich um und hob die Tasche hoch über seinen Kopf, um auf die Angreiferin einzuschlagen.

In diesem Augenblick brach die Hölle los.

139

Nachdenklich starrte Susanne auf den Monitor. Am Tag zuvor hatte sie eine Kopie von Baers altem Rechner auf eine externe Festplatte überspielt und nun hatte sie fast eine ganze Stunde damit verbracht, nach etwas zu suchen, was sich offensichtlich nicht im Datenspeicher befand. Da ihre Suche vergeblich gewesen war, hatte sie sich einem anderen Objekt zugewandt und innerhalb weniger Augenblicke die gewünschten Informationen gefunden. »Sag mal, Sasha, was hältst du von diesem Coppa?«

»Amerikanisch, militärisch und paranoid. Warum fragst du?«

Susanne stieß sich mit den Füßen ab und rollte mit ihrem Stuhl hinter ihrem Schreibtisch hervor. »Brigadegeneral Michael Coppa ist die Nummer Drei in der Hierarchie der NSA.«

»Er ist ein hohes Tier, und?«

»Kommt dir das nicht seltsam vor? Die NSA schickt einen ihrer höchsten Beamten hier zu uns nach Freiburg. Im Prinzip hätte doch eine E-Mail gereicht.«

Wegner drehte seinen Stuhl, schlug die Beine übereinander und verschränkte die Hände hinter dem Kopf. »Um uns mitzuteilen, dass der iranische Geheimdienst Baer und Müller liquidiert hat?«

»Ja.«

»Aber du glaubst doch selbst nicht daran. Du hast uns doch erzählt, dass dir dein Gefühl sagt, die Morde stünden mit diesem M. H. und seiner bedeutenden Entdeckung in Zusammenhang.«

»Ja, schon …«

»Also, was denn nun?«

Susanne konnte die Frage nicht beantworten. Sie hatte das Gefühl, als lägen Teile eines Puzzles vor ihr, die einfach nicht zusammenpassen wollten. »Ich habe auf dem alten Rechner von Baer keine E-Mails gefunden, die an eine Adresse im Iran adressiert sind oder von dort stammen.«

Wegner lachte kurz auf und klatschte in die Hände. »Baer wird wohl kaum seinen Rechner im Büro dazu benutzt haben. Das hat er garantiert von zu Hause aus gemacht. Warum hat der Täter wohl sonst den PC und das Handy mitgenommen?«

»Oh!« Susanne spürte, dass ihre Ohren rot wurden. Glücklicherweise konnte Wegner sie nicht sehen, weil sie unter ihren langen blonden Haaren verborgen waren. Sie hatte den Wald vor lauter Bäumen nicht entdeckt. »Das nennt man wohl betriebsblind – echt blamabel!«

»Keine Sorge, ich werde es niemandem erzählen.«

Wegner drehte seinen Stuhl wieder um, doch Susanne war mit dem Thema noch nicht durch. »Die Frage, warum die NSA einen ihrer Topleute schickt, ist aber immer noch nicht beantwortet.«

»Du warst eben nicht beim Militär, deshalb weißt du auch nicht, wie Soldaten ticken.« Wegner wandte sich wieder seiner Kollegin zu. »Die Amerikaner glauben, dass der iranische Geheimdienst die beiden Morde auf dem Gewissen hat. Mit ihrer ganzen Spionagetechnik, NSA, CIA und was weiß ich, wer noch, haben sie das nicht vorhergesehen. Deshalb ist die Ermordung von Baer eine ziemliche Blamage für die Amis, auch wenn es ihnen wahrscheinlich am Arsch vorbeigeht. Um die Sache mit uns zu klären, schicken sie aber keinen kleinen Leutnant, sondern einen Sternchenträger mit ordentlich Lametta an der Brust. Das Wort eines Generals hat Gewicht und dem widerspricht man nicht so leicht. Sie schicken ihn aber nicht nach Berlin, sondern zu uns in die Provinz. Wir sollen uns wohl geschmeichelt oder beeindruckt fühlen, je nachdem. Richtigen Ärger hat er bei uns sowieso nicht zu erwarten und bis man in Berlin davon erfährt, ist er längst wieder zurück in den Staaten.«

»So läuft das?«

»Ja, so läuft das. Richtig interessant wird es aber erst, wenn man sich die ganze Show ansieht. Coppa hat die Fotos wieder mitgenommen. Seine Ausführungen und Erklärungen wurden nicht aufgenommen, weder auf Tonband noch auf Video. Falls es blöd läuft, kann er sogar bestreiten, jemals mit uns gesprochen zu haben.«

»Was heißt *falls es blöd läuft*?«

Wegner setzte eine skeptische Miene auf und zuckte mit den Achseln. »Vielleicht kommt es zu Unstimmigkeiten zwischen Berlin und Washington wegen dieser Geschichte. NSA und BND haben ja in der letzten Zeit eine Menge negativer Publicity gesammelt. Für die Amis ist der Iran immer noch Teufelsland, aber Freiburg hat mit Isfahan eine iranische Partnerstadt. Da liegen die Dinge anders. Das Ganze könnte sich zu einer internationalen Affäre auswachsen, sobald die Medien davon Wind bekommen.«

149

Der erste Schuss traf Hollingers Brustbein. Die Kugel durchschlug den Knorpel, der die Rippen miteinander verband, streifte das Herz und riss dabei die Herzkammer auf, dann blieb sie in der Wirbelsäule stecken. Hollingers Knie knickten ein und er stürzte nach vorn. Susan Bettinson trat einen Schritt zur Seite, um dem tödlich getroffenen Mann auszuweichen und zielte auf ihr nächstes Opfer.

Bussard warf sich zur Seite. Während er sich über den Rücken abrollte, zog er seine Dienstwaffe aus dem Holster. Der Lärm war ohrenbetäubend. Innerhalb von zwei Sekunden kreuzten vier Kugeln aus zwei verschiedenen Waffen, von denen nur eine mit einem Schalldämpfer ausgestattet war, ihre Bahnen. Zwei Projektile trafen ins Schwarze, eines streifte das Ziel und eines ging daneben. Bussard hatte zweimal gefeuert. Sein erster Schuss traf Susan Bettinson in die Brust und der zweite durchschlug ihren Hals, während ihre erste Kugel seine Schulter streifte und ihre zweite Anjas Kopf um wenige Zentimeter verfehlte.

Von zwei Projektilen getroffen drehte sich Susan Bettinson halb um ihre eigene Achse, traf mit ihrer Schulter die Tür und brach am Türrahmen herabrutschend zusammen. In halb sitzender und halb liegender Position starrte sie ungläubig an sich herab. Der Stoff rings um das Einschussloch in ihrer Brust sog sich mit ihrem Blut voll. Sie versuchte, den Arm mit ihrer Waffe zu heben, doch sie hatte keine Kraft mehr. Den Kopf noch ein letztes Mal hebend sah sie Bussard an und bewegte tonlos die Lippen. Mit dem Blut, das sich aus ihrem Hals über ihr T-Shirt ergoss, entwich auch das Leben aus ihrem Körper. Ihr Kopf sackte auf die Brust, ihr Oberkörper kippte zur Seite und auf dem Boden liegend brach ihr Blick, während sich unter ihrem Hals eine Blutlache bildete.

Anja kniete immer noch auf dem Boden. Sie war bleich geworden und rührte sich nicht.

»Bist du okay?« Bussard lag auf der Seite. Er stützte sich auf einen Ellenbogen und steckte seine Waffe in das Holster, dann stand er auf. »Bist du okay, Anja?«

Die Kommissarin nickte mechanisch, ohne den Blick von der toten Frau auf dem Fußboden abzuwenden. Bussard ging zur Tür und nahm Susan Bettinsons Waffe an sich, dann kniete er sich vor Hollinger hin.

»Michael?« Vorsichtig drehte er den jungen Mann auf den Rücken. Auf dem grauen Sweatshirt hatte sich ein fußballgroßer Blutfleck gebildet, in dessen Zentrum ein Einschussloch klaffte. Hollingers Augen waren geöffnet, doch die Pupillen bewegten sich nicht mehr. Bussard tastete nach dem Puls an der Halsschlagader, aber das Herz des jungen Mannes hatte bereits zu schlagen aufgehört.

Der Kommissar wandte sich um und sah seine Partnerin an. Anja hielt sich an der Lehne eines Sessels fest, während sie mühsam aufstand. Sie atmete tief ein, hielt die Luft einen Augenblick lang an und atmete schließlich hörbar wieder aus. »Ist er tot?«

»Ja, er ist tot, aber was ist mit dir? Hast du etwas abgekriegt?«

»Nein, alles … ich bin nicht verletzt.«

Bussard warf seiner Partnerin einen besorgten Blick zu. »Du bist ziemlich blass um die Nase. Setz dich, bevor du hier noch umkippst.«

»Ich brauche frische Luft.«

»Okay, geh nach draußen, aber gib mir vorher dein Handy. Ich rufe die Kollegen an.«

Anja reichte Bussard ihr Mobiltelefon und ging zur Tür, die sie gerade so weit öffnete, dass sie hindurchschlüpfen konnte. Als Bussard die Nummer der KTU gewählt hatte und das Handy an sein Ohr hielt, spürte er einen ziehenden Schmerz an der Schulter. Mit der freien Hand tastete er nach der Wunde unter seiner Jacke und zog seine blutigen Finger wieder hervor. Er legte das Smartphone auf den Tisch, zog seine Lederjacke aus und betrachtete den Riss, den die Kugel hinterlassen hatte. Als Smirna sich meldete, beschrieb der Kommissar dem Kriminaltechniker die Situation und bat den Kollegen um dessen Erscheinen am Tatort. Bussard beendete das Gespräch, zog ein Paar Latexhandschuhe über und wandte sich dem Leichnam der toten Frau zu. Er schlug ihre Jacke auf, um in der Innentasche nach Ausweispapieren zu suchen und entdeckte den Riemen ihres Schulterholsters. Die Innentasche war leer und in den Taschen ihrer Jeans fand er neben fünfhundert Euro in Zwanzigern und Fünfzigern und einigen Münzen lediglich einen Autoschlüssel mit einem Toyota-Emblem. Ein Handy steckte in der Außentasche ihrer Jacke. Er schaltete es ein, doch das Gerät verlangte die Eingabe einer PIN und so konnte er nicht überprüfen, mit wem die Frau zuletzt telefoniert hatte.

Hollingers braune Aktenmappe lag zwischen den beiden Toten. Der Kommissar öffnete die Verschlüsse und zog einen dünnen Stapel DIN-A4-Blätter heraus. Die Seiten waren mit einer sauberen, klaren Handschrift beschrieben, doch es war kein lesbarer Text, sondern eine Ansammlung mathematischer Formeln. Bussard bog die Seiten um und ließ sie mit dem Daumen Stück für Stück zurückschnappen. Beim Durchblättern sah er, dass alle Seiten Formeln und Gleichungen enthielten. Die letzte Seite war nur halb beschrieben und die letzte Zeile bestand lediglich aus drei Buchstaben, denen jeweils ein Punkt folgte. In seiner Schulzeit hatte er die Bedeutung dieser Abkürzung gelernt. Das finale »q. e. d.« stand für das lateinische *quod erat demonstrandum*.

Susan Bettinson und Michael Hollinger waren tot, Ignaz Baer und Sven Müller ebenfalls. Bettinson hatte eine 9mm-Automatik besessen. Zwei Projektile dieses Kalibers hatten die beiden Freiburger Mathematiker getötet, doch erst das Ergebnis der ballistischen Untersuchung würde klarstellen, ob es sich tatsächlich um die Mordwaffe handelte. Kopfschüttelnd steckte er die Seiten in die Aktenmappe zurück und ließ die Verschlüsse einrasten. Mit dem vagen Gefühl, dass die Geschichte noch nicht zu Ende war, verließ er das Wohnzimmer, ohne zu bemerken, dass er eine Spur aus einzelnen Blutstropfen auf dem Fußboden hinterließ.

Anja saß auf der Treppe vor der Haustür. Mit fahrigen Bewegungen strich sie sich die Haare hinter die Ohren. Ihre Finger zitterten ein wenig und sie war immer noch blass.

»Ich habe die Kollegen informiert. Es wird aber fünfzehn, zwanzig Minuten dauern, bis sie eintreffen.« Bussard zog die Latexhandschuhe aus und setzte sich neben seine Partnerin auf die Treppe. »Na, geht's wieder?«

»Nein, es geht nicht.« Anjas Stimme zitterte ebenso wie ihre Finger.

»Wir konnten Hollingers Tod nicht verhindern. Das ist traurig, aber wahr.« Er betrachtete Anjas Gesicht und sah, dass sie mit den Tränen kämpfte. »Du musst dir deshalb keine Vorwürfe machen. Wir …«

»Nein!« Anja spie das Wort regelrecht aus. »Ich muss mir Vorwürfe machen! Das war Scheiße! Es war Scheiße, Bussard! Ich habe Scheiße gebaut!«

Ihre Nasenflügel bebten und die ersten Tränen rannen über ihre Wangen. Bussard wusste, dass sie unter Schock stand, doch er ahnte nicht, was seine Partnerin so mitgenommen hatte. Als er seinen Arm tröstend um ihre Schultern legen wollte, stieß sie ihn wütend beiseite.

»Ich bin zu dämlich für diesen Job und das hätten wir beide beinahe nicht überlebt!«

»Jetzt mach dir mal keine Vorwürfe.«

»Red keinen Quatsch, Bussard! Anstatt ein Holster zu benutzen, trage ich meine Waffe in meiner Handtasche spazieren und wenn´s drauf ankommt, wenn ich sie schnell ziehen müsste …« Sie brach ab, wandte den Kopf zur Seite und begann zu schluchzen.

Bussard wagte einen zweiten Versuch und diesmal wehrte sie ihn nicht ab. Er legte seinen Arm um ihre Schultern und sprach leise und beruhigend auf sie ein: »Ich bin froh, dass dir nichts passiert ist und ich bin froh, wenn du etwas daraus lernst. Das Leben ist der beste Lehrmeister, auch wenn es manchmal hart auf hart kommt. In Zukunft wirst du deine Waffe bei einem Einsatz am Körper tragen, okay?«

Anja nickte und zog die Nase hoch. Mit den Fingern wischte sie sich die Tränen von den Wangen. »Es tut mir leid, Bussard.«

»Es ist passiert und lässt sich jetzt nicht mehr ändern. Wir haben es beide zur Kenntnis genommen und du wirst diesen Fehler kein zweites Mal machen.« Er drückte sie einmal an sich, dann ließ er sie los. »Allerdings wirst du mir jetzt versprechen, dich an die offizielle Version der Geschichte zu halten. Hast du mich verstanden?«

»Was meinst du damit?«

Der Kommissar sah seine Partnerin eindringlich an. »Ich habe eben eine Frau erschossen. Du weißt, dass die Innere den Fall untersuchen wird und fürs Protokoll haben wir beide unsere Dienstwaffen gezogen. Ich habe lediglich schneller geschossen und deshalb war es nicht notwendig, dass du ebenfalls von der Schusswaffe Gebrach gemacht hast, verstanden?«

»Aber …«

»Kein aber. Das ist die offizielle Version der Geschichte. Wenn du etwas anderes erzählst, kannst du dir einen anderen Job suchen!«

Sein Blick duldete keine Widerrede. Anja schluckte und schließlich nickte sie ihrem Partner zu. »Danke, Bussard.«

»Schon gut. Jetzt gehen wir wieder an die Arbeit.« Er wollte sich erheben, doch Anja hielt ihn am Unterarm fest.

»Du blutest ja!«

»Halb so wild, ist nur ein Kratzer.«

»Die Wunde muss versorgt werden. Gib mir deinen Autoschlüssel.« Mit Bussards Schlüssel ging Anja zu dessen BMW und kehrte mit dem Verbandkasten wieder zurück, während er sein T-Shirt auszog. Sie legte einen Tupfer auf die Wunde, umwickelte ihn mit einer Mullbinde und fixierte das Ende mit einem Klebestreifen. »Du solltest auf jeden Fall zu einem Arzt gehen. Das muss bestimmt genäht werden.«

»Ja, später. Schau dir zuerst das hier an.« Er reichte ihr die Aktentasche, die er aus dem Wohnzimmer mitgebracht und neben sich auf die Treppe gestellt hatte. »Kannst du damit etwas anfangen?«

Anja zog die beschriebenen Seiten aus der Mappe. Schon als ihr Blick auf das erste Blatt fiel, nickte sie. »Wenn ich mich nicht irre, dann ist das hier Riemanns Zeta-Funktion.«

»Riemanns Zeta-Funktion?«

»Ja, das schwierigste mathematische Problem der Gegenwart. Wenn Hollinger tatsächlich die Riemannsche Vermutung bewiesen hat, wird er damit die mathematische Welt aus den Angeln heben.« Nach und nach blätterte Anja die Seiten durch und am Ende deutete sie auf die drei letzten Buchstaben. »Quod erat demonstrandum – was zu beweisen war. Das schreibt man unter einen mathematischen Beweis. Ob er allerdings richtig und vollständig ist, kann ich wirklich nicht sagen. Das muss sich ein Experte ansehen.«

Bussard hatte nicht die leiseste Ahnung, wovon seine Partnerin sprach. »Frau Dr. Singh hielt Hollinger für den intelligentesten Menschen auf diesem Planeten und du erklärst mir, dass diese Seiten die Welt aus den Angeln heben würden. Womit zum Teufel haben wir es hier zu tun?«

»Baer hatte einen Schachpartner, ein Mathematiker namens Pfaff, mit dem er jede Woche spielte. Ich habe mit ihm gesprochen, bevor ich mich auf die Suche nach dir machte. Pfaff wusste zwar nicht, wer M. H. ist, doch er hat eine konkrete Vorstellung davon, was sich hinter ›RV‹ verbirgt. Er hat mir die Gleichung gezeigt. Haben wir jetzt Zeit für die Erklärung?«

»Ja, haben wir. Schieß los!«

Ehrfürchtig betrachtete Anja noch einmal die erste Seite. Auch wenn sie nicht wusste, ob Hollinger seine Arbeit erfolgreich abgeschlossen hatte, spürte sie dennoch, dass dieser Augenblick einzigartig bleiben würde. Nicht viele Menschen bekamen die Gelegenheit, das Epizentrum eines weltweiten Erdbebens in den Händen zu halten und mit klopfendem Herzen berichtete sie, was sie von Pfaff erfahren hatte.

Im Jahr 1859 hatte der deutsche Mathematiker Bernhard Riemann in einem Fachartikel eine Hypothese über die Verteilung der Primzahlen aufgestellt, die später als *Riemannsche Vermutung* weltberühmt wurde. Er behauptete, alle nichttrivialen Nullstellen einer Zeta-Funktion lägen auf einer Geraden durch den Punkt 0,5. Dieser für den Laien kaum zu verstehende, aber dennoch harmlos klingende Satz entpuppte sich als schwierigstes mathematisches Problem der Gegenwart. Es schien, als habe Riemann endlich Ordnung in die chaotische Welt der Primzahlen gebracht. Er hatte das Muster gefunden, nach dem Mathematiker auf der ganzen Welt zwei Jahrtausende lang gesucht hatten. Einen Beweis für seine Vermutung war Riemann der Öffentlichkeit jedoch schuldig geblieben. Teile seines Nachlasses landeten später bedauerlicherweise in einem Ofen und niemand wusste, ob der Mathematiker tatsächlich einen Beweis für seine Vermutung gefunden hatte.

Vierzig Jahre später, im August des Jahres 1900, hielt David Hilbert, Professor für Mathematik an der Universität Göttingen, einen Vortrag an der Sorbonne in Paris. In seiner aufsehenerregenden Rede sprach Hilbert über dreiundzwanzig ungelöste mathematische Probleme, von denen eines – das achte – die bis dahin immer noch unbewiesene Riemannsche Vermutung war. Hilberts dreiundzwanzig Jahrhundertprobleme gaben die Richtung vor, denen die Mathematiker des zwanzigsten Jahrhunderts folgen sollten. Ganze Generationen von Forschern arbeiteten daraufhin an den Lösungen der Hilbertschen Probleme. Im Jahr 1997 erhielt Andrew Wiles einen Preis von 75.000 DM, weil er *Fermats Letztes Theorem* bewiesen hatte. Im Laufe eines Jahrhunderts waren damit zweiundzwanzig von dreiundzwanzig der Hilbertschen Probleme gelöst worden. Nur die Riemannsche Vermutung hatte allen Versuchen widerstanden. Sie war weder bewiesen noch widerlegt worden, doch sie hatte Opfer gefordert. Der geniale französische Mathematikprofessor Alexandre Grothendieck, Sohn eines ehemals in Auschwitz inhaftierten KZ-Häftlings, zerbrach an der Suche nach dem Beweis. Auch der Amerikaner John Forbes Nash erlitt einen psychischen Kollaps, nachdem er jahrelang vergeblich versucht hatte, die Riemannsche Vermutung zu beweisen. Im Gegensatz zu Grothendieck, der sich von seinem Fehlschlag nie wieder erholte, wandte sich Nash, dessen Biografie *A Beautiful Mind* mit Russel Crowe verfilmt und mit vier Oscars ausgezeichnet wurde, später einem anderen Fachgebiet zu und erhielt im Jahr 1994 den Nobelpreis für Wirtschaft für seine Leistungen auf dem Gebiet der Spieltheorie.

Von den dreiundzwanzig Jahrhundertproblemen hatte die Riemannsche Vermutung als Einziges das zwanzigste Jahrhundert ungelöst überlebt. Einhundert Jahre nach Hilberts Vortrag an der Sorbonne wurde das Problem, zusammen mit sechs anderen, zum Jahrtausendproblem ausgerufen, doch auch in den Folgejahren konnte niemand den Preis von einer Million US-Dollar einstreichen, den das *Clay Mathematics Institute* für den Beweis ausgelobt hat. Mehr als einhundertfünfzig Jahre waren vergangen, seit Riemann seine Vermutung veröffentlicht hat, doch noch immer war es niemandem gelungen, die härteste Nuss des Zahlenuniversums zu knacken.

Falls es Hollinger gelungen war, den Beweis zu erbringen, würde er vermutlich posthum die Fields-Medaille und einen Platz in der Hall of Fame der Mathematiker bekommen, doch für Bussard hatte Anjas Vortrag eine andere Frage geklärt. »Ein Preisgeld von einer Million US-Dollar hört sich nach einem überzeugenden Mordmotiv an. Die Frage ist nur, wie Susan Bettinson von der Existenz des Manuskripts erfahren hat.«

»Baer hat auf jeden Fall davon gewusst«, erklärte Anja. »Er hat zwar seine Notizen verschlüsselt, aber vielleicht hat er mal versehentlich etwas darüber verlauten lassen. Er soll ja in den letzten Wochen Selbstgespräche geführt haben. Womöglich hat jemand etwas aufgeschnappt, ohne dass es Baer bemerkte.«

Anjas Handy läutete. Die Kommissarin nahm den Anruf an und reichte das Mobiltelefon an Bussard weiter. »Hier, für dich. Susanne will dich sprechen.«

Bussard nahm das Gerät entgegen, meldete sich und hörte zwei Minuten lang zu, ohne etwas zu erwidern. Schließlich fragte er, ob die Informationen gesichert seien, bedankte sich und unterbrach die Verbindung.

»Sag mal, Anja, hat dieser Beweis etwas mit Kernwaffen zu tun?«

»Das kann ich wirklich nicht sagen. Die Relativitätstheorie hat zum Bau der Atombombe geführt, auch wenn Einstein das weder beabsichtigt noch vorhergesehen hat. Der Beweis der Riemannschen Vermutung ist mindestens ebenso bedeutend. Wer weiß, was die Militärs damit anfangen können?«

Bussard runzelte die Stirn und schüttelte den Kopf. Die Informationen, die er gerade erhalten hatte, wirbelten einiges durcheinander. »Susanne ist bei ihren Recherchen auf etwas wirklich Merkwürdiges gestoßen. Der Provider von Baers privater E-Mail-Adresse hat erklärt, dass Baer in den letzten fünf Jahren, seit er dieses elektronische Postfach nutzt, keine Kontakte in den Iran hatte. Daraufhin hat Susanne mit den EDV-Leuten der Uni Kontakt aufgenommen und herausgefunden, dass es über die Uni-Server ebenfalls keinen E-Mail-Verkehr zwischen Baer und Rezazadeh gegeben hat. Sie hat sich dann mit einem Bekannten, der einem Verein namens *Freundeskreis Freiburg-Isfahan* angehört, in Verbindung gesetzt. Der Mann, ein Iraner, der abwechselnd in Freiburg und Isfahan lebt, hat berichtet, dass Haschem Rezazadeh tot ist – seit sechs Jahren!«

»Wie bitte?«

»Rezazadeh war anscheinend Opfer eines Unfalls, der sich 2008 in der Kernforschungsanlage Karadsch ereignet hat, kurz nachdem er dort seine Stelle angetreten hatte. Der Mann sagt auch, die iranischen Medien hätten im Fernsehen von der Beerdigung in Ghom berichtet, weil der damalige Präsident Ahmadinedschad seinem Freund Rezazadeh die letzte Ehre erwiesen habe. Die Angaben sind gesichert, denn Susanne hat einen entsprechenden Artikel im Internet gefunden.«

151

Die Sonne war bereits hinter der Bergkuppe verschwunden, obwohl es erst achtzehn Uhr war und die Temperatur ging merklich zurück. Die beiden Kommissare saßen noch immer auf der Treppe vor Hollingers Haus, während sie versuchten, alle Informationen zu einem stimmigen Bild zusammenzufügen.

Coppa hatte ihnen einen Bären aufgebunden. Seine Geschichte war nicht frei erfunden, denn Baer war tatsächlich mit Roya Rezazadeh verheiratet gewesen und ihr Bruder Haschem hatte in der Kernforschungsanlage Karadsch gearbeitet. Bussard erklärte, dass sich die raffiniertesten Lügen stets im Schatten der Wahrheit verbargen, wie einmal jemand festgestellt hatte. Unter dieser Prämisse hatte Coppa einige nachprüfbare Fakten präsentiert, die als Gerüst für seine Lügengeschichte gedient hatten. Tatsache war auch, dass die NSA die Telefone der Freiburger Beamten abgehört und die E-Mails gelesen hatten. Dass der amerikanische Nachrichtendienst, wie Coppa zugegeben hatte, die Daten von Baers Rechner gelöscht hatte, hielten die Kommissare für zumindest sehr wahrscheinlich. Unwahrscheinlich erschien ihnen jedoch Baers Hilfe beim iranischen Atomprogramm. Vielleicht hatte es tatsächlich eine Korrespondenz zwischen Baer und Rezazadeh nach dem Familienbesuch im Iran gegeben, doch die konnte kaum länger als ein Jahr gedauert haben, weil der Physiker bereits seit sechs Jahren tot war. Sicher war jedenfalls, dass Baer nicht über einen Zeitraum von sieben Jahren als Quelle für die NSA gedient hatte.

Die Iranisches-Atomprogramm-Geschichte war gelogen, aber das Interesse von Coppa und der NSA an

Baer und Müller war offensichtlich. Über den Grund des Interesses konnten die Kommissare nur spekulieren, doch es war nicht unwahrscheinlich, dass sie diesen Grund in ihren Händen hielten. Anja hatte die Bedeutung des Beweises der Riemannschen Vermutung mit der von Einsteins Relativitätstheorie gleichgesetzt. Eine militärische Nutzbarkeit von Hollingers Arbeit musste auf die Amerikaner wirken wie ein Magnet auf Eisen.

Baer oder Müller, vielleicht auch beide, mussten die Nachricht über den Beweis der Riemannschen Vermutung öffentlich gemacht haben, bewusst oder unbewusst. Eine Randbemerkung in einer E-Mail oder ein unvorsichtiger Satz in einem Telefonat reichten dazu schon aus. Allerdings spionierten in den digitalen Weiten des WorldWideWeb und der Telekommunikation nicht nur die NSA. Auch der BND und der britische SIS waren in der jüngsten Vergangenheit in unliebsame Erscheinung getreten. Seit Monaten berichteten die Medien darüber, wer wen abhörte und jeder konnte sich an drei Fingern abzählen, dass man nur vom Gipfel des Eisberges hörte und las. Auf der anderen Seite bedienten sich kriminelle Vereinigungen ebenfalls der modernen Datentechnik. Nicht jeder Computerfreak hackte sich nur so zum Spaß in fremde Rechner. Wirtschaftsinformationen konnten eine Menge Geld einbringen und Wirtschaftsspionage richtete jedes Jahr Schäden in Milliardenhöhe an.

Auch militärische Informationen waren heiß begehrt und wurden mehr als gut bezahlt. Ein Rechner, der nicht mit der neuesten und besten Firewall geschützt war, leistete einem Hacker keinen nennenswerten Widerstand und konnte ausspioniert, im schlimmsten Fall sogar übernommen werden, ohne dass der

Eigentümer etwas davon bemerkte. Die Daten auf Baers Rechner waren von einem Profi gelöscht worden, aber ohne Coppas Eingeständnis hätte niemand sagen können, ob der Profi einer legalen Armee oder einem illegalen Terrornetzwerk angehörte.

Es entsprach dem Wesen der Nachrichtendienste, dass sie im Geheimen und Verborgenen operierten. Coppa war jedoch aus dem Schatten getreten und hatte die deutschen Ermittler aufgesucht. Dafür musste er einen triftigen Grund gehabt haben. Wenn Hollingers Arbeit das eigentliche Ziel gewesen war, hatte der Brigadegeneral mit seiner Geschichte die Ermittler auf eine falsche Fährte hetzen wollen. Dass seine Geschichte über kurz oder lang durchschaut werden würde, musste Coppa dabei völlig klar gewesen sein.

»Er wollte Zeit gewinnen.« Bussard zog seine Jacke wieder an und fischte den Toyota-Schlüssel aus der Tasche, den er bei Susan Bettinson sichergestellt hatte. »In seinen Terminkalendern und in seinen verschlüsselten Aufzeichnungen hat Baer immer nur die Initialen M. H. verwendet, nie jedoch den vollen Namen. Falls er in einer E-Mail von Hollingers Arbeit berichtet hat, wird er dessen Name garantiert nicht genannt haben. Wir selbst sind ja auch nur durch Zufall auf Michael Hollinger gestoßen. Coppa wollte Zeit gewinnen, weil die NSA noch nicht weiß, wer sich hinter M. H. verbirgt.«

Anja stimmte Bussard zu, denn sie war zu dem gleichen Schluss gelangt. »Coppa hat befürchtet, dass wir im Zuge unserer Ermittlungen in den Mordfällen Baer und Müller herausfinden könnten, wer M. H. ist.«

»Richtig! Coppa wollte unbedingt schneller sein als wir.«

»Aber Susan Bettinson war noch schneller.«

»Ja, Susan Bettinson war noch schneller. Wir wissen allerdings nicht, warum sie schneller war und woher sie ihre Informationen bezogen hat.« Bussard warf den Autoschlüssel in die Luft und fing ihn wieder auf. »Mal sehen, was wir in ihrem Auto finden.«

Der Kommissar erhob sich und reichte seiner Partnerin die Hand, um ihr das Aufstehen zu erleichtern. »Während ich mir den Toyota vornehme, schaust du dich im Haus um. Vielleicht findest du eine Tasche oder einen Rucksack. Irgendwo muss auch ein Führerschein von ihr sein, den sie bei einer Fahrzeugkontrolle hätte vorzeigen können.«

Anja schloss für einen Moment die Augen und Bussard konnte ihre Gedanken in ihrem Gesicht lesen. »Schon gut, Anja. Du nimmst dir den Toyota vor und ich schaue mich im Haus um.«

Er gab ihr den Autoschlüssel, stieg die Treppe hinauf und ging wieder ins Haus. In einem Zimmer im oberen Stockwerk fand er, wonach er gesucht hatte. Susan Bettinson hatte dieses Zimmer bewohnt. Das Bett war benutzt, auf einer Kommode standen Toilettenartikel und in einer Reisetasche entdeckte er neben diversen Kleidungsstücken einen neuseeländischen Pass, der auf ihren Namen lautete. Zwei neutrale Packungen Munition des Kalibers 9mm ohne jeden Aufdruck und ein Militärmesser mit einklappbarer Klinge steckten in einer Seitentasche. Auf einem Stuhl lag ein weißes T-Shirt in XXL-Größe, das die Attentäterin vermutlich als Nachthemd getragen hatte. Bussard sah, dass das Wäscheschild fehlte. Jemand hatte es herausgetrennt. Als er die anderen Kleidungsstücke aus der Reisetasche nahm, stellte er fest, dass alle Wäscheschilder entfernt worden waren. Die Toilettenartikel stammten aus Deutschland und waren dem Anschein nach erst kürzlich gekauft worden. Von ihrem Pass abgesehen hatte sich Susan Bettinson große Mühe gegeben, ihre Identität zu verschleiern. Die neutralen Munitionsschachteln und die Kleidung ohne Wäscheschilder ließen keine Rückschlüsse zu, aus welchem Land sie stammte.

Bussard verließ das Zimmer, stieg die Treppe hinunter, trat ins Freie und ging auf den Toyota zu. Einen Augenblick lang bewunderte er versonnen den knackigen Hintern seiner Partnerin, der durch ihre eng sitzende Jeans besonders zur Geltung kam. Sie hatte sich ins Heck des Autos gebeugt, um den Kofferraum des Wagens zu durchsuchen. »Na, schon etwas gefunden?«

»Ja, allerdings.« Anja richtete sich auf und drehte sich um. In ihrer Hand hielt sie einen Trommelrevolver. »Smith & Wesson, 38er Special. Er war unter der Abdeckung versteckt, zusammen mit zwei Schachteln Munition, Waffenöl und einem Reinigungsset. Das hier ist aber noch interessanter.«

Sie legte den Revolver zurück, nahm ein schwarzes Etui aus dem Kofferraum und klappte es auf. Bussard erkannte zwei Spritzen, zwei in Plastik verpackte Einwegkanülen und sechs gläserne, mit einer wasserklaren Flüssigkeit gefüllte Ampullen ohne Aufschrift. Der Kommissar deutete auf einige leere Halterungen. »Zwei Spritzen, zwei Kanülen und zwei Ampullen fehlen.«

»Baer und Müller.«

Bussard nickte zustimmend. Er war sicher, dass die KTU Amobarbital und LSD in den Ampullen nachweisen würde. Zusammen mit dem Ergebnis der ballistischen Untersuchung von Susan Bettinsons 9mm-Automatik würden sie die Frau als Mörderin von Ignaz Baer und Sven Müller überführen. Ein umfangreiches Geständnis war jedoch mit der Täterin gestorben.

»Im Handschuhfach lag ein internationaler Führerschein aus Neuseeland, ausgestellt auf Susan Bettinson, und ein Mietvertrag für den Wagen. Er ist auf eine Mietwagenfirma in Wiesbaden zugelassen. Ich habe dort angerufen und mit einer Angestellten der Firma gesprochen. Bettinson hat den Toyota am Mittwochmorgen für die Dauer von zwei Wochen gemietet. Ihr Name steht auch im Vertrag.«

»Und ich habe ihren Pass gefunden. Allerdings nehme ich an, dass er ebenso gefälscht ist wie ihr Führerschein.« Bussard berichtete von der Reisetasche. Alle Beweismittel, die sie im Zimmer und im Wagen sichergestellt hatten, führten zusammen mit dem Fehlen der Wäscheschilder in der Kleidung zu dem Ergebnis, dass sie es mit einem Profi zu tun gehabt hatten.

Bussard nahm Hollingers Aktenmappe an sich, die Anja auf das Dach des Toyotas gelegt hatte. »Ich denke, wir sollten den Ball erstmal flachhalten. Wenn wir davon ausgehen, dass Baer und Müller deswegen ermordet wurden und wenn wir weiterhin annehmen, dass auch der Tod von Ursula Steiert damit in Zusammenhang steht, haben mit Hollinger und Bettinson schon fünf Menschen mit dem Leben dafür bezahlt. Mir wäre wohler zumute, wenn ich sicher wüsste, dass es keine weiteren Opfer geben wird.«

»Wieso rechnest du damit, dass es weitere Opfer geben könnte?«

»Alles spricht dafür, dass Susan Bettinson ein Profi war. Sie hat einen Job erledigt, also gibt es auch einen Auftraggeber und er wird immer noch hinter diesem Beweis her sein wie der Teufel nach der armen Seele. Dass die Leute dabei über Leichen gehen, haben wir schon gesehen. Die NSA will diesen Beweis ebenfalls in die Finger kriegen und wer weiß, ob nicht sonst noch jemand auf den Plan tritt.«

»Und?«

Bussard ließ sich zur Seite kippen und lehnte sich mit der unverletzten Schulter gegen das Fahrzeug. Einen Augenblick lang dachte er über ihre Optionen nach, dann fasste er einen Entschluss. »Wir wissen nicht, wie viele Personen von der Existenz dieses Beweises wissen. Wir wissen auch nicht, ob die NSA mittlerweile schon herausgefunden hat, wer M. H. ist und wir wissen nicht, für wen Susan Bettinson gearbeitet hat. Wir wissen aber mit Sicherheit, dass unsere amerikanischen Freunde unsere Telefone abhören und unsere E-Mails lesen. Deshalb werden wir bis auf Weiteres diese Tasche samt Inhalt verschwinden lassen.«

Im ersten Moment glaubte Anja, ihren Ohren nicht zu trauen. »Das ist doch wohl nicht dein Ernst! Du kannst doch nicht einfach Beweismittel unterschlagen!«

»Tue ich auch nicht.« Bussard sah seiner Partnerin fest in die Augen. »Wenn diese Seiten hier als Beweismittel erfasst werden und in unserem System landen, werden die Amerikaner sofort Wind davon bekommen. Mein Gefühl sagt mir, dass sie sich dann diese Blätter schneller unter den Nagel reißen werden als wir piep sagen können, auch wenn wir noch nicht wissen, warum Hollingers Arbeit für die NSA interessant sein könnte. Das Preisgeld von einer Million Dollar wird Coppa auf jeden Fall nicht interessieren. Den anderen Spieler auf dem Feld, Bettinsons Auftraggeber, kennen wir noch nicht einmal, aber es muss jemand sein, der über sehr umfangreiche Möglichkeiten verfügt, sonst hätte er keine Kenntnis von der Existenz des Beweises. Coppa hat uns verarscht, weil er Zeit gewinnen wollte, um Hollingers Arbeit als Erster in die Finger zu bekommen. Jetzt drehen wir den Spieß um.«

»Um Zeit zu gewinnen?«

Bussard verzog einen Mundwinkel, doch sein Lächeln wirkte nicht freundlich, sondern grimmig. »Nein, nicht deshalb, sondern um unseren Gegner aus der Deckung zu locken. Es wird nicht lange dauern, bis sich jemand bei uns meldet und wissen will, ob wir etwas in Hollingers Haus gefunden haben. Ich bin sicher, dass dieser Jemand für die ganzen Morde verantwortlich ist, Ursula Steiert eingeschlossen.«

»Aber warum wurde sie überhaupt ermordet? Was hatte sie mit der ganzen Sache zu tun?«

»Ich schätze, dass sie überhaupt nichts damit zu tun hatte. Sie war vermutlich nur im Weg, weil sie sich um ihren Neffen gekümmert hat.«

»Eine unliebsame Zeugin?«

Bussard schüttelte nachdenklich den Kopf. »Nein, das glaube ich nicht, sonst hätte man ihren Tod schneller herbeigeführt. Die vergifteten Medikamentenkapseln ließen einen gewissen zeitlichen Spielraum zu, vermutlich ein, zwei oder drei Tage. Man wollte Ursula Steiert leise und unbemerkt aus dem Weg schaffen, um Bettinson freien Zugang zu Hollinger zu ermöglichen.«

Anja schüttelte langsam den Kopf. »Irgendetwas stimmt mit deiner Theorie nicht, Bussard. Warum ist

Bettinson nicht bei Nacht und Nebel in Hollingers Haus eingedrungen, um den Beweis zu stehlen? Hollinger lebte alleine. Niemand hätte etwas davon bemerkt. Warum hat sie diesen Aufwand betrieben, sich als Mitarbeiterin der Sozialstation auszugeben? Du hast sie gesehen und hättest sie später identifizieren können. Warum ging sie dieses Risiko ein?«

Mit den Fingerspitzen trommelte Bussard auf das Dach des Toyotas und er schenkte seiner Partnerin ein anerkennendes Lächeln. »Meine liebe Frau Kommissarin, das ist wirklich eine gute Frage.«

157

Nicht nur Anja, sondern auch Professor Münchrath, der kurz nach den Kriminaltechnikern am Tatort eintraf, riet dem Kommissar, die Wunde an der Schulter nähen zu lassen. Eine Narbe würde der Streifschuss ohnehin hinterlassen, doch nach Meinung des Rechtsmediziners würde die Narbe schöner aussehen, wenn die Wunde ärztlich versorgt wurde. Die Kollegen der KTU konnten ihre Arbeit auch in Abwesenheit des Kommissars beenden. Da Anjas Mini Cooper noch vor der Praxis von Frau Dr. Singh stand, setzte Bussard seine Partnerin in Oberried ab und fuhr nach Freiburg. Während der Behandlung in der Ambulanz der Uniklinik ließ er die Tasche mit Hollingers Aufzeichnungen nicht eine Sekunde aus den Augen. Als er gegen zweiundzwanzig Uhr das Gebäude wieder verließ, um zum Präsidium zu fahren, entschied er sich für einen Umweg. Der Raum beim Güterbahnhof, wo er mit den Kollegen seiner Blues-Band einmal wöchentlich probte, erschien ihm fürs Erste sicher genug. Bussard deponierte die Tasche hinter seinem Kontrabasskoffer, schloss die schwere Stahltür des Proberaums sorgfältig ab und traf zehn Minuten später in der Heinrich-von-Stephan-Straße ein.

Polizeirat Neudörfer und die Kollegen der Ermittlungsgruppe Gewaltverbrechen besprachen bereits die ersten Ergebnisse, als der Kommissar sich zum Dienst zurückmeldete. Smirna hatte bestätigt, dass der Pass von Susan Bettinson ebenso gefälscht war wie ihr Visum und ihr internationaler Führerschein. In Neuseeland war niemand unter diesem Namen gemeldet. Laut Einreisestempel war sie zehn Tage zuvor aus den USA kommend in Deutschland eingetroffen. Ihre Fingerabdrücke waren weder in den Datenbanken der deutschen Polizei noch bei Interpol registriert. Da sie jedoch von New York nach Frankfurt geflogen war, mussten ihre Fingerabdrücke bei den amerikanischen Kollegen registriert sein. Sasha hatte deshalb eine Anfrage gesendet, auf deren Beantwortung er allerdings noch wartete. Das Projektil, das Anja knapp verfehlt und stattdessen das Sofa neben ihr getroffen hatte, war von Smirna sichergestellt und von der KTU ballistisch untersucht worden. Es entstammte ohne jeden Zweifel derselben Waffe, mit der Baer und Müller getötet worden waren. Eine weitere Übereinstimmung gab es hinsichtlich der Ampullen aus dem Toyota. Bei der Flüssigkeit handelte es sich, wie die Kommissare am Tatort vermutet hatten, um Amobarbital, das mit LSD versetzt war. Smirna hatte außerdem das Etui untersucht und Spuren einer Substanz nachgewiesen, bei der es sich um das Gift handelte, mit dem Ursula Steiert ermordet worden war.

Bussard überließ es seiner Partnerin, Neudörfers Frage nach dem Motiv für die Morde zu beantworten. Eine Million US-Dollar konnte viele Menschen verführen, doch nur wenige waren in der Lage, einen Profikiller zu engagieren. Nach Lage der Dinge wussten die Ermittler nicht einmal, wo sie nach den Hintermännern suchen sollten. Der Auftraggeber konnte die Information über die Existenz des Beweises aus einer abgefangenen E-Mail gewonnen haben und deshalb in Sydney, Timbuktu oder auf den Fidschi-Inseln wohnen. Dass Hollinger den Beweis aufgeschrieben und Bussard das Manuskript an sich genommen hatte, erwähnte Anja nicht.

»Und was ist mit diesem Wiesinger?« Wegners Frage überraschte die Kollegen, doch im Grunde war sie naheliegend. »Wiesinger hatte Kontakt zu Baer und Müller. Er ist Mathematiker und wenn dieses Problem so berühmt ist, wusste er bestimmt auch von dem Preisgeld.«

»Und er gäbe einen überzeugenden Entdecker ab«, stimmte Anja zu. »Wenn irgendein fachfremder Nobody diesen Beweis vorlegen würde, müsste er vieles erklären, wozu er nicht im Stande wäre. Für Wiesinger ist das nicht so problematisch, denn er ist ein anerkannter Professor, auch wenn die Zahlentheorie nicht ganz sein Fachgebiet ist. Wahrscheinlich würde ihn das Preisgeld sogar weniger interessieren als ein Platz im Olymp der Mathematiker.«

Den Drahtzieher in Freiburg zu verhaften wäre Bussard wesentlich lieber gewesen als ihn bei Interpol zur Fahndung auszuschreiben, aber noch hatte die Theorie eine entscheidende Schwachstelle. »Wir haben im Augenblick nichts, womit wir die angebliche Susan

Bettinson mit Wiesinger in Verbindung bringen können.«

»Wir haben ja bis jetzt auch noch nicht nach einer Verbindung gesucht«, stellte Anja fest.

Bussard sah auf seine Armbanduhr. Es ging auf Mitternacht zu und sie hatten bereits zwei lange Tage hinter sich. »Wiesinger hat eine Frau und zwei Kinder. Außerdem hat er keinen Grund anzunehmen, dass wir ihn verdächtigen. Vermutlich weiß er noch nicht einmal, dass die angebliche Susan Bettinson tot ist. Er läuft uns also nicht davon. Smirna wird sich morgen früh um das Handy der Täterin kümmern. Wenn er Wiesingers Nummer entdeckt, haben wir den Professor an den Eiern. Wenn nicht, schütteln wir den Baum so lange, bis etwas herunterfällt.«

»Sollen wir ihn nicht besser gleich verhaften, nur für alle Fälle?«, fragte Stemmer, doch Bussard schüttelte den Kopf.

»Dass Wiesinger Mathematiker ist, reicht für einen begründeten Anfangsverdacht nicht aus. Kein Richter wird einen Haftbefehl gegen ihn unterschreiben und wir wollen den Professor nicht alarmieren, solange wir das vermeiden können.« Bussard streckte sich und unterdrückte ein Gähnen. »Anja hat am Tatort eine interessante Frage aufgeworfen, die mir seither ständig durch den Kopf spukt: Warum hat sich die Täterin in Hollingers Haus für einen längeren Aufenthalt eingerichtet anstatt den Beweis zu stehlen? Sie hätte schon längst über alle Berge sein können, bevor wir überhaupt wussten, wer M. H. ist.«

»Vielleicht wartete sie auf ein Ergebnis«, spekulierte Susanne. »Hollinger war mit dem, was er erarbeitet hat, möglicherweise noch nicht fertig. Die Täterin hat

Ursula Steiert vergiftet, um Hollinger ganz unter ihre Kontrolle zu bringen, damit sie ungestört abwarten konnte, bis er seine Arbeit abgeschlossen hat.«

»Ja, sehr gut, Susanne, das klingt plausibel.« Bussard nickte seiner Kollegin zu. Er hatte das *q. e. d.* unter Hollingers Arbeit gelesen und der junge Mann hatte den Beweis offensichtlich abgeschlossen, doch der Kommissar wusste tatsächlich nicht, wann Hollinger seine Arbeit beendet hatte.

Neudörfer sah in die Runde und der Ärger stand deutlich in seinem Gesicht geschrieben. »Eine Sache muss ich noch ansprechen. Die Kollegen vom BKA sind ziemlich ungehalten über den Mist, den uns dieser Coppa aufgetischt hat. Noch gravierender ist allerdings die Tatsache, dass sich die Amerikaner Zugang zu unseren Computern verschafft und unsere Telefone abgehört haben. Die Sache wird ein politisches Nachspiel haben. Der Innenausschuss des Bundestages ist bereits informiert und wird morgen zusammenkommen, um über das Thema zu beraten. Wir können uns das nicht bieten lassen, auch nicht von unseren transatlantischen Freunden.«

Susanne nickte bestätigend zu Neudörfers Worten. »Wir brauchen auf jeden Fall eine neue Firewall.«

»Sie sind die EDV-Spezialistin, Frau Bauer. Kümmern Sie sich darum! Sorgen Sie dafür, dass uns das nicht noch einmal passiert!«

»Das kann ich aber nicht im Alleingang machen. Unsere …«

Neudörfer ließ sie nicht ausreden. »Es ist mir scheißegal, wie Sie das anstellen, aber es kann einfach nicht sein, dass jemand bei uns herumschnüffelt, ganz gleich, ob es sich um einen Freund oder einen Feind handelt!«

»Susanne kann sicherlich nichts dafür, Chef.« Bussard hob beschwichtigend die Hand. »Es ist bald Mitternacht und wir sollten jetzt Feierabend machen. Morgen früh, wenn alle ausgeschlafen sind, machen wir weiter.«

Der Polizeirat sah noch einmal in die Runde, dann nickte er. »Kollege Bussard hat recht. Gehen Sie nach Hause und schlafen Sie sich aus. Um acht Uhr sehen wir uns wieder.«

163

Entgegen der Anweisung seines Vorgesetzten fuhr Bussard nicht nach Hause, sondern suchte den Proberaum noch einmal auf. Niemand hatte den Raum während seiner Abwesenheit betreten und die lederne Aktentasche lag noch immer hinter dem Kontrabasskoffer. Nachdenklich zog der Kommissar die handbeschriebenen Blätter aus der Aktenmappe. Nach Anjas Meinung stellten die Seiten einen Meilenstein in der Geschichte der Mathematik dar, doch schon jetzt klebte das Blut von fünf Menschen daran. Bussard hoffte inständig, dass Hollingers Arbeit nicht noch weitere Opfer fordern würde. Kopfschüttelnd setzte er sich auf den Boden, lehnte den Rücken gegen die Wand und drehte sich eine Zigarette. In Hollingers Haus hatten sie keinerlei Aufzeichnungen gefunden, keine Notizen und keine Schmierzettel mit weiteren Formeln oder Gleichungen. Entweder hatte Hollinger außer dem Beweis nichts Schriftliches hinterlassen oder Susan Bettinson hatte das Haus von allem Material gesäubert, was dem Kommissar wahrscheinlicher erschien. Bettinson hatte vorgesorgt und vermutlich hätte sie Hollinger nicht als lebenden Zeugen zurückgelassen.

In Gedanken versunken betrachtete Bussard die dünne, blaue Rauchfahne, die von seiner Zigarette aufstieg. Dass Wiesinger hinter den Morden steckte, war noch nicht bewiesen. Die Ermittler durften nicht den Fehler begehen, sich auf den Professor einzuschießen, nur weil er der nächstliegende Verdächtige war. Auf der anderen Seite war das Auftauchen der NSA kein Beweis dafür, dass es Hintermänner gab, die international operierten, seien es andere Geheimdienste oder Terrornetzwerke. Trotzdem war Bussard davon überzeugt, dass er innerhalb von vierundzwanzig Stunden wissen würde, wer die Morde zu verantworten hatte. Wiesinger konnte keinen Profikiller engagiert haben, ohne dabei eine Spur zu hinterlassen. Ein einziges Telefonat reichte aus, um eine Verbindung zwischen ihm und Bettinson nachzuweisen und Bussard war schon sehr auf die Auswertung der Telefondaten des Mathematikers gespannt. Auch Geld konnte ein solches Indiz sein, denn der Auftraggeber musste den Auftragnehmer für den Job in irgendeiner Form entlohnt oder zumindest eine Anzahlung geleistet haben. Über kurz oder lang würden die Ermittler die wahre Identität von Susan Bettinson feststellen und dann stießen sie womöglich auf einen Mittelsmann, der den Kontakt zwischen ihr und Wiesinger hergestellt hatte. Der Mathematikprofessor war sicherlich sehr intelligent, doch er war kein Berufsverbrecher, der über eine langjährige Erfahrung in der Vermeidung verräterischer Spuren besaß. Manchmal unterliefen den schlauesten Leuten die dümmsten Fehler.

Bussard sah sich nach einem Aschenbecher um, konnte jedoch keinen entdecken. Eine leere Bierflasche, die er stattdessen aus dem Kasten neben dem Schlagzeug zog, erwies ihm den gleichen Dienst. Er streifte die Asche seiner Zigarette am Rand der Flasche ab, lehnte sich wieder zurück und ließ seinen Gedanken freien Lauf. Sollte sich herausstellen, dass jemand anderes hinter der Sache steckte, dann würden Susan Bettinsons Auftraggeber ihre Deckung verlassen müssen. Die Seiten waren noch nicht als Beweismittel erfasst und auf den Polizeicomputern gab es noch keine digitale Spur ihrer Existenz. Falls also jemand bei den Freiburger Ermittlern nachfragte, ob man im Hause Hollinger etwas Interessantes gefunden habe …

Mit einem grimmigen Lächeln ließ der Kommissar die Zigarettenkippe in die schmale Öffnung fallen. Er stellte die Bierflasche in den Kasten zurück und stand auf. Falls Wiesinger nicht der Gesuchte war, hatte es der Kommissar mit einem Gegner zu tun, der nicht unterschätzt werden durfte. Hollingers Arbeit musste deshalb auf alle Fälle sicher verwahrt werden. Die Asservatenkammer des Präsidiums kam dafür nicht infrage und ein Bankschließfach war zu dieser nächtlichen Stunde nicht verfügbar. Für einen Profi bot auch die Tür des Proberaums kein ernst zu nehmendes Hindernis, denn die schwere Metalltür war lediglich durch ein einfaches Zylinderschloss gesichert. Er brauchte ein gutes Versteck, denn erst wenn Hollingers Arbeit absolut sicher verwahrt war, konnte Bussard ganz in Ruhe abwarten wie ein Greifvogel, der geduldig über seinem Jagdrevier schwebte, um herabzustoßen, wann immer eine Maus aus ihrem Loch kam.

167

In der Wohnung von Dr. Pfaff brannte noch Licht. Es war zwar bereits Mitternacht, doch Anja wollte unbedingt noch einmal mit dem Mathematiker sprechen. Sie läutete und nachdem sie an der Gegensprechanlage ihren Namen genannt hatte, wurde die Tür geöffnet.

»Guten Abend, Frau Hill. Kommen Sie herein. Den Weg in die Küche kennen Sie ja schon.«

Die Kommissarin erwiderte das Lächeln des Mannes im Rollstuhl. »Tut mir leid, wenn ich Sie noch so spät störe, aber es gibt eine Frage, auf die ich unbedingt eine Antwort brauche.«

»Es muss Ihnen nicht leid tun, aber sprechen Sie bitte leise. Meine Frau schläft schon.« Pfaffs Lächeln bekam etwas Schalkhaftes. »Es könnte schwierig werden, ihr zu erklären, warum ich mitten in der Nacht Damenbesuch empfange.«

Die ironische Bemerkung beeindruckte Anja ebenso wie am Nachmittag. Der Humor des Mathematikers offenbarte die innere Stärke, über die der Mann verfügte. »Falls unser Gespräch länger dauern wird, können Sie gerne Tee kochen.«

»Nein, danke, so lange möchte ich Sie nicht aufhalten.«

»Na gut, dann nehmen Sie Platz.« Pfaff fuhr mit seinem Rollstuhl zum Küchentisch und Anja setzte sich ihm gegenüber. Der nächtliche Besuch schien ihn wirklich nicht zu stören, denn in seinen Augen erkannte Anja, dass er gespannt war, welche Frage er ihr beantworten sollte.

»Bevor ich Ihnen sage, worum es geht, müssen Sie mir versprechen, dass dieses Gespräch vertraulich bleiben wird. Sie dürfen es niemandem gegenüber erwähnen, absolut niemandem.«

Pfaff nickte ernst. »Okay, wenn es Ihren Ermittlungen dient.«

»Habe ich Ihr Wort?«

»Ja, Sie haben mein Wort.«

Anja vertraute darauf, dass Pfaff so integer war, wie er auf sie wirkte und dass sie sich wirklich auf sein Wort verlassen konnte. »Heute Nachmittag haben Sie mir erklärt, dass sich hinter ›RV‹ die Riemannsche Vermutung verbirgt. Mittlerweile haben wir den Mann mit den Initialen M. H. gefunden. Es scheint, als habe er sie bewiesen.«

Der Mathematiker bedachte die Kommissarin mit einem skeptischen Blick, dann schlich sich das sympathische Lächeln wieder in sein Gesicht. »Das wäre eine Sensation, Frau Hill. Ich fürchte jedoch, dass ich Sie enttäuschen muss. Selbst wenn der Beweis richtig und vollständig ist, kann ich Ihnen das nicht innerhalb weniger Minuten bestätigen. Die Überprüfung wird Monate dauern. Ein ganzes Gremium anerkannter Fachleute wird sich damit beschäftigen. Die Formel mag einfach aussehen, doch der Beweis ist weitaus komplizierter als Sie sich vorstellen können.«

Anja schüttelte den Kopf. »Erstens enttäuschen Sie mich nicht und zweitens will ich Sie auch nicht um eine Expertise bitten.«

»Sondern?«

Die Katze war aus dem Sack. Pfaff wusste nun von der Existenz des Beweises und Anja hoffte, dass er eine Antwort auf ihre Frage liefern würde. »Ich möchte wissen, ob der Beweis der Riemannschen Vermutung eine Bedeutung hat, die über die mathematische hinausgeht.«

Pfaff lehnte sich in seinem Rollstuhl zurück und betrachtete die Kommissarin aufmerksam. Nach einer Weile zuckte er mit einer Schulter und nickte schließlich. »Das kann ich Ihnen zweifelsfrei bestätigen, Frau Hill.«

173

Die Kirchturmuhr schlug zweimal, als Bussard seinen BMW abschloss. Mit Hollingers Aktenmappe unter dem Arm ging er auf seine Haustür zu. Es war ein langer Tag gewesen. In der Nacht zuvor hatte er wenig geschlafen und nun stieg er müde und hungrig die Treppe zum ersten Obergeschoss hinauf. Als er seine Wohnungstür aufsperrte, erkannte er einen schwachen Lichtschein im Flur. Er war sicher, dass er nicht vergessen hatte, die Lampe im Wohnzimmer auszuschalten und seine Müdigkeit war wie weggeblasen. Von der Straße aus hatte er das Licht in seiner Wohnung nicht sehen können, weil die Fenster auf der Gartenseite lagen. So leise wie möglich zog er seine Waffe aus dem Holster, drückte die Tür langsam auf und spähte in den Flur. Nichts regte sich und aus dem Wohnzimmer drangen keine Geräusche an sein Ohr. Vorsichtig setzte er einen Fuß vor den anderen, bis er die Wohnzimmertür erreichte. Er sah durch den Spalt und entdeckte einen Mann, der an seinem Schreibtisch saß.

»Kommen Sie herein, Herr Bussard.«

Von der unerwarteten Ansprache überrascht öffnete der Kommissar die Tür, während er mit seiner Waffe auf den ungebetenen Besucher zielte. »Coppa! Was zum Teufel machen Sie hier?«

»Ich habe auf Sie gewartet.« Der Brigadegeneral deutete auf die Aktenmappe, die Bussard in der linken Hand hielt. »Wie ich sehe, haben Sie mir etwas mitgebracht.«

Coppa hatte die Wohnung durchsucht. Der Inhalt mehrerer Schubladen lag auf dem Fußboden und Schranktüren standen offen. Mit der Waffe in der Hand war Bussard zwar in der besseren Position, doch er gab sich trotzdem ahnungslos. »Wieso interessieren Sie sich für mein Mittagessen?«

Coppas gespielt freundlicher Gesichtsausdruck veränderte sich schlagartig. Sein Blick wurde kalt und seine Stimme bekam einen drohenden Unterton. »Los, geben Sie mir Pythagoras´ Arbeit!«

Bussard fragte sich, ob der General seinen Befehlston so sehr verinnerlicht hatte, dass er ihn nicht einmal ablegte, wenn er mit einer Waffe bedroht wurde. Offensichtlich schätzte Coppa die Situation völlig falsch ein. »Pythagoras´ Arbeit? Sollten Sie danach nicht in einem griechischen Museum suchen?«

Es war eine ironische Frage, denn Bussard wusste sofort, wer mit Pythagoras gemeint war. Angehörige von Geheimdiensten verteilten mit Vorliebe Decknamen für die Menschen, mit denen sie zu tun hatten. »Wenn Sie mit Pythagoras Hollinger meinen, kann ich Ihnen auch nicht helfen. Alles, was wir in Hollingers Haus gefunden haben, befindet sich im Präsidium. Sie hätten einfach vorbeikommen und fragen können. Warum zum Henker brechen Sie nachts in meine Wohnung ein?«

Coppa wollte aufstehen, doch Bussard bedeutete ihm mit der Waffe, es nicht zu tun. »Schön sitzenbleiben. Wir wollen doch nicht, dass ich Ihnen ins Knie schießen muss, oder?«

»Das werden Sie auch nicht!« Der Sprecher stand direkt hinter dem Kommissar und Bussard spürte etwas Hartes in seinem Genick. Er musste nicht lange nachdenken, um zu wissen, dass es sich um die Mündung einer Waffe handelte.

179

Der Mann im Rollstuhl war ebenso aufgeregt wie seine hübsche Gesprächspartnerin. Auch wenn ihre Ankündigung, jemand habe die Riemannsche Vermutung bewiesen, erst noch durch ein Gremium von Experten auf Herz und Nieren überprüft werden musste, verlieh alleine die Vorstellung dem nächtlichen Treffen etwas Außergewöhnliches. Einen Augenblick lang genoss Pfaff Anjas erwartungsvollen Blick, bevor er mit seiner Erklärung begann. »Angenommen, der Beweis wäre tatsächlich richtig und vollständig, dann könnte man auf der Grundlage dieses Beweises womöglich Primzahlen berechnen.«

»Okay, aber was bedeutet das?«

Der Mathematiker dachte eine Weile nach, bevor er antwortete. »Bis zum heutigen Tag ist die Berechnung von Primzahlen unmöglich. Man kann eine Zahl lediglich darauf prüfen, ob sie eine Primzahl ist, doch man kann daraus keine Rückschlüsse auf die nächste Primzahl ziehen. Gäbe es eine Formel, mit der man Primzahlen berechnen könnte, hätte dies erhebliche Auswirkungen auf unser tägliches Leben. Nichts wäre dann mehr so wie zuvor.«

Die Katze ist zwar aus dem Sack, dachte Anja, aber sie schleicht um den heißen Brei. Entweder wollte Pfaff sie auf die Folter spannen oder die Antwort war so naheliegend, dass es ihm überflüssig erschien, sie auszusprechen. Die Kommissarin wusste jedoch nicht, worauf der Mathematiker hinauswollte. »Und wie genau würde die Möglichkeit, Primzahlen zu berechnen, unser tägliches Leben verändern?«

Pfaff lehnte sich zurück und schwieg eine Weile. Sein Gesicht nahm einen verklärten Ausdruck an und es schien, als würde er sich eine neue Welt ausdenken, ein neues Utopia. »Ich bin alt genug, um Ihr Vater sein zu können. In meiner Jugend, das war in den Sechzigerjahren, hatte man noch Telefone mit Wählscheiben, sofern man überhaupt eins besaß. Computer waren zimmergroße, geheimnisvolle Maschinen, die von Spezialisten mit Lochstreifen gefüttert wurden und die man benötigte, um zum Mond zu fliegen. Als Sie geboren wurden, Mitte der Achtzigerjahre, gab es eine technische Revolution. Die Zeit des Heimcomputers begann, was man zwanzig Jahre zuvor noch für undenkbar gehalten hatte. Jeder konnte sich einen Computer kaufen und jeder wollte auch einen haben. Als das Internet ins Leben gerufen wurde, führte dies zu einer zweiten Revolution. Plötzlich konnte jeder mit jedem zu jeder Zeit und überall auf der Welt kommunizieren. Es dauerte nicht lange und der Computer wurde zu einem Wirtschaftsfaktor. Firmen boten im WorldWideWeb ihre Waren an, Kunden kauften sie und wickelten die Bezahlung direkt oder über das Online-Banking ab. Heute, nicht einmal ein halbes Menschenleben nach der Erfindung des Heimcomputers, ist ein Leben ohne PC, Facebook und Ebay nicht mehr vorstellbar. Die digitale Welt hat sich über die analoge gestülpt und sie mit Haut und Haaren vereinnahmt.«

Die Geschichte über den Beginn des Computerzeitalters kannte Anja schon. Ihrer Fragestellung hatte sich Pfaff jedoch noch nicht wesentlich genähert. »Die Zeiten ändern sich eben, aber was hat das mit den Primzahlen zu tun?«

»Einfach alles!« Pfaff stützte sich auf einen Ellenbogen und brachte sich mühsam in eine bequemere Position. »Mit dem Internet begann der ständig wachsende Austausch von Informationen. Jeder benutzte die bedeutend schnellere Möglichkeit, Nachrichten zu verschicken, doch damit tauchte ein altes Problem in einem neuen Gewand auf. Wie konnte man sicherstellen, dass die Daten, die man versandte, vor Unbefugten geschützt wurden?«

Pfaff wartete, bis Anja die offensichtliche Antwort lieferte. »Die Daten werden verschlüsselt.«

»Genau, meine Liebe. Die Daten werden verschlüsselt! Je komplexer ein solcher Schlüssel ist, desto schwieriger ist es, ihn zu knacken. Denken Sie nur an das Online-Banking. Sie müssen sicher sein, dass Ihre Daten nicht von Dritten missbraucht werden. Diesem Problem widmeten sich drei Mathematiker: Rivest, Shamir und Adleman. Sie entwickelten die nach ihnen benannte RSA-Verschlüsselung. Dabei stützten sie sich auf die Unmöglichkeit, Primzahlen zu berechnen.«

Den Namen RSA-Verschlüsselung hatte Anja schon einmal gehört, doch die Bedeutung kannte sie nicht. »Wie funktioniert eine solche Verschlüsselung?«

»Das Prinzip ist ziemlich simpel, darin liegt die Genialität der Methode. Die RSA-Verschlüsselung verwendet jeweils zwei Schlüssel, einen öffentlichen und einen privaten. Beide Schlüssel sind Primzahlen, die miteinander multipliziert werden. Das Ergebnis dieser Multiplikation nützt einem Unbefugten wenig, denn nur wer beide Primzahlen kennt, kann die Nachricht entschlüsseln.«

»Aber das ist doch einfach.« Anja runzelte die Stirn und schüttelte den Kopf. »Wenn ich das Ergebnis kenne, kann ich leicht die beiden Zahlen herausfinden, die miteinander multipliziert wurden.«

Das Lächeln des Mathematikers wurde breiter und seine Augen leuchteten. Er wirkte wie ein Zauberkünstler vor dem letzten großen Trick. »Das Prinzip ist in der Tat einfach. Nehmen Sie zum Beispiel die Zahl 91 und zerlegen Sie diese Zahl in alle möglichen Faktoren. Wenn Sie das Ergebnis gefunden haben, werden Sie feststellen, dass 91 nur durch die Primzahlen 7 und 13 teilbar ist. Es gibt keine anderen natürlichen Zahlen, die man miteinander multiplizieren kann, um als Ergebnis 91 zu erhalten. Die Zahl 10.000 ist wesentlich größer, kann aber trotzdem leicht in verschiedene Faktoren zerlegt werden, weil es viele Möglichkeiten gibt, durch eine Multiplikation diese Zahl zu erhalten: 100 mal 100 oder 25 mal 400 oder 5 mal 2.000 und so weiter. Die Zahl 10.000 stellt keine wirkliche Herausforderung dar, aber was ist aber mit der Zahl 9.991?«

Anja wusste es nicht, doch es war lediglich eine rhetorische Frage gewesen. Pfaff wollte nicht ihre Fähigkeiten im Kopfrechnen auf die Probe stellen, sondern fuhr in seiner Erklärung fort. »Je größer eine Zahl ist, die ein Produkt zweier Primzahlfaktoren darstellt, desto schwieriger wird ihre Zerlegung. Bei der RSA-Verschlüsselung verwendet man zwei 60-stellige Primzahlen, die man miteinander multipliziert. Die Zahl, die man als Ergebnis erhält, ist so groß, dass es hoffnungslos ist, nach den Faktoren zu suchen, aus denen sie gebildet wurde.«

Die Erklärung des Mathematikers war leicht verständlich, aber die Kommissarin erkannte die Dimension des Problems immer noch nicht. »Man kennt die Primzahlen doch schon, also muss man nur eine Liste nehmen und die entsprechenden Zahlen ausprobieren.«

»Das ist richtig, Frau Hill, aber diese Liste ist lang, sehr, sehr lang sogar.« Pfaff hatte den Einwand erwartet und seine Erläuterung führte Anja endlich vor Augen, in welchen Größenordnungen sie denken musste. »Es gibt so viele 60-stellige Primzahlen, dass man jedem Atom der Erde zwei dieser Primzahlen zuordnen kann, ohne jemals ein gleiches Paar zu bilden. Diese unvorstellbar große Anzahl macht die Verwendung der RSA-Verschlüsselung so sicher, zumindest, solange man Primzahlen nicht berechnen kann.«

Wie schwierig es war, große Zahlen in ihre Primzahlfaktoren zu zerlegen, berichtete Pfaff in einer Anekdote. Um die Qualität ihrer Verschlüsselung zu überprüfen, hatten Rivest, Shamir und Adleman zwei Primzahlen miteinander multipliziert, deren Ergebnis eine Zahl mit 129 Stellen war. Sie veröffentlichten die als RSA129 berühmt gewordene Zahl und setzten einen Preis von einhundert US-Dollar für denjenigen aus, der die Zahl in ihre Primzahlfaktoren zerlegen konnte. Mathematiker auf der ganzen Welt stürzten sich auf das Problem. Sie arbeiteten, bis die Prozessoren ihrer Rechner glühten. Trotzdem dauerte es siebzehn Jahre, bis jemand das richtige Ergebnis liefern konnte. Für Rivest, Shamir und Adleman war damit der Beweis erbracht, dass die von ihnen entwickelte Verschlüsselung für kommerzielle Anwendungen sicher genug war.

Hollingers Arbeit betraf bei Weitem nicht nur die Mathematik als Wissenschaft und ganz allmählich bekam Anja ein Gefühl dafür, um was es eigentlich ging. »Diese RSA-Verschlüsselung …«

»… ist das Fundament des Internetzeitalters. Der hohe Grad an Sicherheit, den die RSA-Verschlüsselung bietet, macht das Funktionieren des weltweiten Handels, der Bankgeschäfte und so weiter erst möglich.« Pfaff hatte Anjas Gedanken weitergesponnen, doch sein nächster Satz traf die Kommissarin völlig unvermittelt. »Deshalb wacht die NSA auch mit Argusaugen über das Thema.«

Einen Moment lang blieb Anja der Mund vor Staunen offenstehen. »Die NSA? Was hat die NSA damit zu tun?«

»Die NSA ist eine der Hüterinnen der amerikanischen Interessen, sowohl der militärischen als auch der wirtschaftlichen.« Pfaff hob abwehrend die Hand und schüttelte gleichzeitig den Kopf. »Stellen Sie sich vor, was passieren würde, wenn die RSA-Verschlüsselung plötzlich nicht mehr sicher wäre, weil es nach dem Beweis der Riemannschen Vermutung möglich wäre, Primzahlzerlegungen schnell und effektiv durchzuführen. Die gesamte Weltwirtschaft, deren

Funktionieren vom sicher verschlüsselten Datenaustausch abhängt, würde von einem auf den anderen Tag zusammenbrechen! Um dies zu verhindern, dürfen in den USA Arbeiten über die Zahlentheorie, die sich mit diesem heiklen Thema beschäftigen, erst dann gedruckt werden, wenn die NSA ihre Erlaubnis erteilt hat.«

Anja konnte kaum fassen, was Pfaff ihr berichtete. Die *National Security Agency* spionierte nicht nur Menschen auf der ganzen Welt aus, sondern schwang sich sogar zur Herrscherin über diesen Zweig der Wissenschaft auf. »Die NSA zensiert Arbeiten zur Riemannschen Vermutung?«

In Pfaffs Begeisterung, mit der er über die Primzahlforschung und die RSA-Verschlüsselung gesprochen hatte, mischte sich eine Spur Resignation. »Ja, Frau Hill, das ist leider wirklich so. Dieser Bereich der Mathematik ist deshalb so streng reglementiert, weil die Atombombe im Vergleich zum Beweis der Riemannschen Vermutung nicht mehr ist als ein Silvesterböller, wenn Sie mir diesen martialischen Vergleich gestatten. Karl Marx hätte seine helle Freude an diesem Beweis gehabt, denn wer das Kapital kontrolliert, dem gehört die Welt.«

181

Kaum eine andere Berufsbezeichnung wurde seit dem Zweiten Weltkrieg so häufig missbräuchlich verwendet wie die des Kultur-Attachés. Ted Aldridge interessierte sich weder für anspruchsvolle Literatur noch für zeitgenössische Kunst oder klassische Musik. Wie viele Männer seines Berufsstandes operierte er im Geheimen, meist in einer Grauzone der Legalität. Dass der CIA-Agent trotzdem den Titel Kultur-Attaché führte, lag schlicht an der Tatsache, dass er als Mitarbeiter der amerikanischen Botschaft einen Diplomatenpass besaß, der ihm nicht nur eine bevorzugte Behandlung bei seinen Grenzübertritten garantierte, sondern auch sein Gepäck vor neugierigen Augen schützte. Sobald er in einem Fahrzeug saß, befand er sich auf amerikanischem Hoheitsgebiet und war damit für die Behörden des Landes, auf dessen Straßen das Fahrzeug fuhr, unantastbar.

Coppa hatte es widerstrebt, einen Mann ins Boot zu holen, der nicht zur NSA gehörte, selbst wenn die *Central Intelligence Agency* für das gleiche Team spielte. Die Konkurrenz unter den siebzehn verschiedenen amerikanischen Nachrichtendiensten war groß und niemand gönnte dem anderen die Butter auf dem Brot. Jeder wollte ein möglichst großes Stück vom Kuchen haben, doch das Budget der Regierung war begrenzt. Fünfzig Milliarden US-Dollar mussten für alle Schlapphüte reichen, wobei die CIA mit fünfzehn und die NSA mit zehn Milliarden schon die Hälfte des Kuchens unter sich aufteilten. Um das wichtigste Dokument seiner gesamten Karriere sicher in die Vereinigten Staaten zu befördern, war der NSA-General jedoch auf die Hilfe des CIA-Agenten mit dem Diplomatenpass angewiesen.

»Nehmen Sie ganz langsam die Hand hoch!«

Bussard verfluchte sich selbst dafür, dass er nicht vorsichtiger gewesen war. Der zweite Mann hatte sich offensichtlich im Badezimmer versteckt gehalten. Noch immer hinter Bussard stehend griff er nach der

Dienstpistole, nahm sie dem Kommissar aus der Hand und steckte sie ein.

»Setzen Sie sich!«

Bussard wandte den Kopf und betrachtete seinen Überwältiger, dessen Automatik mit einem Schalldämpfer versehen war. Der Mann war etwa einen Meter neunzig groß und ziemlich schlank. Sein schmales Gesicht, seine Hakennase und sein schwarzer Anzug gaben ihm das Aussehen eines Totengräbers.

»Und wer sind Sie?«

»Namen sind doch nur Schall und Rauch, Bussard. Stellen Sie die Tasche auf den Boden und setzen Sie sich an den Tisch!«

Seiner Waffe beraubt hatte der Kommissar keine Argumente mehr auf seiner Seite. Er stellte die Aktenmappe ab, ging zum Esstisch und setzte sich.

Coppa deutete auf die Tasche. »Los, Aldridge, sehen Sie nach!«

»Schall und Rauch, Aldridge?« Bussard grinste hämisch. »Arbeiten Sie auch für die NSA?«

Mit der linken Hand hob Aldridge die Tasche auf und warf sie Coppa zu, während er mit der Waffe in seiner rechten auf Bussard zielte. »Das Ganze ist eine Nummer zu groß für Sie, Bussard, also halten Sie die Klappe!«

Sein Akzent verriet, dass Englisch seine Muttersprache war, auch wenn er ebenso wie Coppa über ein ziemlich gutes Deutsch verfügte.

»Leer!« Coppa hatte die Tasche geöffnet und nach dem Inhalt gesucht. Er stand abrupt auf und warf die Tasche quer durch das Zimmer. »Wo ist Pythagoras' Arbeit?«

Die wütende Reaktion des Generals beeindruckte den Kommissar nicht. »Sie haben eine Vorliebe für Decknamen, Coppa. Haben Sie auch einen für mich?«

»Ja«, erwiderte Aldridge. »Motherfucker!«

Bussard lehnte sich zurück, legte den rechten Fuß auf das linke Knie und verschränkte die Arme vor der Brust. »Nicht sehr originell, Langer. Pythagoras gefällt mir besser, aber der ist schon vergeben. Wie wäre es mit Archimedes?«

»Sie sind ein Klugscheißer, Bussard.« Aldridge gab Coppa die Waffe und hob einen schwarzen Aktenkoffer auf, der neben dem Schreibtisch gestanden hatte. »Ich habe mir schon gedacht, dass Sie uns blöd kommen wollen, aber jemanden wie Sie verspeisen wir zum Frühstück und scheißen ihn eine Stunde später wieder aus!«

Der Mann mit dem Aussehen eines Totengräbers öffnete den Aktenkoffer und entnahm ihm eine Rolle silberfarbenes Klebeband und ein schwarzes Etui.

191

Das Gespräch mit Dr. Pfaff dauerte wesentlich länger als Anja geplant hatte. Auf seine Bitte hin hatte sie Tee gekocht und an seinem Küchentisch sitzend sprachen sie über die Folgen, die der Beweis der Riemannschen Vermutung nach sich ziehen würde.

In ihren drei Jahren in der Ermittlungsgruppe Wirtschaftskriminalität hatte Anja viel über Banken gelernt. In diesem Teich gab es wesentlich mehr Hechte als Karpfen, doch einige stachen besonders heraus, unter anderem die amerikanische *Silverman Seven*. Die in

New York beheimatete Bank war weitaus mehr als ein Geldinstitut. Sie war einer der Angelpunkte, um den sich das internationale Finanzkarussell drehte. *Silverman Seven* griff direkt in die Politik ein, national und international, und jeder amerikanische Präsident nutzte ihre Macht. Amerikanische Truppen waren in Kuweit, in den Irak und in Afghanistan einmarschiert, um amerikanische Interessen durchzusetzen, doch in vielen anderen Ländern der Welt hatte *Silverman Seven* die Machtverhältnisse im eigenen Sinne geregelt. Niemand biss die Hand, die ihn fütterte und so wurden gewählte oder gekrönte Häupter ebenso wie ganze Regierungen gekauft oder sogar mit eigenen Leuten besetzt.

Silverman Seven blies die Pfeife, nach der alle tanzten. Zeigte ihr Daumen nach unten, wurden in Schieflage geratene Konkurrenten wie *Lemon Brothers* von der finanziellen Landkarte getilgt. Zeigte er nach oben, dann rettete die US-Regierung schon einmal den größten amerikanischen Versicherungskonzern mit einer gigantischen Menge von Steuer-Dollars. Der lange Arm des Bankhauses reichte jedoch nicht nur bis in die Vorstandsetagen börsennotierter US-Unternehmen. Ende der Neunzigerjahre und zu Beginn des neuen Jahrtausends hatte *Silverman Seven* Griechenland geholfen, seine Staatsschulden geschickt zu verschleiern, wodurch es später zu einer Finanzkrise in der gesamten Europäischen Union gekommen war. Dass die Bank dabei ihren Schnitt gemacht hatte, verstand sich von selbst. Die entscheidende Rolle jedoch hatten dabei nicht die vielen hin- und hergeschobenen Milliarden gespielt, sondern die jeweilige Personalpolitik der beteiligten Parteien. Während in vielen Staaten der westlichen Welt darüber diskutiert wurde, zu welchen Bedingungen Politiker nach ihren Amtszeiten in die freie Wirtschaft wechseln durften, ging man bei *Silverman Seven* den umgekehrten Weg. Führende Mitarbeiter des Bankhauses tauchten mit schöner Regelmäßigkeit in den Schaltzentralen der internationalen Politik auf. Nicht nur der damalige Leiter der griechischen Nationalbank und spätere Premierminister Griechenlands war ein ehemaliger *Silverman*. Auch der Chef der Europäischen Zentralbank, drei italienische Ministerpräsidenten und der Direktor der *Bank of England* hatten ihre Karrieren bei dem amerikanischen Finanzgiganten begonnen. *Silvermen* nahmen als Minister, Staatssekretäre oder Berater Einfluss auf die Regierungen von Helmut Schmidt, Margaret Thatcher, Barack Obama und Angela Merkel. Sie agierten in Frankreich, Spanien, Portugal, Polen, Australien und vielen anderen Ländern rund um den Globus. Gegen die Machtfülle des Netzwerks, das sich über große Teile der Welt erstreckte, wirkten die Mafia, die Triaden oder der Vatikan wie Fahrräder neben einem Ferrari. Die Kurse der beiden wichtigsten Währungen der Welt, Euro und US-Dollar, standen ebenso unter dem Einfluss von *Silverman Seven* wie die Regierungen aller Staaten, die auf der Basis dieser Währungen Geschäfte machten oder Kredite aufnahmen.

Milliarden und Abermilliarden US-Dollar, Yen und Euro flossen über die Konten von *Silverman Seven* und die Anzahl der Buchungsvorgänge berechnete sich nach Transaktionen pro Sekunde. Jede Einzelne dieser Transaktionen wurde mithilfe einer RSA-Verschlüsselung vorgenommen, ebenso wie alle anderen Transaktionen aller Banken auf der ganzen Welt. Wäre eine Bank wie *Silverman Seven* im Besitz des Beweises der

Riemannschen Vermutung, so würde sie damit zum absoluten Herrscher im Finanzuniversum aufsteigen. Sie hielte im wahrsten Sinne des Wortes den Goldenen Schlüssel in ihrer Hand.

Der monetäre Wert des Beweises ließ sich nach menschlichem Ermessen nicht berechnen. Wer in der Lage war, RSA-Verschlüsselungen zu knacken, hatte damit Zugriff auf alle online durchgeführten Finanztransaktionen auf dem gesamten Planeten. Eine mächtigere Waffe hatte es in der Geschichte der Menschheit nicht gegeben.

Kurz nach zwei Uhr verabschiedete sich Anja von Pfaff. Sie stieg in ihren Mini Cooper und während sie nach Hause fuhr, dachte sie über das Gespräch nach, das sie mit dem Mathematiker geführt hatte. Dabei drehten sich ihre Gedanken immer wieder um einen zentralen Punkt. Die NSA wachte über alles, was mit dem Beweis der Riemannschen Vermutung zu tun hatte. Der mächtige Geheimdienst hatte seinen Daumen auf allen Arbeiten zu diesem Thema. Kein Mathematiker wagte eine Veröffentlichung, wenn er nicht als Terrorist und Staatsfeind in einem finsteren Gefängnis landen wollte oder, falls er nicht US-Bürger war, als feindlicher Kombattant faktisch rechtlos einer Militärkommission unterstellt wurde, wofür der *Military Commissions Act* aus dem Jahr 2006 die pseudogesetzliche Grundlage bildete. In Zeiten der weltweiten Vernetzung beschränkten sich NSA, CIA und andere Organisationen nicht darauf, vor ihrer eigenen Tür zu kehren. Amerikanische Geheimdienste führten Operationen in fremden Ländern durch, bei der notfalls unliebsame Zeugen einfach eliminiert wurden. Alles, was nach ihrer eigenen Definition als Gefährdung der nationalen Sicherheit der USA eingestuft wurde, musste bekämpft oder unter eigene Kontrolle gebracht werden – ohne Rücksicht auf Verluste.

Ohne Rücksicht auf Verluste, dachte die Kommissarin und stellte ihren Mini Cooper vor ihrem Haus ab. Die Amerikaner würden alles dafür tun, um in den Besitz des Beweises zu kommen und Anja fragte sich, was sie bereits getan hatten. Ein Gedanke drängte plötzlich an die Oberfläche ihres Bewusstseins. Es war eine simple Schlussfolgerung aus dem, worüber sie mit Pfaff diskutiert hatte und sie spürte instinktiv, dass sie unversehens die Antwort auf eine wichtige Frage ihrer Ermittlungen gefunden hatte. Es war zwar bereits nach zwei Uhr, doch sie musste unbedingt mit Bussard sprechen, denn sonst würde sie in der Nacht nicht schlafen können. Die Adresse ihres neuen Partners kannte sie nicht, doch der Kollege, der an der Pforte des Präsidiums Nachtdienst hatte, würde ihr weiterhelfen können.

Anja drehte den Zündschlüssel, legte den ersten Gang ein und machte sich wieder auf den Weg.

193

Das silberfarbene Klebeband und das schwarze Etui wirkten auf den Kommissar wie ein Halogenstrahler, den der CIA-Agent plötzlich eingeschaltet hatte. Es gab niemanden, der zur NSA in Konkurrenz stand, weder Wiesinger noch sonst jemand, und Bussard wurde schlagartig bewusst, wer der Drahtzieher für die Morde an Baer, Müller, Hollinger und dessen Tante war. »Susan Bettinson hat für Sie gearbeitet! Deshalb bekamen wir keine Antwort auf unsere Anfrage nach ihren Fingerabdrücken.«

Aldridge sah Coppa an und der Brigadegeneral nickte. »Major Williams hatte den Auftrag, Pythagoras' Arbeit zu überwachen. Wenn sich diese Zivilistin nicht eingemischt hätte, wäre Major Williams noch am Leben.«

»Major Williams?"

»Major Sara Williams. Sie haben sie getötet.«

Coppa hatte Bussards Annahme indirekt bestätigt. Dass der Brigadegeneral überhaupt vom Tod von Susan Bettinson alias Major Sara Williams wusste, verriet, dass die NSA noch immer ihre technischen Möglichkeiten nutzte, um sich vertrauliche Informationen der deutschen Polizei zu verschaffen.

»Major Sara Williams also. Sie hat das Feuer eröffnet und damit ihren Tod selbst verschuldet.«

»Sie kannte das Risiko.« Coppa ließ sich nicht anmerken, ob ihn der Tod seiner Mitarbeiterin berührte. »In jedem Krieg gibt es Opfer.«

»So wie Baer und Müller?«

»Wir mussten sichergehen. Baer hatte in einer E-Mail an die Universität Princeton Andeutungen über Pythagoras' Arbeit gemacht. Diese Informationen durften um keinen Preis bekannt werden. Die nationale Sicherheit unseres Landes stand auf dem Spiel. Wenn die Arbeit in falsche Hände geraten wäre …«

Coppa ließ den halben Satz in der Luft hängen, doch Bussard vervollständigte ihn nicht. Der Kommissar wollte endlich wissen, um was es wirklich ging. »Was ist so verdammt wichtig an diesem Mathekram?«

Der Brigadegeneral hob die Hand und schüttelte den Kopf. »Das würde jetzt zu weit führen. Wenn es Sie interessiert, lassen Sie es sich von einem Experten erklären.«

»Genug gequatscht!« Mit dem Klebeband in der Hand ging Aldridge auf Bussard zu. » Ziehen Sie Ihre Jacke aus!«

Der Kommissar rührte sich nicht. Aldridge konnte ihm keine Spritze in den Arm jagen, solange er seine Lederjacke trug, doch Bussard war seinen Gegnern eindeutig unterlegen.

Der Totengräber deutete auf Bussards Beine. »Rechtes Knie!«

Coppa zielte mit der Waffe auf Bussards Knie und der Kommissar gab sich geschlagen.

»Okay, schon gut.« Er zog seine Jacke aus und legte sie auf den Tisch. »Diese Zivilistin, von der Sie gesprochen haben, Ursula Steiert, wieso hat sie sich eingemischt?«

»Wir mussten Pythagoras´ Tante aus dem Weg räumen, um ihn unter unsere Kontrolle zu bringen«, antwortete Coppa. »Er hatte den Beweis im Kopf, doch wir brauchten ihn auf Papier. Also haben wir Pythagoras gebeten, ihn aufzuschreiben. Die Aktion wäre sauber und geräuschlos über die Bühne gegangen, wenn diese Ärztin nicht aufgetaucht wäre. Sie ist schuld daran, dass Major Williams und Pythagoras tot sind. Hätte sie sich nicht eingemischt, wären beide noch am Leben. Wir hätten das Manuskript und wären längst wieder zu Hause.«

»Pythagoras heißt Hollinger, Michael Hollinger, und Ihr Zynismus kotzt mich an, Coppa!« Bussard fühlte keinerlei Angst, obwohl er den beiden Amerikanern hilflos ausgeliefert war. Die menschenverachtende Arroganz, mit der Coppa jegliche Schuld von sich schob, trieb dem Kommissar die Zornesröte ins Gesicht. »Haben Sie überhaupt eine leise Ahnung davon, wer Hollinger wirklich war? Wissen Sie eigentlich, wen Sie getötet haben?«

»Sparen Sie sich Ihre Sentimentalitäten.« Aldridge sah von oben auf Bussard hinunter. »Letzte Chance: Wo ist Pythagoras' Arbeit?«

Bussard musste sich zwingen, Aldridge nicht zwischen die Beine zu treten. Der Totengräber stand in Reichweite, doch Coppa hatte eine Waffe in der Hand und war gut zwei Meter entfernt. Die Chancen, beide Amerikaner zu überwältigen, standen schlecht und es nützte auch nichts, Zeit zu gewinnen, denn niemand wusste von dieser nächtlichen Begegnung. Hilfe war von keiner Seite zu erwarten. Falls der Kommissar nicht am eigenen Leib erfahren wollte, wie ein Cocktail aus Amobarbital und LSD wirkte, musste er das Versteck preisgeben.

»Das Manuskript ist in meinem Auto.«

»In Ihrem Auto?« Aldridge schien ehrlich verblüfft. »Sie haben es in Ihrem Auto versteckt?«

»Unter der Fußmatte.«

»Verscheißern Sie uns nicht!« Coppa stand vom Schreibtischstuhl auf und zielte auf Bussards Brust. »Wenn Sie glauben, einen Trick auf Lager zu haben, dann denken Sie besser daran, dass wir alle Tricks kennen. Also, noch einmal: Wo ist Pythagoras' Arbeit?«

Der Kommissar sah zur Tür, dann wandte er sich wieder Coppa zu. »Ich sagte es doch gerade. Das Manuskript liegt unter der Fußmatte in meinem Wagen. Sehen Sie nach, dann werden Sie es finden.«

Aldridge und Coppa wechselten einen stummen Blick. Beide waren schon zu lange im Geschäft, um eine lahme Finte nicht als solche zu erkennen.

»Aufstehen!« Aldridge warf das Klebeband in den Aktenkoffer und zog Bussards Waffe aus seiner Jackentasche. »Sie holen das Manuskript aus Ihrem Wagen, aber schön langsam.«

Wieder sah Bussard zur Tür.

»Denken Sie nicht einmal daran!« Der Brigadegeneral bedeutete Bussard mit der Waffe, sich zu erheben. »Sie haben keine Chance, also versuchen Sie es erst gar nicht.«

197

In der kleinen Seitenstraße spendete eine einsame Laterne ein fahles Licht. Am Straßenrand standen parkende Fahrzeuge, doch zu dieser nächtlichen Stunde war niemand unterwegs. Anja fuhr im Schritttempo, während sie an den Häusern nach den Nummern suchte. Fünfzig Meter vor ihr kamen drei Gestalten aus einem Hauseingang. Es war zu dunkel, um auf Anhieb zu erkennen, ob Bussard eine dieser Gestalten war, doch das Haus musste das gesuchte sein. Sekunden später war die Kommissarin nahe genug. Einer der drei Männer war Bussard, aber die anderen beiden kannte sie nicht. Sie gingen direkt hinter dem Kommissar und als Anja die kleine Gruppe passierte, sah sie eine Waffe in der Hand des Unbekannten. Bussard warf seiner Partnerin einen Blick zu und sie wusste sofort, dass er sie erkannt hatte. Er schüttelte unmerklich den Kopf und sie fuhr weiter, ohne ihre Geschwindigkeit zu verringern. Am Ende der Straße hielt sie an, schaltete die Scheinwerfer aus und stellte den Motor ab.

Verfluchte Scheiße, dachte Anja. Ihre Gedanken arbeiteten fieberhaft. Bussard steckte in ernsten Schwierigkeiten und sie wusste nicht, wie sie sich verhalten sollte. Wenn sie die Kollegen verständigte, würden Blaulicht und Martinshorn das Überraschungsmoment zunichte machen, doch wenn sie ihren Vorteil nutzen wollte, war sie auf sich alleine gestellt. Sie zog ihre Dienstwaffe aus ihrer Tasche, entsicherte sie und lud sie durch. Im spärlichen Licht erkannte sie, dass Bussard und seine ungebetenen Begleiter seinen BMW erreicht hatten. Er schloss den Wagen auf, öffnete die Tür auf der Fahrerseite und beugte sich in den Innenraum.

So leise wie möglich stieg Anja aus ihrem Wagen, ohne ihre Ballerinas gegen die High Heels zu tauschen, und drückte die Fahrertür ins Schloss. Mit der Waffe in der Hand huschte sie durch die Dunkelheit. Sie nutzte die parkenden Fahrzeuge als Deckung, während sie sich Bussards BMW langsam und geräuschlos näherte. Hinter einem Kleintransporter ging sie in die Hocke, zog ihr Handy aus der Jackentasche und rief im Präsidium an. Flüsternd erklärte sie dem Kollegen die Situation und bat um Unterstützung, dann steckte sie ihr Smartphone wieder ein. Ihre Nerven waren zum Zerreißen gespannt und das Herz klopfte wild in ihrer Brust. Die beiden Männer hatten sie noch nicht bemerkt, doch auf den dreißig Metern bis zu Bussards Wagen gab es keine Deckung mehr, die sie hätte nutzen können. Sie durfte keinen Fehler machen, wenn sie die Situation unter ihre Kontrolle bringen wollte. Vorsichtig spähte sie am Transporter vorbei. Bussard war noch immer in seinen Wagen gebeugt, während die beiden Unbekannten abwartend hinter ihm standen. Niemand sah in ihre Richtung. Anja atmete einmal tief durch, dann richtete sie sich langsam auf. Die Hand mit der Waffe verbarg sie hinter ihrem Rücken. Als einsame nächtliche Spaziergängerin konnte sie sich Bussards Wagen nähern, ohne von den beiden anderen Männern als Bedrohung erkannt zu werden. Der Plan war verwegen, doch eine Alternative hatte sie nicht. Als sie sich in Bewegung setzen wollte, spürte sie plötzlich etwas Hartes in ihrem Genick. Eine leise Stimme ließ sie mitten in einem Atemzug bewegungslos verharren.

»Hands up! Slowly!«

199

Anjas überraschendes Auftauchen verkomplizierte die Situation. Bussard hoffte, dass sie sein Kopfschütteln bemerkt hatte, doch er wusste nicht, wie sie reagieren würde. Wenn sie auf eigene Faust etwas unternahm, konnte die nächtliche Begegnung für alle äußerst gefährlich werden. Aldridge war ein Profi, der sich nicht leicht überrumpeln ließ. Falls sie jedoch die Kollegen verständigte, würde die Situation womöglich eskalieren. Ein Streifenwagen, der mit quietschenden Reifen in die Straße einbog, konnte leicht eine Entwicklung in Gang setzen, an deren Ende Opfer zu beklagen waren.

Bussard zog das Manuskript unter der Fußmatte hervor. Er richtete sich auf und gab Coppa die Seiten.

Von Anja war nichts zu sehen. Sie hatte ihren Mini Cooper am Ende der Straße abgestellt und war verschwunden. Bussard hoffte, dass sie lediglich einen Beobachtungsposten eingenommen hatte, ohne auf dumme Gedanken zu kommen.

Coppa stieß Bussard zur Seite und beugte sich vor. Im Licht der Innenbeleuchtung des BMWs unterzog er das Manuskript einer kurzen Prüfung, dann wandte er sich nickend an Aldridge. »Okay, wir haben, was wir brauchen.«

»Dann hauen Sie schnell ab!« Bussard warf dem Brigadegeneral einen verächtlichen Blick zu. »Lassen Sie sich nie wieder hier blicken, Coppa, sonst gehört Ihr Arsch mir!«

»Bellen Sie den Mond an, wenn Ihnen danach ist.« Coppa erwiderte Bussards Blick auf die gleiche Weise. »Sie wissen so gut wie ich, dass die deutsch-amerikanischen Beziehungen wichtiger sind als das Ego eines kleinen Kommissars aus der Provinz.«

Aus dem Augenwinkel erkannte Bussard, dass sich jemand näherte. Er drehte unmerklich den Kopf und sah, dass Anja mit erhobenen Händen auf sie zukam. Ein junger Mann in Uniform ging direkt hinter ihr.

»Frau Hill!« Coppa nickte ihr und dem jungen Mann zu. »Sie hätten sich nicht extra die Mühe machen müssen.«

»Wer ist das?«, fragte Aldridge.

»Das ist Kommissarin Anja Hill, die in Bussards Abteilung arbeitet. Ich kenne zwar ihren Lebenslauf, wusste aber nicht, dass die beiden privat ein Paar sind.«

Coppa nahm Anjas Dienstwaffe, die der Uniformierte ihm reichte, entgegen. »Danke, Eads. Wir sind hier fertig.«

Eads drehte sich wortlos um und ging den Weg zurück, den er gekommen war. Wenige Augenblicke später wurde eine Autotür geöffnet und ein Motor gestartet.

»Ich will mich nicht in Ihr Liebesleben einmischen.« Der Brigadegeneral deutete auf Bussards Wagen. »Steigen Sie ein, auf die Rücksitzbank. Machen Sie es sich gemütlich und fühlen Sie sich wie im Autokino. Vielleicht haben Sie ja noch etwas Spaß miteinander.«

Anja nahm die Hände herunter und ballte sie zu Fäusten. »Ist er dieser Coppa?«

»Ja«, antwortete Bussard. »Das ist Brigadegeneral Coppa von der NSA und der Totengräber heißt Aldridge.«

»Fahren Sie zur Hölle, Coppa!« Anja sah den Offizier mit blitzenden Augen an. »Sie werden niemals damit durchkommen, das verspreche ich Ihnen.«

»Versprechen Sie nichts, was Sie nicht halten können.« Wieder deutete Coppa auf den Fond des BMWs. »Einsteigen!«

Widerwillig gehorchte Anja dem Befehl. Bussard wollte ihr folgen, doch Coppa verlangte zuerst den Autoschlüssel. Der Kommissar zog seinen Schlüsselbund aus der Hosentasche und löste den Autoschlüssel vom Ring. »Was soll das werden?«

»Wir brauchen keine Eskorte.« Coppa nahm den Schlüssel an sich. »Los, steigen Sie ein!«

Bussard sah die beiden Amerikaner abwechselnd an, als wollte er sich ihre Gesichter für alle Zeiten einprägen. »Man sieht sich immer zweimal im Leben, vergessen Sie das nicht!«

Er stieg in seinen Wagen, neben dem die Scheinwerfer einer Mercedes-Limousine auftauchten. Coppa schlug die Tür des BMWs zu. Der Brigadegeneral und der CIA-Agent umrundeten Bussards Wagen. Bevor sie in den Mercedes einstiegen, hörten Bussard und Anja das Geräusch metallischer Gegenstände, die jemand auf das Autodach legte. Zwei Autotüren wurden zugeschlagen und der Mercedes jagte davon.

»Das ist ein Diplomatenfahrzeug!« Anja zog einen Stift aus ihrer Jacke und notierte das Kennzeichen auf ihrer Handfläche, während Bussard die Fahrertür öffnete und ausstieg. Auf dem Dach des BMWs lagen zwei Dienstwaffen.

211

»Es tut mir leid. Ich habe den dritten Mann überhaupt nicht bemerkt. Er muss wohl im Wagen gewartet haben.« Anja sah Neudörfer zerknirscht an und der Polizeirat schüttelte den Kopf.

»Haben Sie den Begriff Eigensicherung schon einmal gehört, Frau Hill?«

»Anja hat sich absolut richtig verhalten. Sie hat die Kollegen informiert und einen Beobachtungsposten eingenommen. Nichts deutete darauf hin, dass noch ein dritter Mann im Spiel war. Es gibt keinen Grund, ihr etwas vorzuwerfen.« Bussard saß mit seiner Partnerin im Büro ihres Chefs. In der Nacht waren zwei Einsatzwagen am Tatort eingetroffen, doch die Kollegen hatten unverrichteter Dinge wieder abziehen müssen. Die Geiselnahme hatte nur wenige Minuten gedauert und die Geiselnehmer waren bereits über alle Berge gewesen. Niemand war zu Schaden gekommen, doch der Vorfall war aktenkundig und Neudörfer verlangte Erklärungen.

»Wieso ist Coppa überhaupt mitten in der Nacht bei Ihnen aufgetaucht?«

Bussard erwähnte nicht, dass Coppa und Aldridge bei ihm eingebrochen waren. »Er wollte die Notizen, die wir in Hollingers Haus gefunden haben.«

»Welche Notizen? So weit ich weiß, wurde in Hollingers Haus nichts Derartiges sichergestellt.«

»Es waren nur einige Seiten, auf denen Hollinger Formeln und Gleichungen notiert hatte. Nach der Schießerei habe ich sie mit in meinen Wagen genommen und durchgeblättert, aber das war nur irgend so ein Mathekram. Erst auf dem Heimweg habe ich bemerkt, dass sie noch auf der Rückbank lagen. Ich wollte sie heute Morgen zur Beweismittelsicherung geben, aber jetzt hat sie Coppa.«

Neudörfer sah Bussard argwöhnisch an. »War das der Beweis, von dem Frau Hill gestern Abend gesprochen hat?«

»Keine Ahnung. So gut kenne ich mich nicht aus. Für mich waren das nur irgendwelche Formeln, die Hollinger auf das Papier gekritzelt hat, Notizen eben.«

»Frau Hill?« Der Polizeirat wandte sich der Kommissarin zu, doch Anja zuckte nur mit den Achseln. In der Nacht hatte sie Bussard erzählt, was sie von Dr. Pfaff erfahren hatte. Sie hatte ihm die Bedeutung des Beweises der Riemannschen Vermutung erklärt, doch Bussard hatte sie beschworen, diese Information für sich zu behalten. Einen konkreten Grund hatte er ihr nicht genannt. Die Unterhaltung hatte keine zwei Minuten gedauert, denn dann waren die Kollegen der Streife eingetroffen.

Da Anja nicht antwortete, sah Neudörfer Bussard wieder an. »Hat Coppa Ihnen nicht gesagt, warum er diese Notizen haben wollte?«

»Nein, hat er nicht. Ich habe ihn danach gefragt, doch er meinte, eine Erklärung würde zu lange dauern. Ich sollte mich an einen Experten wenden, wenn ich wissen wollte, was Hollinger notiert hat.«

Der Polizeirat lehnte sich zurück, schloss für einen Moment die Augen und schüttelte den Kopf, dann sah er die beiden Ermittler wieder an. »Den Schusswechsel im Haus von Hollinger wird die Innere Abteilung untersuchen. Wenn Ihre Darstellung den Tatsachen entspricht, haben Sie nichts zu befürchten.«

Weder Bussard noch Anja hatten etwas dazu zu sagen und Neudörfer fragte noch einmal nach: »Es stimmt doch, dass Susan Bettinson das Feuer eröffnet hat, oder?«

»Nein.« Bussards Antwort überraschte sowohl seine Partnerin als auch seinen Chef.

»Aber …«, begann Anja, doch Bussard hob abwehrend die Hand.

»Ihr Name ist nicht Susan Bettinson, sondern Sara Williams.«

Neudörfer zog die Augenbrauen zusammen und betrachtete Bussard erneut argwöhnisch. »Woher wissen Sie das?«

»Coppa hat es mir gesagt. Major Sara Williams hat für ihn gearbeitet.«

»Die Täterin hat für die NSA gearbeitet?« Im ersten Augenblick war Neudörfer überrascht, doch dann nickte er wissend. »Jetzt wird mir einiges klar.«

»Teilen Sie Ihre Erkenntnis mit uns.«

Wieder sah der Polizeirat die beiden Ermittler abwechselnd an, dann beugte er sich vor und legte die Unterarme auf seinen Schreibtisch. Seine Stimme wurde leiser und sein Blick eindringlich. »Heute Morgen, kurz nach sechs, hat mich der Innenminister persönlich angerufen. Er hat mich aufgefordert, die Akten der Tötungsdelikte Baer, Müller, Steiert und Hollinger zu schließen. Nach offizieller Lesart hat eine offenbar geistesgestörte amerikanische Staatsbürgerin, die kurz vor ihrer Entlassung aus der Armee stand, in einem Anfall von geistiger Umnachtung vier Menschen ohne jeden Grund getötet. Da die Täterin, die einen falschen Namen und gefälschte Papiere benutzte, bei einem Schusswechsel mit der Polizei verstarb, kommen die vier Mordfälle zu den Akten.«

»Aber das ist doch …«, rief Anja, doch diesmal wurde sie von Neudörfer unterbrochen.

»Die Anweisung kommt von oben, von ganz weit oben und das, was ich Ihnen eben erzählt habe, haben Sie nie gehört, verstanden?«

»Von wie weit oben?«, fragte Bussard.

Zum dritten Mal sah Neudörfer die beiden Ermittler abwechselnd an, dann antwortete er mit einem Wort: »Berlin.«

Der Kommissar stieß einen leisen Pfiff aus. »Berlin? Da muss jemand einen ziemlich großen Teppich besitzen, wenn er die Geschichte darunterkehren will.«

»Das ist weder Ihr Problem, Bussard, noch meins. Solche Sachen werden auf Ebenen verhandelt, von denen wir nicht einmal wissen, dass es sie gibt.« Neudörfer legte eine kurze Pause ein und nickte schließlich. »Trotzdem würde es mich interessieren, um was es bei diesen Notizen geht, die offiziell überhaupt nicht existieren.«

Er sah Bussard fragend an, doch der Kommissar zuckte mit den Achseln. »Von uns weiß das niemand. Vielleicht werden wir es eines Tages erfahren, wenn ein neuer Edward Snowden auftaucht – vielleicht auch nicht.«

Nach einem kurzen Klopfen steckte Sasha Wegner seinen Kopf ins Büro des Polizeirats. »Die Kollegen der Verkehrspolizei haben den gesuchten Mercedes gefunden.«

Neudörfer glaubte, seinen Ohren nicht zu trauen und wandte sich an Bussard. »Sie haben ein Diplomatenfahrzeug zur Fahndung ausgeschrieben?«

»Sicher.«

»Sind Sie noch zu retten?« Der Polizeirat beugte sich noch weiter vor und seine Stimme war unversehens lauter geworden. »Ich muss Ihnen doch nicht erklären, dass Fahrzeuge und Gepäck von Diplomaten tabu sind, absolut tabu!«

»Ich weiß.« Bussard verschränkte die Hände im Schoß und schlug die Beine lässig übereinander. »Diplomaten, ihre Fahrzeuge und ihr Gepäck dürfen nicht durchsucht werden. Die Feststellung der Personalien ist jedoch erlaubt.«

»Aber wozu der Aufwand? Sie wussten doch, dass Coppa und Aldridge in dem Mercedes unterwegs waren, zusammen mit ihrem Fahrer.«

»Das stimmt nur zum Teil«, widersprach Wegner. »Heute Nacht sind laut Bussards Aussage Coppa, Aldridge und ein Mann namens Eads mit dem Mercedes davongefahren. Vor einer Viertelstunde wurde das Fahrzeug am Grenzübergang Neuenburg kontrolliert. Es ist übrigens auf die amerikanische Botschaft in Frankfurt zugelassen.«

»Dann sind die drei jetzt eben in Frankreich, na und?«

Wegner schüttelte den Kopf. »Der Mercedes kam aus Frankreich. An Bord waren nur zwei Männer: Michael Coppa und der Fahrer, Gregory Eads. Aldridge befand sich nicht im Fahrzeug. Nach Feststellung der Personalien haben die Kollegen das Fahrzeug wieder fahren lassen. Es war eine reine Routinekontrolle.«

»Und was bringt Ihnen das jetzt?«, fragte der Polizeirat und wandte sich an den Kommissar.

»Nichts«, antwortete Bussard. »Es hat mich nur interessiert, wohin Coppa und Aldridge wollten.«

Neudörfer betrachtete seinen Chefermittler argwöhnisch, dann gebot er den beiden Kommissaren mit einer Handbewegung, das Büro zu verlassen. »Gehen Sie wieder an Ihre Arbeit und denken Sie daran: kein Wort mehr über diese Geschichte, zu niemandem. Berlin hat entschieden, dass die deutsch-amerikanischen Beziehungen keine weitere Belastung vertragen. Also halten Sie sich daran!«

Anja war mit dieser Entscheidung nicht einverstanden. »Dann nehmen wir es einfach so hin, dass die NSA uns abhört?«

»Was der Kanzlerin recht ist, kann uns nur billig sein. Im Übrigen habe ich bereits veranlasst, dass unsere eigenen Sicherheitssysteme verbessert werden. Frau Bauer kümmert sich darum. Alles andere entscheidet Berlin.« Der Polizeirat wandte sich an Wegner, der noch immer in der offenen Tür stand. »Das gilt auch für Sie und für Ihre Kollegen Bauer und Stemmer. Kein weiteres Wort über diese Geschichte!«

Anja wollte noch einmal widersprechen, doch Bussard fasste sie am Arm und zog sie hoch. »Wir gehen wieder an unsere Arbeit.«

Sie verabschiedeten sich von ihrem Chef und verließen dessen Büro. Als Bussard die Tür ins Schloss zog, baute sich Anja vor ihm auf und stemmte die Fäuste in die Seiten. »Warum hast du ihm nicht gesagt, um was es bei Hollingers Arbeit wirklich ging?«

»Du hast es doch gehört. Kein Wort mehr über die Geschichte.« Bussard beugte sich vor und flüsterte ihr ins Ohr. »Zumindest nicht hier.«

223

Obwohl Anja seit mehr als fünfzehn Jahren in Freiburg lebte, hatte sie noch nie vom Welchental gehört. Bussard hatte ihr den Weg erklärt und so fuhr die Kommissarin mit ihrem Mini Cooper durch die Steinhalde im Stadtteil Ebnet. Kurz nach den letzten Häusern bog sie links ab. Ein kleines Tal zog sich den Hang hinauf zum Rosskopf, auf dessen Gipfel vier Windräder standen, die schon jenseits der Stadt von der Autobahn Karlsruhe-Basel aus zu sehen waren. Nach gut einhundert Metern erreichte Anja einen Grillplatz, der einem Bauernhof mit Pferdekoppel gegenüber lag. Sie parkte ihren Wagen neben Bussards BMW und stieg aus. Von der Feuerstelle stieg Rauch auf und der verführerische Geruch von gegrillten Steaks schlug ihr entgegen.

»Heißes Wasser gibt´s leider nicht, aber im Brunnentrog ist Bier.« Bussard saß auf einer grob gezimmerten Bank vor einer Flasche *Tannenzäpfle,* ein in Südbaden und im Schwarzwald beliebtes Bier der badischen Staatsbrauerei *Rothaus*. Auf dem aus einem

Baumstamm geschnittenen Tisch standen zwei Teller. Zwei Bestecke und ein französisches Baguette sowie eine Schüssel mit grünem Salat vervollkommneten den einladenden Anblick.

»Haben wir etwas zu feiern?«

»Unseren ersten gemeinsamen Fall.«

»Das ist doch wohl nicht dein Ernst? Wenn du mich fragst, war das Ganze ein einziges Fiasko.«

»Ich frage dich aber nicht.« Bussard stand auf, ging zum Grill und drehte die Steaks um, während Anja sich ein Bier aus dem Brunnentrog holte. Ihr war nicht nach Feiern zumute, doch da Bussard sie eingeladen und sie die Einladung auch angenommen hatte, wollte sie die Stimmung nicht verderben.

»Eigentlich ganz schön hier.« Sie ließ ihren Blick über das Tal schweifen. Ein Graureiher segelte majestätisch heran und landete im Bach, dessen Bett jedoch so tief lag, dass man es von der Grillstelle aus nicht sehen konnte. »Richtig idyllisch und mitten in der Natur, obwohl die Stadt keine fünfhundert Meter entfernt ist.«

Sie öffnete ihre Flasche und prostete Bussard zu. »Also gut, auf unseren ersten gemeinsamen Fall. Möge er der letzte seiner Art gewesen sein.«

Bussard wusste, was sie meinte, kommentierte die Aussage jedoch nicht. Er nahm einen Teller vom Tisch, ging zur Feuerstelle und kehrte mit zwei Steaks zurück. »Es gibt nur Steaks, grünen Salat und Brot. Ich hatte keine Zeit, einen Kartoffelsalat zu machen und der aus der Dose schmeckt wie Beuteltee.«

»Du kannst kochen?«

»Natürlich kann ich kochen. Ich kann ja auch essen.«

Er gab Anja einen Teller mit einem Steak und setzte sich ihr gegenüber. Während des Essens wollte Bussard nicht über die Arbeit sprechen, doch danach konnte die Kommissarin endlich die Frage stellen, die ihr seit dem Morgen auf den Nägeln brannte. »Warum hast du Neudörfer nicht gesagt, dass wir wissen, was Hollinger aufgeschrieben hat?«

Bussard ging zur Feuerstelle und legte einige Holzscheite hinein. Es war halb acht und die Dämmerung hatte in den letzten Minuten deutlich zugenommen. Als die Flammen zu züngeln begannen, kehrte er zum Tisch zurück.

»Du hast mir doch erklärt, dass das ganze internationale Banken- und Wirtschaftssystem zusammenbrechen würde, wenn jemand die Riemannsche Vermutung beweist.« Er setzte sich neben Anja, drehte sich eine Zigarette und zündete sie an. »Hätte ich Neudörfer davon erzählt und diese Information hätte die Runde gemacht, wäre uns das Ganze bald um die Ohren geflogen.«

»Ich glaube, ich kann dir nicht folgen.«

»Dann stell dir doch mal die Schlagzeile vor: Beweis der Riemannschen Vermutung erbracht!«

»Ja, und?«

»Panik an den Börsen, Chaos bei den Banken und die Weltwirtschaft auf Talfahrt. Du hast doch selbst im Wirtschaftsdezernat gearbeitet und weißt, dass Gerüchte auf Finanzleute wirken wie Öl, das man ins Feuer gießt. Der Beweis würde die Welt in Flammen stehen lassen und das wollte ich nicht auf meine Schultern laden.«

Anja zog die Stirn in Falten und schüttelte den Kopf. »Ich verstehe es immer noch nicht. Coppa hat den Beweis und die Amerikaner profitieren davon. Hollingers Manuskript wird ihnen den entscheidenden Vorteil verschaffen, wenn der Rest der Welt in Panik untergeht. Warum hast du das zugelassen? Ausgerechnet die Yankees, die uns abgehört und ausspioniert haben, sollen das Ganze schadlos überstehen?«

Bussard antwortete nicht und Anja beschlich ein Verdacht, den sie im ersten Moment selbst kaum glauben konnte. Pfaff hatte gesagt, dass der Wert des Beweises so hoch war, dass man ihn kaum in einer Währung ausdrücken konnte. Es ging nicht um Millionen und auch nicht um Milliarden. Wer auf der Grundlage des Beweises der Riemannschen Vermutung Primzahlzerlegungen schnell und effizient durchführen konnte, hatte buchstäblich die gesamte Bankenwelt in der Hand. Dann berechnete sich dessen Vermögen nach Billionen oder Billiarden, ganz gleich, welche Währung man zugrunde legte.

Die Kommissarin schluckte. Sie musste sich erst räuspern, bevor sie sprechen konnte und trotzdem klang ihre Stimme heiser. »Sie haben dich gekauft!«

Bussard antwortete immer noch nicht und Anja sprang von der Bank auf. »Du Scheißkerl! Wieviel haben sie dir bezahlt? Eine Million? Zehn Millionen? Hundert? Eine Milliarde?«

»Aldridge dürfte jetzt wohl in New York sein.« Bussard schnippte seine Kippe ins Feuer. »Die Kollegen haben den Mercedes kontrolliert, als er heute Morgen bei Neuenburg aus Frankreich kam. Ich bin sicher, dass Aldridge vom Flughafen Mulhouse nach Paris geflogen ist und von dort aus über den großen Teich, wo man ihn wahrscheinlich bereits sehnlichst erwartet.«

Anja schüttelte fassungslos den Kopf. Ihr Partner, der diesen Namen nicht mehr verdiente, stritt den Vorwurf der Käuflichkeit nicht einmal ab. »Willst du mich jetzt auch kaufen? Ist das der Zweck des romantischen Grillabends?«

Die Kommissarin war außer sich. Sie wartete nur darauf, dass er ihr ein Angebot machte, damit sie ihn auflaufen lassen konnte. Keine Summe war groß genug, um danach das eigene Spiegelbild noch zu ertragen.

»Setz dich wieder hin.« Bussard sprach leise, während er sie nickend ansah.

»Leck mich!«

»Bitte, Anja, setz dich wieder.«

»Du kriegst mich nicht rum, Bussard! Ich habe einen Eid abgelegt ...«

»Ich auch, also setz dich wieder. Ich muss dir etwas zeigen. Es wird dich interessieren, glaub mir.«

Er sprach noch immer leise und etwas in seiner Stimme verwirrte Anja. Bussard klang nicht wie jemand, der ein Geschäft abschließen wollte. Er klang auch nicht bittend und nicht verführerisch, schon gar nicht befehlend oder herrisch. In seiner Stimme war etwas Melancholisches, das die Wut und die Abscheu der Kommissarin in Watte zu packen schien. Gegen ihren Willen folgte sie der Bitte und setzte sich.

Aus der Innentasche seiner Lederjacke zog Bussard ein zusammengefaltetes Bündel DIN A4 Seiten und reichte es Anja. Die Kommissarin faltete die Blätter auseinander und ihr Herz schien für einen Schlag auszusetzen. »Aber ... aber das ist ... das ist doch Hollingers Manuskript!«

»Der goldene Schlüssel zur Welt.«

Fassungslos starrte Anja auf die Seiten. Sie erkannte Hollingers Handschrift und das »q.e.d.« auf der letzten Seite. »Wie kann das sein, Bussard? Ich habe doch mit eigenen Augen gesehen, wie Coppa die Seiten überprüft hat. Er hat sie die ganze Zeit in der Hand gehalten und er hatte sie auch noch, als wir in deinen Wagen gestiegen sind. Wie um alles in der Welt hast du sie ihm wieder abnehmen können, ohne dass irgendjemand etwas davon bemerkt hat? Das war doch völlig unmöglich!«

Ein leises Lächeln stahl sich in Bussards Gesicht. »Der Unterschied zwischen *unmöglich sein* und *unmöglich erscheinen* ist oft nur der Mangel an Vertrauen in die eigenen Fähigkeiten. Wenn man davon überzeugt ist, dass man etwas nicht kann, wird jeder Versuch, es trotzdem zu tun, sinnlos.«

»Hör auf zu philosophieren, Bussard. Sag mir, wie du das gemacht hast.«

Der Kommissar betrachtete Anjas Gesicht, das durch den Schein des Feuers zu leuchten schien. »Gestern Abend, nach der Schießerei, war ich in der Uni-Klinik, um meine Schulter versorgen zu lassen. Anschließend bin ich in unseren Proberaum gefahren, um das Manuskript zu verstecken. Fürs Erste war es dort sicher. Nach der Besprechung im Präsidium war ich noch einmal dort.«

Bussard nahm das oberste Blatt des Manuskripts aus Anjas Hand. »Abgesehen von dem, was Hollinger hier aufgeschrieben hat, handelt es sich um stinknormales Drucker- und Kopierpapier, weiß, DIN A4 und ohne irgendwelche besonderen Merkmale. Man kriegt es in jedem Schreibwarenladen. Der Zufall wollte es, dass ich gestern Nachmittag ein Päckchen kaufte. Der zweite Zufall war, dass Hollingers Handschrift sauber und klar ist. Deshalb war es nicht allzu schwierig, den Beweis zu kopieren. Ich habe gerade einmal eine gute Stunde dafür gebraucht.«

»Ich verstehe nur Bahnhof. Was macht das für einen Unterschied, ob Coppa das Original oder die Kopie hat?«

»Der Unterschied liegt wie so oft im Detail.« Bussard gab Anja die Seite zurück. »In unserem speziellen Fall stimmt die Kopie mit dem Original nicht ganz überein.«

Anja ahnte, was Bussard jetzt sagen würde und sie konnte vor Überraschung ihre nächste Frage kaum klar formulieren. »Was heißt *nicht ganz*?«

Ein melancholisches Lächeln begleitete die Erklärung des Kommissars. »Die erste Seite habe ich eins zu eins abgeschrieben. Auf der zweiten Seite habe ich die eine oder andere Variable vertauscht. Ab der dritten Seite wird es zugegebenermaßen etwas konfus. Ich habe in meinen Erinnerungen gekramt, aber außer dem Satz des Pythagoras – was in Hinblick auf Coppa eine wirkliche Ironie ist – und den binomischen Formeln fiel mir leider nichts mehr ein. Seite für Seite habe ich mir Hollingers Aufzeichnungen angesehen und daraus meine eigenen Formeln und Gleichungen entwickelt. Es war die pure Lust, griechische Buchstaben, merkwürdige Zahlen und völlig neue Zeichen aufs Papier zu bringen.«

Mit großen Augen und offenem Mund sah Anja ihren Partner an, der diese Bezeichnung nun wieder verdiente. Seine Unverfrorenheit machte sie sprachlos.

»Es ist natürlich nur Nonsens, den ich aufgeschrieben habe«, fuhr Bussard fort. »Oder anders ausgedrückt: unter der Fußmatte meines Autos waren fünfzig Seiten gequirlte Scheiße versteckt, die mit »q.e.d.« enden. Trotzdem muss ich gestehen, dass ich ein wenig stolz darauf bin und ich gäbe etwas dafür, wenn ich die Gesichter der amerikanischen Analysten, Mathematiker oder wer sonst damit beschäftigt ist, sehen könnte, vor allem die von Coppa und Aldridge. Das wäre ein Spaß!«

Wie ein Fisch auf dem Trockenen öffnete Anja den Mund und schloss ihn wieder. Sie musste zweimal ansetzen, bevor sie wieder sprechen konnte. »Oh, verdammt! Es tut mir leid, was ich vorhin gesagt habe. Ich dachte wirklich ...«

Bussard gab ihr einen leichten, freundschaftlichen Boxhieb auf die Schulter. »Lass gut sein, Mädchen. Im Grunde bin ich ganz froh, dass du so reagiert hast. Das hat mir viel über dich verraten und in unserem Job ist es überlebenswichtig, seinen Partner zu kennen.«

Anja atmete tief durch und schüttelte den Kopf. Natürlich war es ihr peinlich, dass sie Bussard beschimpft und ihm Käuflichkeit unterstellt hatte, doch nun war sie mehr als froh, wie sich die Dinge entwickelt hatten.

»Mein lieber Mann, das war eine coole Nummer, Bussard. Ich bin echt beeindruckt.«Die Kommissarin hielt die Seiten hoch und sah ihren Partner fragend an. »Sag mal, hast du eigentlich nicht befürchtet, dass Coppa den Schwindel bemerken könnte?«

»Ehrlich gesagt: nein. Coppa hat sich genau so verhalten, wie ich ihn eingeschätzt habe. Militärs sind wie Mathematiker. Für sie gibt es nur schwarz oder weiß, richtig oder falsch. Wenn einer von beiden eine Münze wirft, kann das Ergebnis immer nur Kopf oder Zahl lauten. Deshalb kann man solche Menschen leicht einzuschätzen und ihre Handlungen vorherzusagen.«

Die Kommissarin trank ihr Bier aus und stellte die Flasche auf den Tisch. »Wenn man eine Münze wirft, kann das Ergebnis tatsächlich immer nur Kopf oder Zahl lauten. Die Wahrscheinlichkeit für den Eintritt eines dieser beiden Ereignisse beträgt exakt fünfzig Prozent.«

Die Scheite brannten nur mäßig. Bussard ging noch einmal zur Feuerstelle, um mehr Holz nachzulegen und kehrte zum Tisch zurück.

»Was machen wir jetzt damit?«, fragte Anja und hielt die Seiten hoch.

»Ich habe, ehrlich gesagt, keine Ahnung.« Der Kommissar seufzte. »Das Beste wäre wohl, wenn wir das Manuskript ins Feuer werfen.«

Anja sah ihren Partner mit großen Augen an. »Du willst die Seiten verbrennen?«

»Ja.«

»Das bedeutendste Dokument in der Geschichte der Mathematik, entwickelt vom vielleicht intelligentesten Menschen auf diesem Planeten?«

»Ich weiß.« Bussard setzte sich neben seine Partnerin und stützte die Unterarme auf den Tisch. »Es ist traurig, dass Hollinger nicht die Früchte ernten wird, die ihm zustehen, nicht einmal posthum, aber du weißt selbst, was passieren wird, wenn wir es nicht tun. Fünf Menschen mussten bereits ihr Leben dafür lassen und manche Kriege wurden schon für weniger angezettelt.«

Die Vorstellung, das Bedeutendste, das sie jemals in ihrer Hand gehalten hatte, den Flammen zu übereignen, gefiel Anja überhaupt nicht. Es musste ganz einfach noch eine andere Lösung geben. »Man könnte doch ein internationales Gremium einberufen, das über die sinnvolle Verwendung des Beweises entscheidet.«

»Und du glaubst, dass die Amerikaner dabei mitspielen? Hältst du es für wahrscheinlich, dass die Yankees die Füße stillhalten, sobald bekannt wird, dass der Beweis existiert?« Bussard stand auf und ging zum Brunnentrog, während er Anjas Vorschlag mit seinen Fragen zerpflückte. »Wer beruft dieses Gremium ein und wer bestimmt, wer darin vertreten sein wird? Wer trifft die Auswahl und nach welchen Gesichtspunkten? Sollen die Chinesen auch eingeladen werden oder nicht? Was ist mit den Russen und den Iranern? Wer darf rein und wer muss draußen bleiben? Du hast selbst erlebt, wie schnell die NSA reagiert hat. Wie willst du die Existenz des Beweises geheim halten und gleichzeitig ein internationales Gremium einberufen, ohne dass die Amerikaner Himmel und Hölle in Bewegung setzen, um als Erste in den Besitz dieser Seiten zu kommen?«

Mit zwei Bierflaschen kehrte er zurück. Er öffnete sie mit seinem Feuerzeug und stellte eine Flasche vor Anja auf den Tisch.

»Man müsste das Manuskript an einem absolut sicheren Ort verstecken.«

»Sei nicht naiv, Anja.« Bussard setzte sich wieder neben seine Partnerin und schüttelte den Kopf. »Baer und Müller wurden mit Amobarbital und LSD gefügig gemacht, aber es gibt noch weitaus hässlichere Methoden, um Informationen aus jemandem herauszupressen. Derjenige, der das Versteck kennt, müsste physischer und psychischer Folter widerstehen können. Kennst du so jemanden?«

In Gedanken versunken blätterte Anja die Seiten mit dem Daumen durch. Plötzlich hellten sich ihre Gesichtszüge auf. »Man müsste das Manuskript überhaupt nicht verstecken!«

»Ja, wenn wir es ins Feuer werfen, ist der Fall erledigt.«

»Nein, ich meine, es gibt eine Alternative, bei der wir das Manuskript nicht vernichten, im Gegenteil.«

Bussard prostete Anja zu, trank einen Schluck und sah sie erwartungsvoll an. »Woran denkst du.«

»Ich denke an die mächtigste Waffe, die uns zur Verfügung steht – das Internet.«

»Wieso ist das Internet eine Waffe?« Bussard hatte die Frage kaum ausgesprochen, als ihm klar wurde, was Anja meinte. »Du denkst, wir sollten Hollingers Arbeit veröffentlichen?«

»Aber sicher! Damit stünde der Beweis der ganzen Welt zur Verfügung. Niemand hätte einen Vorteil, weil alle gleichzeitig darauf zugreifen könnten.«

Der Kommissar war nicht sicher, was er davon halten sollte. Auf der einen Seite war die Idee verführerisch, denn durch eine Veröffentlichung im WorldWideWeb konnte man mit Sicherheit ausschließen, dass sich irgendjemand einen Vorteil verschaffte, indem er als Erster Zugriff auf den Beweis hatte. Ein sicheres Versteck und ein Geheimnisträger waren überflüssig und niemand lief Gefahr, gefoltert und verhört zu werden. Auf der anderen Seite jedoch öffnete man damit dem Chaos Tür und Tor. »Du hast selbst behauptet, dass die Weltwirtschaft zusammenbrechen würde, wenn der Beweis öffentlich gemacht wird.«

»Die RSA-Verschlüsselung wäre nicht mehr sicher und digitale Finanztransaktionen müssten so lange unterbleiben, bis eine neue Verschlüsselungstechnik entwickelt wurde.« Anja trank einen Schluck Bier und deutete mit der Flasche auf Bussard. »Du hast recht, die Wirtschaft würde eine wahrhaft globale Krise erleben, aber vielleicht wäre genau das der eiserne Besen, mit dem man das ganze Pack endlich einmal aufmischen könnte.«

»Und das aus deinem Mund?«

»Wieso überrascht dich das?«

»Ich dachte, du stehst der Wirtschaft freundlicher gegenüber.«

Mit der Bierflasche tippte Anja gegen Bussards Schulter. »Ich habe drei Jahre im Wirtschaftsdezernat gearbeitet und ich kann dir flüstern, dass es mehr schwarze als weiße Schafe gibt, vor allem unter den Großen und Mächtigen.«

Je länger Bussard darüber nachdachte, desto sympathischer fand er die Vorstellung. Solange sich das bestehende System nicht änderte, wurden die Reichen immer reicher und die Armen immer ärmer. Der weltweite Online-Handel hatte diese Entwicklung rasant beschleunigt. Eine Veröffentlichung des Beweises war pure Anarchie, mit allen Risiken und Nebenwirkungen. Genau darüber aber musste er sich im Klaren sein, bevor er eine Entscheidung traf. »Glaubst du nicht, dass die Folgen einer Veröffentlichung im Internet unabsehbar sind? Vielleicht wären nicht nur die Großen und Mächtigen davon betroffen. Vielleicht müssten am Ende die Kleinen die Zeche zahlen.«

Anjas Augen schienen immer größer zu werden, als sie ihren Partner eindringlich ansah. »Glaubst du, dass wir das Recht haben, Hollingers Arbeit zu vernichten?«

Das war die andere Seite der Medaille. Viele Entdeckungen und Entwicklungen des zwanzigsten Jahrhunderts wären nicht möglich gewesen, wenn Einsteins Gleichung $e = mc^2$ vernichtet worden wäre, weil sie den Bau der Atombombe erst ermöglicht hat. Niemand konnte vorhersagen, wie sehr die Wissenschaften vom Beweis der Riemannschen Vermutung profitieren würden. Wenn, wie manche behaupteten, die Primzahlen das Alphabet Gottes waren, stand dem Zusammenbruch der Weltwirtschaft mit vermutlich fatalen Folgen ein tieferer Einblick in das Wesen des Universums und seiner Gesetze gegenüber. Ob Hollingers Manuskript jedoch mehr Chancen bot oder mehr Risiken beinhaltete, konnte Bussard nicht einschätzen. Nachdenklich drehte sich der Kommissar eine weitere Zigarette und zündete sie an. Als er sprach, sah er im Schein des Feuers aus wie ein Drache, aus dessen Nüstern Qualm entwich. »Wir müssen eine Entscheidung treffen.«

»Ja, Bussard.« Anja nickte langsam und bedächtig. »Wir müssen eine Entscheidung treffen.«

Die Dämmerung war weit vorangeschritten und es war schon fast völlig dunkel. Im Tal konnte man nur noch die Silhouetten der Bäume gegen den Nachthimmel erkennen. Aus dem Wald drang der Ruf eines Kauzes, in einiger Entfernung plätscherte der Bach in seinem steinigen Bett und das knisternde Feuer spuckte zuweilen glühende Funken. Auf den Gesichtern der Kommissare tanzten Schatten wir kleine Derwische, während sie auf der Suche nach der richtigen Entscheidung in Gedanken versunken in die Flammen blickten.

»Wenn man eine Münze wirft, beträgt die Wahrscheinlichkeit für Kopf oder Zahl exakt fünfzig Prozent. Jeder Mathematiker wird das bestätigen.« Bussard schnippte seine Zigarettenkippe in die Glut, »Das Leben ist jedoch oft widerspenstig und hält sich nicht immer an Wahrscheinlichkeiten.«

Aus ihren Gedanken gerissen blickte Anja ihren Partner fragend an. »Wie meinst du das?«

»Es kommt gar nicht so selten vor, dass das Ergebnis weder Kopf noch Zahl lautet.« Bussard drehte sich um, sah ihr in die Augen und lächelte versonnen. »Manchmal bleibt die Münze auch auf dem Rand stehen.«

Liebe Leserin, lieber Leser,

mehr als 150 Jahre sind vergangen, seit der deutsche Mathematiker Bernhard Riemann seine berühmt gewordene Vermutung in einem Fachartikel veröffentlicht hat. Bis zur Entstehung dieses Buches (Frühjahr/Sommer 2014) ist es noch niemandem gelungen, die Riemannsche Vermutung zu beweisen oder zu widerlegen.

$$\zeta(s) = \sum_{n=1}^{\infty} \frac{1}{n^s} = 1 + \frac{1}{2^s} + \frac{1}{3^s} + \frac{1}{4^s} + \ldots \quad \text{(Riemannsche Zetafunktion)}$$

Generationen von Mathematikern haben sich erfolglos an diesem Problem versucht und manche wie Alexandre Grothendieck und John Forbes Nash sind daran verzweifelt.

Es gibt mehr Primzahlen als Atome im uns bekannten Universum. Mit der Entwicklung immer leistungsfähigerer Computer zum Ende des 20. und zu Beginn des 21. Jahrhunderts bieten sich den Forschern Werkzeuge, die wie Teleskope den Blick in immer entferntere Bereiche des Zahlenuniversums erlauben. Der Amerikaner Nayan Hajratwala stellte im Jahr 1999 die erste Primzahl vor, deren Länge mehr als eine Million Stellen aufwies (2.098.960, um genau zu sein – in der Schriftgröße dieses Buches ist die Zahl ungefähr vier Kilometer lang). Die Entdeckung immer größerer Primzahlen ist jedoch lediglich eine Spielerei, verglichen mit dem Versuch, die härteste mathematische Nuss der Gegenwart zu knacken.

Riemann vermutete, dass alle nichttrivialen Nullstellen der Zetafunktion auf einer Geraden durch den Punkt 0,5 liegen. Schon Ende der Siebzigerjahre des zwanzigsten Jahrhunderts wurden dreihundert Millionen solcher Nullstellen überprüft und ausnahmslos jede erfüllte die Bedingungen der Zetafunktion. Was Forschern anderer Fachrichtungen längst genügen würde – dreihundert Millionen Treffer und kein einziger Fehlversuch – reicht den Mathematikern als Beweis jedoch nicht aus.

Für die erste Primzahl mit mehr als einer Million Stellen erhielt Hajratwala von der kalifornischen Electronic Frontier Foundation ein Preisgeld von 50.000 US-Dollar. Der Preis von 1.000.000 US-Dollar, den das Clay Mathematics Institute für den Beweis der Riemannschen Vermutung ausgelobt hat, ist immer noch nicht vergeben (Stand: Juli 2014). Sollten Sie sich also bemüßigt fühlen, eigene Forschungen auf diesem Gebiet zu betreiben, dann nehmen Sie sich Stift und Papier und ziehen Sie sich an einen einsamen Ort zurück. Gerhard Frey, deutscher Mathematiker und Entdecker des entscheidenden Zusammenhangs zwischen dem letzten Fermatschen Theorem und elliptischen Kurven, ist felsenfest davon überzeugt, dass der seit 150 Jahren gesuchte Beweis der Riemannschen Vermutung nicht mit Hilfe eines Computers gefunden werden wird.

Diese »Nebensächlichkeit« wird einen fundamentalen Einfluss auf Ihr Leben haben, denn Sie dürfen sicher sein, dass die National Security Agency großes Interesse an Ihnen zeigen wird, sobald Sie erfolgreich sind und Ihre Forschungsergebnisse digitalisieren, sei es in E-Mails oder am Telefon. Natürlich können Sie sich über die repressive Haltung der NSA hinwegsetzen, doch sofern Sie Amerikaner sind, wird es Ihrer Gesundheit, Ihrer Unversehrtheit und Ihrer Freiheit sicherlich zuträglich sein, wenn der einsame Ort, den

Sie für Ihre Forschungen gewählt haben, nicht auf dem Staatsgebiet der USA liegt. Alle anderen mögen darauf vertrauen, von den Sicherheitsbehörden des eigenen Landes ausreichend vor einem amerikanischen Übergriff geschützt zu werden – ohne Gewähr, versteht sich!

Mein Dank gilt den Autoren Marcus de Sautoy (»Die Musik der Primzahlen«) und Simon Singh (»Geheime Botschaften«). Neben anderen Quellen fand ich in diesen beiden lesenswerten Sachbüchern viele notwendige Hintergrundinformationen für diesen Roman, dessen Handlung zwar frei erfunden ist, der sich aber näher an die Realität anlehnt als uns lieb sein kann.

Ebenfalls danken möchte ich Edward Snowden für seinen Mut, uns die Augen zu öffnen.

Freiburg, im Juli 2014
Ralf Kurz

Quellenangabe:

Die Darstellung der Zetafunktion wurde entnommen aus www.wikipedia.org

Die Honigspur

von Ralf Kurz

320 Seiten, Euro 11,90

Beim Überfall auf einen Freiburger Juwelier wird eine Kundin vor den Augen ihres Mannes getötet. Kriminalhauptkommissar Bussard wird schnell klar, dass es sich nicht um einen gewöhnlichen Raubmord handelt, die Kundin wurde regelrecht hingerichtet.

Bussard vermutet eine Beziehungstat und ermittelt im privaten Umfeld des Opfers. Dabei stellt sich heraus, dass die Tote offenbar für einen ausländischen Geheimdienst gearbeitet hat. Das BKA übernimmt den Fall und Bussard ist außen vor.

Doch dann geschieht ein zweiter Mord.

www.wellhoefer-verlag.de

Im Schatten der Wahrheit

von Ralf Kurz

320 Seiten, Euro 11,90

Der kauzige Freiburger Kommissar Bussard steht einmal mehr vor einem komplexen Fall. Ein Finanzberater wurde erschossen aufgefunden. Die Liste der Verdächtigen ist lang, der Mangel an Motiven scheint diesmal wenigstens nicht das Problem für den Ermittler zu sein.

Dafür raubt ihm der Anblick eines erfrorenen Mädchens den Schlaf. Bussard glaubt an ein Gewaltverbrechen und muss erkennen: Die tiefsten Abgründe lauern im Schatten der Wahrheit.

www.wellhoefer-verlag.de

Tödlicher Triumph

von Ralf Kurz

320 Seiten, Euro 11,90

Als der Leitende Oberstaatsanwalt entführt wird, ahnen weder Kommissar Bussard noch seine Kollegen, dass ein Serienmörder seine blutige Spur durch den Freiburger Osten ziehen wird. Die Ermittler kennen die Identität des Täters, doch er bleibt unsichtbar und ist den Beamten immer einen Schritt voraus.

In seinem dritten Bussard-Krimi jagt Ralf Kurz den atemlosen Leser von einem Tatort zum nächsten. „Tödlicher Triumph“ garantiert Hochspannung von der ersten bis zur letzten Seite!

www.wellhoefer-verlag.de